間文庫

刑罰0号

西條奈加

徳間書店

contents

DESIGN：welle design

刑罰0号

親友の関谷《せきたに》が亡くなってから、佐田《さた》の朝は一時間早くなった。

それまでも午前四時には起きていたが、毎朝三時になると、まるで計《はか》ったようにぱちりと目が開く。娘が嫁いで二十一年、きままなひとり暮らしに慣れ、寂しいと感じることもなかったが、午前三時の住宅街はあまりにも静かだ。まるでこの世に自分だけがとり残されてしまったような、ぽっかりとした心細さにおそわれた。

散歩に出るようになったのは、たぶんそのためだ。こんな時間に真っ暗な道をうろうろしていれば、警官に職質でもされかねないが、

「いや、ぼけ老人の徘徊《はいかい》と思われるのが落ちだな」

佐田は、今年七十四になった。狭心症《きょうしんしょう》の気《け》はあるものの、足腰も耳も衰《おとろ》えてはいない。自分は健康だと、そう思えるようになったのは、六十を過ぎてからだ。

「皮肉《ひにく》なものだな」

独《ひと》り言《ご》ちて、薄手のジャンパーの袖《そで》をまくった。三十分ほども歩いて、額《ひたい》にはうっすらと汗が浮いている。

それまで住んでいた古い公団がとりこわされて、郊外に新築された市営アパートに移ったのは四年前のことだ。広島《ひろしま》の市街からは遠く、多少の不便はあるものの、住宅街を一歩抜ければ林も残っており、散歩コースには事欠《ことか》かない。

林の脇に整備された、街灯のならぶサイクリングロードで足をとめ、額の汗を拭《ぬぐ》ったときだった。繁みの中からふいに、黒い影がとび出してきた。咄嗟《とっさ》のことで、避《さ》けようがなかった。からだがまともにぶつかって、相手と一緒にアスファルトに倒れ込んだ。

「いってえ……」

若い男の声だった。佐田の上に乗ったからだは、意外なほどに頼りない。

「シュン、なにやってんだ、行くぞ！」

離れたところで別の声がして、相手がはじかれたように顔を上げた。街路灯の当たった顔と、まともに目が合った。少年だった。高校生、あるいは中学生かもしれない。顎《あご》くらいまである、ふわりとした長髪にふちどられた顔は、それほどに幼かった。走り去るふたりはどうやら仲間のようだ。通りの先から促《うなが》され、少年が立ち上がった。

「あ、君！」

ナイロン製の黒っぽい上着を摑《つか》んだ拍子《ひょうし》に、まくり上げた佐田の袖口から、盛り上がった傷が覗《のぞ》いた。ふり返った少年は、傷に目をとめて露骨《ろこつ》に顔をしかめた。

「ちっ、あんたも七十年前の遺物かよ。さっさとくたばれ、くそじじい」

あからさまな悪意に、一瞬、息が詰まった。

ぐらりとからだが傾《かたむ》いて、地震か、と思わず錯覚《さっかく》した。小さな横揺《よこゆ》れを起こしているのは地面ではなく自分の心臓だ、そう気づくのに時間がかかった。前にも起きた、かるい発作だった。少年は佐田の腕を乱暴に払いのけると、あとは一目散に仲間を追って走り去った。

追うことはおろか、佐田はその場を動けなかった。発作のためばかりではない。少年の忌々《いまいま》しげな目つきと言葉が佐田を突き刺し、地面に張りつけ離さなかった。

繁みに背をもたせかけ、そっと右袖をまくった。肘《ひじ》の下から肩にかけて、二の腕の外側を、不気味な傷が覆《おお》っている。

少年が見せたのは、あれは嫌悪《けんお》だった。

どうしてだろう……？　佐田は途方に暮れていた。戦後まもなく、被爆者《ひばくしゃ》への差別が露骨だったころが思い起こされた。幼い子供が、傷を見るなり泣き出したこともある。だが、戦後七十年も経《た》ったいまでは、憐《あわ》れむような視線や、逆に好奇の眼差《まなざ》しを浴《あ》びることはあっても、あんなにはっきりとした憎しみにさらされることはなくなった。

胸にどす黒い不安が広がった。それがなんなのか、そのときには佐田にもわからなかった。犯罪のにおいだと、そう気づいたのは一週間後のことだった。

訪ねてきたのは、ふたりの刑事だった。

「じつは若い三人組を探しておりまして。このあたりで目撃情報を集めているのですが、見かけた覚えはありませんか？」

若い方の刑事が切り出して、訪問の意図を告《つ》げると、

「いやだ、お父さん。このまえお父さんがぶつかったっていうのも、三人組だったわよね？」

佐田が何か言う前に、娘の芳美《よしみ》が声をあげていた。ふたりの刑事の顔色がかわり、背後にいた初老の刑事が前にすすみ出た。

「ぜひ、詳《くわ》しく伺《うかが》いたいのですが」

刑事は吾是《ごぜ》という珍しい名字を名乗った。目撃した日時や場所を確かめて、ほぼ間違いないとわかると、芳美に勧《すす》められるまま、若い刑事とともに靴を脱いだ。

「歳《とし》のせいか、父は心臓の具合がよくないんです。あの日も倒れた拍子にかるい発作を起

こして、通りがかりの新聞屋さんに助けられるまで、一時間も道にすわり込んでいたんですよ。連絡をもらったときは、こっちの息が止まりそうになりました」

新聞配達員から連絡を受け、車で駆《か》けつけてくれたのは芳美だった。

「年寄《としより》にぶつかって、真っ暗な中、放置するなんて、どういう神経かと疑っていたんですけど、やっぱり何か犯罪に関《かか》わっていたんですか？」

お茶を運んできた芳美は、興味津々《しんしん》のようすだ。台所に追い払おうとすると、矛先《ほこさき》は佐田に向いた。

「お父さんもお父さんよ、あんな時間に散歩だなんて危ないじゃないの。せめて出かけるときは携帯をもつようにって、あれほど言っておいたのに」

吾是刑事の口許《くちもと》に苦笑が浮かび、ちらりと同情めいた視線が投げられた。佐田への助け船のつもりか、名前と年齢をたずねた。

「ええと、佐田行雄《ゆきお》さん、七十四歳と……お仕事は、引退されてますか？」

「父は市民団体の、会長を務《つと》めています」

無職とこたえるつもりが、また芳美がいらぬ横やりを入れた。

「ほう、ちなみにどういった？」

応じたのは、やはり芳美だった。

「被爆者援護のための団体です。個人への支援が中心ですけど、ほかの市民グループと協力して、平和運動なども……」

「芳美、そろそろ子供たちが、学校から戻る時間じゃないのか？」

佐田は壁の掛時計を示した。放っておくと、一時間でもしゃべり続けそうだ。

「あら、ほんと。もう行かなくちゃ。じゃあお父さん、明日もまた来るわね」

芳美がここを訪れるのは、週に二、三度だ。明日は刑事との会話を、根掘り葉掘りたずねるつもりなのだろう。ため息をつきつつ芳美を送り出すと、真向かいに座る吾是刑事が、神妙《しんみょう》な顔で切り出した。

「失礼ですが、ひょっとして佐田さんも七十年前……」

佐田は、こくりとうなずいた。

佐田行雄が被爆したのは、四歳のときだった。

当時佐田の家は、広島の爆心地から三キロほど南西にあった。妹と庭で遊んでいたときだときいているが、当時のことを佐田はまったく覚えていない。佐田にとっての被爆は、二の腕についた傷であり、若くして次々と亡くなった母や妹だった。火傷《やけど》が二の腕だけに留《とど》まったのは、庭木が閃光《せんこう》から守ってくれたためらしい。

最初はうっすらと赤くなる程度の軽いもので、まもなくすっかりよくなった。それが何ヶ月も経ってから、治癒《ちゆ》したはずの皮膚が、ぼこぼこと盛り上がってきた。引き裂《さ》いた紙を不細工に重《かさ》ね合わせたようなそれは、ケロイドだった。皮膚組織の自己修復が過剰に起きる反応で、手術でとり去ってもしばしば再発する。佐田も二度、外科手術を試《こころ》みたが、三度目にまた現れたときは、身の内からふつふつと恐怖がわき起こった。その生命力に、佐田は打ちのめされた。

一緒に被爆したときは無傷であったのに、たった八歳で白血病で亡くなった妹と同様、遠からず自分も死ぬ運命にあるに違いない。そう確信した。その諦《あきら》めのおかげで、正気《しょうき》を保《たも》っていられたのかもしれない、とは後年になってから思い至《いた》った。

二十歳で被爆者団体にはいったのも、不安に抗《あらが》う力が欲しかったためかもしれない。そこでひとつ下の関谷に会い、紆余曲折《うよきょくせつ》を経《へ》て四十一年前、佐田を会長に、関谷を副会長として、小さな市民団体を立ち上げた。まだＮＰＯなどという横文字が流行《はや》り出す前のことだ。戦後の戦友——関谷は、よくそう言っていた。最初から最後まで傍《そば》にいてくれたのは、関谷だけだった。

しかし佐田の会も、ここ数年は目に見えて尻すぼみになっていた。理由は、被爆者の高齢化である。毎年八月六日の平和記念式典は粛々《しゅくしゅく》と続けられてはいるものの、人々の記憶の風化を、佐田や関谷は肌で感じ、それを何よりも恐れていた。

「五十年以上もおれたちは、何をやってきたんだろうな」

去年の秋、関谷はぽつりとこぼした。

あの日のことを、佐田は鮮明《せんめい》に覚えている。

「米国から、核物理学者が来日します。被爆された方のお話を伺いたいとのことで」

日本被団協からその話が舞い込んだときは、佐田も関谷も小躍《こおど》りせんばかりに喜んだ。

その老科学者は、第二次大戦中に米国が行《おこな》った原子爆弾開発計画、いわゆるマンハッタン計画に参加しており、日本を訪れるのはこれが初めてだという。

他の市民団体から、惨劇《さんげき》を鮮明に覚えている高齢の体験者三名がえらばれて、佐田と関谷はその世話役となった。五人は平和記念公園の木陰で、その科学者を待った。

現れた白髪に青い目の科学者は、直前に資料館で目にした遺品の生々しさに、ショックを隠しきれぬようすでいたが、通訳を通して話をきくあいだ中、への字に結ばれた口許は終始変わらなかった。それはまるで、親の説教をききながら、おれの気持ちなどこいつらにわかるものかと、胸の内で拒《こば》みつづける頑迷な子供のように見えた。

「悲しい過去だ。二度とくり返してはならない」

話をきき終えて、科学者はそう述べた。その場の誰もが何よりも期待していた謝罪の言葉は、ついにその口からはきけなかった。来日は、科学者が望んだことではなく、お膳立《ぜんだ》てをしたのは、戦後七十年を翌年に控えて、特番を企画していたテレビ局だったと後日知った。

「五大国や印パはもちろん、中東の核保有の噂《うわさ》も払拭《ふっしょく》されない。核は相変わらず、のさばり続けている。おれたちは本当に、なんのために被爆して、なんのために運動してきたんだ」

その夜、関谷は、居酒屋でくりかえし呻《うめ》いた。

入院したのは、それからまもなくのことだった。

病名は大腸癌——。被爆との因果関係は、証明されなかった。

「相手の顔を、覚えていませんか？　できれば似顔絵の作成にご協力いただきたいのですが」

佐田は被爆の事実だけを告げ、吾是刑事もそれ以上は無駄話をせず、すぐに本題に入った。少年とぶつかったときのことを事細かにたずねる。若い刑事はほとんど口をはさまず、手帳にメモをとっていた。

「……それが、まったく……」

佐田は、嘘《うそ》をついた。

「相手が街灯に背を向けていたもので、ちょうど顔が影になって……」

「そうですか……言葉を交《か》わしたり、連中が話していたことなどは？」

佐田は、首を横にふった。残念そうな小さなため息が、傍《かたわ》らの若い刑事からもれたが、ふたりとも疑っているようすはなかった。他にもいくつか質問されて、

「いや、貴重な証言を、ありがとうございました」

吾是は天辺《てっぺん》のだいぶ薄くなった頭を、深々と下げた。

「あの三人は、いったい何を？　何か事件に関わっているんですか？」

「正直申し上げて、こちらからお話しできることは、まだ何もありません」

「捜査上の秘密ということですか」

「それもありますが、じつは彼ら三人はまだ、容疑者でさえないんです。もう少し調べが進まないことには、私ども滅多《めった》なことは言えなくて」

と、言葉をにごした。佐田もそれ以上追及しなかった。

「偽証罪ってことになるのかな……」

ふたりの刑事が帰っていくと、佐田はぽつんと呟《つぶや》いた。

頭を起こした少年の顔は、街灯の灯《あか》りがとらえていた。正確な描写は無理かもしれない

が、もう一度会えば見分ける自信はある。わざわざ庇《かば》うような真似をしたのは、相手があまりに幼すぎたこともあるが、それだけではなかった。あの少年が浮かべた嫌悪、腕の傷を見たときのあの目が、佐田をとらえて離さなかった。

あの目にあった憎しみの、その理由を知りたい——。純粋な興味でもあったが、佐田はあのとき奇妙な懐《なつ》かしさを覚えた。昔あんな目で、よく睨《にら》まれた。馴染《なじ》んだ誰かのはずなのに、相手の顔がどうしても出てこない。

「なぜ、わからないんだ……？」

呟いたとき、目の前にその顔が現れた。居間へ入ってきた男を見て、佐田は思わず、あっ、と声をあげていた。

「どうしたんだよ、父さん」

「……洋介《ようすけ》……おまえこそ、なんでここに……」

あの少年の目が誰に似ていたのか、そのとき初めて悟《さと》った。

「たまの帰郷だからって、あんなにびっくりされるとは思わなかったよ」

「兄さんは日頃の行いが悪いのよ。こっちにちっとも足を向けないんだもの。新神戸《しんこうべ》から広島まで、新幹線ですぐじゃない」

台所から、揚げ油の香ばしいにおいが漂《ただよ》ってくる。洋介の来訪を電話で告げると、芳美もたいそう驚いて、夕飯の食材を手に駆けつけてきた。

「おれの大学は山奥だからな、新神戸まで出るのがひと苦労なんだよ」

洋介は脳外科医で、神戸の大学に籍をおく教授でもある。忙しいからだだが、洋介が郷里に寄りつかない理由は別にあった。

「子供たちはふたりとも塾で遅いし、旦那は出張だし、今日はあたしもここでいただくわ」

気楽な調子で芳美は告げたが、いたってぎこちない間柄にある父親と兄への思いやりであろう。親子水入らずの食事なぞ何年ぶりのことか、正直なところ佐田には思い出せない。

「兄さんは忙しすぎるのよ。仕事と結婚なんて、いまどき流行んないわよ。外科医ならいくらでもお嫁さんのきてがありそうなのに……いまからでも遅くないんじゃない」

「おれは来年で五十だぞ。いまさらそんな気はないよ」

佐田の胸が、ちくりと痛んだ。洋介には、結婚を考えていた女性がいた。二十一年前、それを壊したのは他でもない、父親である佐田だった。

「明日から三日間、広島で学会があるんだ。明後日《あさって》にはまた時間がとれると思うから、また一緒に飯でも食わないか？」

親しげな物言いにも、屈託《くったく》のない笑顔にも、佐田はただただ面食《めんく》らっていた。芳美も驚いているらしく、菜箸《さいばし》をもつ手が止まっている。

「兄さんたら、どういう風のふきまわし？」

洋介の結婚が駄目《だめ》になり、もともと開いていたふたりの溝は埋めようがなくなった。洋介は十年以上も父親とは音信不通のありさまで、ようやく広島に出かけてくるようになったのは、妹の芳美が子供を産んでからのことだ。

「おいおい、いつも帰ってこいってうるさく言うのは、おまえの方だろう？」

「それはそうだけど……お正月だって、二年に一度がせいぜいなのに……」

洋介は大晦日《おおみそか》に一泊する際も、あれこれと理由をつけて必ずホテルに泊まる。妻に代わって緩衝材《かんしょうざい》となってくれた、芳美やその家族がいなければ、人並みな会話さえおぼつかない、佐田と洋介は、そういう親子だった。

「これからしばらく忙しくなるからな、正月休みもとれないかもしれない。だからだよ」

「そういえば、兄さん、人伝《ひとづて》にきいたのだけど、どこかの工科大の教授と共同で、大きなプロジェクトを任《まか》されたんですって？」

「ああ、0号《ゼロごう》計画と、内々ではそう呼ばれてる。まだオフレコだけど、実は法務省からの依頼でね」

「0号？　まるでロボットみたいね。まさかロボットに人の脳を入れるとか、そんな気味の悪い研究じゃないでしょうね。だいたい、どうして法務省なわけ？」

「一応、極秘だからね。これ以上は言えないんだ」

「いやあね、もったいぶっちゃって」

天ぷらを盛った皿を運んできた妹に、洋介が苦笑いを返す。

と、その顔が、ふいにぶれた。

まるで衛星中継の映像に障害が起きたように、洋介の笑顔にずれが生《しょう》じた――。

佐田は目頭をおさえ、頭をふった。

「父さん、どうしたんだ？」

洋介が、心配そうにこちらを覗き込んでいた。息子の顔は、もとに戻っている。

錯覚だったのだ――。佐田は小さく息をついた。かけていた老眼鏡を外《はず》すと、手脂らしきもので白く曇《くも》っている。このためか、とシャツの裾《すそ》でレンズを拭《ふ》いた。

「また、心臓か？」

「お父さん、やっぱり一度入院して、精密検査を受けましょうよ。この前も病院で勧められたのに、大丈夫の一点張りで」

芳美にまで気遣《きづか》われ、佐田はあわててとりつくろった。

「そうじゃないんだ。昼間刑事と話したもんで、この前ぶつかった奴のことをちょっと考えていただけさ」

「警察には、みんな話したんでしょ？　何か新しいことを思い出したんなら……」

「いや、違うんだ……その、相手が誰かに似ているような、そんな気がしてな」

「似ているって、誰にだい？」

こちらに向けられた洋介の目が、すいと細まった。

「いや、たぶんテレビで見たタレントか何かだろう……うまそうだな、食べようか」

佐田はからみつくような息子の視線から逃《のが》れ、湯気のたつ食卓に目をやった。

「少年犯罪というのは、まったくもって始末が悪い。今回の事件も、器物損壊罪にしか当てはまらない。大人でもいいとこ二、三年の実刑だから、子供なら少年院送りにもならんでしょう。当人たちはただの悪ふざけだと供述しているらしいが、犬猫を五匹も殺すなんて尋常じゃない」

最近、少年犯罪という言葉に過敏になっている。この日もチャンネルを変える途中でワイドショーに引っかかり、つい見入ってしまった。もと検事という男が熱弁をふるう最中、玄関のチャイムが鳴った。

「いや、たびたび申し訳ありません。何か思い出されたことでもないかと」

吾是刑事だった。前回の来訪から、十日余りが過ぎている。若い刑事の顔も覗いたが、吾是は外で待つよう促して、自分だけ靴を脱いで上がり込んだ。

「あの子たちは、まだ見つかりませんか」

佐田がたずねると、刑事の表情がわずかに動いた。

「まるで、友人の子供を心配するような口ぶりですね」

言われて、どきりとした。たしかに、そうだ。なぜ彼らではなく、あの子たちなのか。いまだに捕《つか》まっていないと知ったとき、心のすみに小さな安堵《あんど》があった。

「佐田さん、ひょっとして連中を庇っているなんてことは……」

「いや、そんなことは……」

狼狽《ろうばい》しながら、佐田は懸命《けんめい》に理由を探った。安堵の正体を、見極《みきわ》めようとした。

「ただ……ぶつかった相手が、息子の若いころに似ているような気がして……」

「似ている？　たしか顔は見ていないと、そう仰《おっしゃ》っていたはずですが」

刑事の瞳に、明らかな疑念が浮いた。思わず胸の中で舌打ちしながら、佐田はシャツの袖を押し上げて二の腕の傷を見せ、ぶつかった相手の不快な発言を口にした。

「隠すつもりはありませんでしたが、正直、あまり思い出したくなくて……」

「いや、お察《さっ》しします」

外回りの多さを物語る日に焼けた顔を曇らせて、刑事はすまなそうに頭を下げた。

傷をたてに、相手の口を封じる。我ながら卑怯《ひきょう》な手だとは思ったが、ベテラン刑事の追及をかわす方法を、他には思いつけなかった。

「似ていると言ったのは、外見のことではありません。若いころの息子は、私の活動を快《こころよ》く思っていませんでしたから、たぶんそれと重なったんでしょう」

「活動というのは、被爆者援護のことですね？　私なんかが口にするのは僭越《せんえつ》ですがね、立派なお仕事だと心から思いますよ」

「そのために、家族を犠牲にしてしまった」

「佐田さんの世代なら、珍しいことではないでしょう。戦前のお生まれだから団塊世代とも違いますが、ワーカホリックと呼ばれるほど働いて、高度経済成長からバブル期、その後の不況と、日本経済を支えてこられたのはあなた方だ」

「残念ながら、私はその類《たぐい》ではありません。……仕事さえ、満足にしてきませんでした。当時は残業があたりまえ、定時に帰れる会社などありませんでしたから、働きながらでは満足のゆく活動ができない。勤め先を辞めてしまいましてね。以来定職にはつかず、時折工場などのアルバイトで日給を稼いでいました」

「それだけの収入でご家族を？」

「家計を支えてくれたのは妻です。昼間はクリーニング店で、夜は居酒屋の皿洗いと、本当に働き詰めの人生でした」

同情を寄せるように、刑事が二度三度、深くうなずいた。

「居酒屋で皿を洗いながら、急に倒れましてね……急性骨髄《こつずい》性白血病でした」

吾是は、ぎょっとしたように目を剝《む》いた。

「奥様の病気は、ひょっとして……」

「いや、妻は戦後生まれですから、被爆者ではありません。ですが、皮肉なものです。よりによって被爆者にもっとも多い、同じ病で逝《い》ってしまった」

妻は倒れてから、わずか四ヶ月で亡くなった。まだ四十一歳の若さだった。

「以前から具合が悪かったらしいとは、後になって娘からききました。私がこんなですから、白血病の知識もそれなりにあったはずですが、逆に高額の治療費を恐れて、病院に行くのをためらっていたのかもしれません……妻を殺したのは私だと、さんざんなじったのは、当時高校三年生になったばかりの息子です」

高校の残り十ヶ月、洋介はただの一度も佐田と口をきかず、やがて神戸の大学に進んだ。決して父親びいきではなかった妹の芳美が、市内に就職し父親の面倒を見続けてくれたのも、逆に洋介の憎悪の凄《すさ》まじさを物語っているように佐田には思われた。

洋介も妹とだけは連絡をとり合っていたらしく、洋介の結婚話も芳美からきかされた。

「兄さん、本気で結婚を考えているみたい。父さんも、いよいよおじいちゃんかもね」

兄の結婚を機に、佐田との仲を修復しようとの目論見《もくろみ》があったのだろう。しかしまもなく、芳美の小さな希望は粉々にうち砕かれた。

相手の両親が、突然、佐田を訪ねてきたのである。

「正直申し上げて、娘をこちらに嫁がせるつもりはございません」

最初から、喧嘩腰《けんかごし》だった。

「娘がどうしても諦めてくれなくて……駆け落ちでもされては事ですからね。お父さまから息子さんを説得していただきたいと、お願いにあがりました」

「息子に、なんの不足があると仰るのですか？」

精一杯、冷静にたずねたつもりだった。

洋介は佐田を一切当てにせず、奨学金とアルバイトだけで国立の医学部を卒業し、さらに教授の引き立てがあったらしく大学院へ進んだ。博士号を取得して、その年の春から神戸市内の大きな病院で研修医として働いていた。すべて芳美の口からきかされたが、洋介の頑張りを、佐田は誰よりも誇《ほこ》らしく思っていた。口には出さずとも、自慢の息子だった。

その洋介に、いったいなんの不満があるというのか。目の前の親たちの意図が、佐田にはまったくわからなかった。彼らの懸念《けねん》は、洋介本人のことではなかった。

「だって息子さんは、被爆二世なのでしょう？」

そのひと言で、頭に血が上《のぼ》った。こういうことをきいた、ああいう話もあると、やがて生まれてくる孫への悪影響を両親はとくとくと並べたてたが、ほとんど耳には入らなかった。気がつけば、佐田はふたりを怒鳴《どな》りつけていた。

「あんたたちの娘なんぞ、こっちからお断りだ！　金輪際《こんりんざい》、洋介に近づくな！」

台所からすっとんできた芳美に、泣きながらしがみつかれるまで、佐田は罵詈雑言《ばりぞうごん》を吐《は》き続けた。まっ青になった相手の親は、ひと言も言わずに立ち去った。

「佐田さん？」

吾是刑事が、覗き込んでいた。悪い夢から覚めたように、佐田は小さく首をふった。

「……その、息子はずっと、私の運動には否定的でしてね。未《いま》だにぎくしゃく感が抜けないんです」

「そうですか……犯人の失言が、昔の息子さんを彷彿《ほうふつ》させたと、そういうことですね？」

うなずいて、おや、と気がついた。吾是刑事は、犯人と言った。たしか前回は、容疑者でさえなかったはずだ。

「先日はお話しできませんでしたが、あの晩……いや、早朝ですね、ここから二キロほど離れた国道で、交通事故がありましてね」

佐田の疑問にこたえるように、刑事は話題を転じた。

「十五歳の女子高生が、乗用車にはねられたんです。運転手はすぐに救急車を呼びましたが、ほぼ即死状態でした。いきなり相手が道にとび出してきたと、運転手は証言した。ほかに人気《ひとけ》もなく、当初は言い逃れだろうと思われていたのですが、調べてみると、それを裏づける事実がいくつも出てきましてね」

運転していたのは、三十代のコンビニ店長だった。その時間まで仕事をし、帰宅する途中だったという。

「まず被害者は、あの日の二日前、学校へ出かけたまま帰らず、両親から捜索願いが出されていました。さらに遺体を検分したところ、事故でついたものとは思えない打撲や切り傷と、さらに暴行された跡がありました」

いったいどう、あの少年たちと繋《つな》がるのかと、それまで腑《ふ》に落ちなかった佐田にも、話の結末が見えてきた。冷たい手で脇腹を掴まれたように、全身がぞくりと粟立《あわだ》った。

「どうやら被害者の少女は、監禁されて暴行を受けていたらしいとわかりました。少女は道にとび出して、まるで通せんぼをするように車の前に立ったとの、運転手の証言とも一致します。その辺《あた》りを捜索したところ、近くの空家《あきや》から体毛や血痕《けっこん》が見つかって、少女のものと判明しました。さらに別の体毛や指紋が数種類採取され……」

「それが、あの三人組だと……」

刑事は口をへの字にしたまま、ゆっくりと首を横にふった。

「残念ながら、それはまだわかりません。指紋には、犯罪履歴はありませんでした。ただ、少女をはねる寸前、運転手は右にハンドルを切った。ヘッドライトの中に、男が三人浮かんだそうです」

事故の瞬間というのは、スローモーションのようにまわりがひどく緩慢《かんまん》に映《うつ》るという。顔まではわからなかったものの、三人の姿はまるで写真のように、運転手の目に焼きついた。少女をはねてからは、運転手の注意はそちらに向いて、気がついたときには三人組は消えていた。

「その連中が、逃げ出した少女を追ってきたと考えれば、辻褄《つじつま》が合います。服装などから、二十歳前後、あるいはもっと若く見えたと、運転手はそう証言しています」

少年の顔が、頭をよぎる。色の白い脆弱《ぜいじゃく》そうな顔立ちで、そんな大それたことをしそうにはとても見えなかった。

「佐田さんと運転手の話は一致しますし、彼らが暴行犯だということは、まず間違いないと思われます。少女の両親から再三頼まれておりまして、鋭意捜索中ですが未だに……」

やりきれないような太いため息が、刑事の口からもれた。

「ご両親には、殺しても殺したりない憎い相手でしょうが、たとえ犯人を挙《あ》げても監禁と暴行傷害。未成年であればさらに刑は軽くなる。遺族の無念は、計り知れません」

さっきまで見ていた番組のコメンテーターと同じような台詞《せりふ》が、吾是刑事からもれた。


翌日から佐田は、市内の繁華街をうろつくようになった。

「監禁に使われた、空家の近くで聞き込みを続けましたが空ぶりでした。相手が二十歳前後なら、このあたりを探したほうが早いかもしれません」

とは、吾是刑事からきいた話だった。警察も、重点的に当たっている場所だ。素人《しろうと》が出し抜けるはずもないが、それでも少年の顔を覚えているのは、おそらく佐田だけだ。もしかしたら警察より先に探し出せるかもしれない——。その考えがちらついて、夕方になると自然と足が向いた。四、五時間もネオン街をただ歩きつづけ、くたくたになってベッドに倒れ込む。そんな日々が続いた。

ある日の晩、スピーカーに乗って流れてきた声に、佐田はぎくりと足をとめた。

「私は被爆者三世として、この広島から世界に向けて平和を訴《うった》えるつもりでおります」

選挙演説だった。県議会選挙の投票日は、来週の日曜日のはずだ。交差点のあたりに選挙カーが止まっており、わずかな人垣も見える。精力的な男の声は、夜空に朗々と響《ひび》いていたが、佐田は鼻白《はなじろ》む思いを禁じえなかった。

「被爆者がもち出されるのは、選挙のときだけだな」

関谷が亡くなって以来、所属団体の事務所に行くのが億劫《おっくう》になっていた。放りっぱなしというわけにもいかず、週に一度は顔を出しているものの、

「大丈夫ですよ、会長にご用のあるときは、こちらから連絡しますから」

若いボランティアに微笑《ほほえ》まれるたびに、用済みだと言われているような気がした。実際、三人のボランティアが暇《ひま》をもてあますほど、会にはやるべき仕事が何もなかった。

「まことに悲しいことですが、若い世代には被爆の痛みが忘れ去られようとしております」

それまで風のように流れていくだけだった演説が、ふいにずしりと響いた。

自分が何故《なぜ》、あの少年を探しているのか。もう一度会いたいと望んでいるのか、その理由がようやく焦点を結んだ。関谷の気持ちをくじき、佐田の思いを削《そ》いでいたのは、世間の無関心だった。だから子供のようなあの少年が、憎しみであれ嫌悪であれ、あれほどまでに剝き出しの強い感情をぶつけてきたことが、心のどこかで嬉《うれ》しかったのだ。

「私、下沢敏也《しもさわとしや》は、市議として二度の任期を務めさせていただき……」

演説を背中にききながら、佐田はその場を離れた。

「あの少年を、シュンを探そう」

足取りは軽くなり、たしかなものになっていた。

その日はいつもより熱心に歩きまわり、気がつけば午後十一時を過ぎていた。路面電車の最終にどうにか間に合い、アパートに戻ると、部屋の前に人影がうずくまっている。シュンではないかと、妙な錯覚を覚えたが、不機嫌な声とともに相手が立ち上がった。

「こんな時間まで、どこにいたんだよ。心配したんだぞ」

息子の洋介だった。かれこれ二時間近くも待ちぼうけしていたようだ。佐田の事務所にも電話をしたが、誰も出なかったと口を尖《とが》らせた。

「おまえの方こそ、いったいどうしたんだ？」

芳美という緩衝材もなく、佐田は息子を前に面食らった。洋介も多少ばつの悪い顔はしてみせたが、驚いたことに、ここへひと晩泊まると告げた。

「仕事でね、明日の朝一番で市内の電気メーカーに行くんだ。市街地のホテルより、ここからの方が近いんだ」

一応、理は通っているが納得はいかない。長年の溝を埋めようとしているのか、あるいは老父のひとり暮らしが心配になったか。素直に受けとめればいいのだろうが、佐田はどうしても釈然《しゃくぜん》としない。

何か大事な話でもあるのかもしれない――。そう見当をつけ、佐田は部屋に落ち着くと、世間話のつもりで切り出した。

「明日の仕事っていうのは、この前言っていたプロジェクトのことか？」

洋介のコップにビールを注《つ》ぎながら、妙な感じがしてならなかった。息子と酒を酌《く》み交《か》わすのは初めてだ。そのとまどいのためだろうが、いつか同じことがあったという既視感のような、逆にあり得《え》ない現実をからだが拒絶しているような――ひどく曖昧《あいまい》な感覚におそわれた。記憶を手繰《たぐ》ろうとすると、頭の奥に鈍い痛みが走った。

「どうしたんだ、父さん？　疲れているなら、無理せずに休んでくれよ」

心配そうな息子の顔に、さらに不安が渦《うず》を巻く。しかし洋介の耳のあたりに白髪を認めて、佐田は思わず苦笑した。刺すような冷たい視線こそ、佐田が馴染んだ洋介なのだが、思えば息子も老いの声をきく歳になった。人間が丸くなるのも、しごくあたりまえの話だ。

息子の杞憂《きゆう》を笑顔で払い、佐田は先を促した。

「たしか、0号とかいったな。よくわからんが、省庁も力を入れているようだし、大きな仕事なんだろう？」

洋介の変化は、やりがいのある仕事に就いたためかもしれない。ちらりと、そんなことも考えた。

「そうなんだ。ひょっとしたら、日本の刑法を変えることになるかもしれない」

「刑法を？」

問いながら、関わっていたのが法務省だったことを思い出した。

ソファに座る洋介が、正面から佐田の視線をとらえた。

「刑罰０号」

まるで地獄の扉がきしみをたてながら開くように、そこだけひどく重々しく響いた。

「おれたちが０号と呼んでいるのは、まったく新しい刑罰のことなんだ……死刑を減らすためのね」

「死刑を、減らすだと？」

「二〇〇〇年以降、死刑判決の割合は増える一方でね」

「そういえば、きいたことがあるな。被害者や遺族の気持ちを斟酌《しんしゃく》すると、どうしても極刑《きょっけい》にせざるを得ないと」

「よく言われているように、犯罪の抑止力ともなり得ない。死刑になりたいという理由で人を殺す大量殺人犯は後を絶《た》たないからね」

死刑囚が増え続ける一方で、法務大臣ひとりに委《ゆだ》ねられる執行は遅々《ちち》として進まない。十年くらい前だったろうか、大臣の手を経ずに執行するシステムを作るべきだと発言した法相もいたが、世論の突き上げを食らい鳴りをひそめた。

「0号というのは、死刑に代わる新たな刑罰ということか？」

「そうだな、ゆくゆくはそうなるかもしれない……死刑は結局、誰も救わないようにも思えるからね」

遺族の怒りや悲しみは、何年経とうと癒《いや》されるものではなく、実際に死刑を行う刑務官の心理的な負荷《ふか》はあまりにも大きい。洋介は、そのように説《と》いた。

「ただ、死刑廃止を論ずるのは、ずっと先の話だろうな。いまのところ0号は、死刑と禁《きん》固《こ》刑のあいだに位置する、新たな刑罰と考えられているんだ」

冷蔵庫にあった二本のビールが空《から》になり、佐田は焼酎に切りかえた。

「いまの日本には、罰金を除けば死刑か禁固刑しかない。それだけだと、色々と不都合なことが起きているんだ」

湯で割った焼酎を、洋介は礼を言って受けとって、話を続けた。

「まず、無期懲役と死刑の落差が、あまりにも激しいことだ。無期は終身刑じゃない。服役中の素行がよければ二十年で釈放されることもある。無期の判決に、遺族が納得いかないのもあたりまえだ。さらに問題なのは、少年犯罪でね」

すぐさま佐田の胸に、シュンと呼ばれた少年の顔が浮かんだ。

「犯人が未成年というだけで、死刑に処すどころか無期さえままならない。被害者や遺族の憤《いきどお》りは、もって行き場がない。思いあまって自らの手で私刑に及んでしまう、そんな悲惨な例もあるんだ」

酔いも手伝っているのだろうか、洋介の舌はいつになくなめらかだ。

「加害者を殺さず、それでいて被害者の気持ちを、死刑や禁固刑よりずっとやわらげることができる。0号は、そういう刑罰なんだ。遺族がいちばん望んでいることが何か、父さんならわかるだろう？」

間髪をいれず、佐田はこたえた。

「加害者の贖罪《しょくざい》だ」

——おれたちはいったい、なんのために。

米国の物理学者と会った日の、関谷の無念の呻きが耳によみがえる。贖罪とは、償いや補償のことだけではない。むしろ大事なのは、たったひと言の心のこもった謝罪なのだ。自らの罪を認め、深く悔い改めるその気持ちこそが、被害者や遺族を慟哭《どうこく》からすくう。

佐田のこたえに、洋介は満足そうにうなずいた。

「0号は加害者に、心の底から悔いてもらうための刑罰なんだ」

「そんな夢のような方法が、本当にあるのか？」

「理論上は、完成してる。あとはシステム次第だ。工科大との提携もそのためだし、電機メーカーの広島工場で、試作品も仕上がった。明日はそれを見にいくんだ」

嬉しそうに笑った洋介の頰《ほお》で、パチリと光がはじけた。

たちまち洋介の顔が不規則に歪《ゆが》み、からだのあちらこちらが点滅しだす。眼鏡《めがね》の曇りなどで、説明できる状態ではなかった。

火花のような、小さなノイズがやまない。壊れた画像データのように、いまや人の姿を留めていない洋介が、笑顔のままこちらに向かって話し続けている。

悲鳴をあげて立ち上がり、そこから先は覚えていない。

気がつくと、寝室の布団の上だった。

閉じたカーテンの隙間《すきま》から光がもれて、外からは子供の声がきこえる。時計を見ると、八時をまわっている。家の中は、静まりかえっていた。

洋介が来たことも、昨晩の会話も、すべて夢だったと知ったのは冷蔵庫を開《あ》けたときだ。

二本のビールは、何事もなかったように扉のボックスに収まっていた。

朝の陽射しは、午後になると急に翳《かげ》った。夕方には雨粒が落ち出したが、まるで出勤する会社員のように、ごく自然に繁華街へ足が向いた。人の波をかきわけるたびに佐田の傘は、台を落ちるパチンコ玉のごとく別の傘にはじかれる。

黒い傘の下で、佐田は大きなため息をついた。足の節々がだるく、からだが重い。どうやら風邪をひいたようだ。

「今日はこのまま、帰るとするか」

呟いたとき、通りの向こうに、二ヶ月間探しもとめていた姿があった。老眼がすすむ一方だから、遠くのものはひどくよく見える。間違いなく、『シュン』だった。五、六人の少年たちとともに、その姿は真向かいの店に吸い込まれる。

あわてて通りを渡り、扉の中に足を踏《ふ》み入れたが、佐田はすぐに店を出た。まるで巨大な水槽のように青いライトが明滅し、轟音《ごうおん》に等《ひと》しい音楽が唸《うな》りをあげる。若者たちがクラブと呼ぶ店だった。気後《きおく》れもむろんあったが、かなりの広さのスペースに立錐《りっすい》の余地もないほど人が群れ、おまけに顔の判別が難《むずか》しいほど暗い。この中で探すのは無理だと、諦めたのだ。

入ったばかりの少年が、また出てくるのは何時間後になることか。わかってはいたが、佐田はその場から動けなかった。黒い傘の下で、辛抱《しんぼう》強く店の出口を見張った。

やがて路面電車の最終時刻も過ぎ、雨は勢いを増した。

傘を差しているにもかかわらず、佐田のズボンは股上まで濡《ぬ》れそぼり、湿ったからだは初冬の風に吹きさらされて芯まで冷えた。先刻まで震《ふる》えが止まらなかったのが、いまは首から下が石膏《せっこう》で固められたようになんの感覚もしなくなり、逆に頬が熱くなってきた。ここに立って、いったいどれほど経過したのか。それすらはっきりしなくなったころ、少年の一団が店から出てきた。

「……シュン」

知らずに、名を呼んでいた。歩き出そうとしたが、足がもつれて前に進まない。しかしありがたいことに少年たちは、こちらに向かって歩いてくる。

「シュン君!」

通り過ぎる瞬間、佐田は叫《さけ》んでいた。一団が足を止め、少年がゆっくりとふり向いた。

「誰だ、あんた?」

「おれを、覚えてないか? ふた月前の早朝、サイクリングロードでぶつかったろう」

と、佐田は、こわばった手を必死で動かし、右袖をまくってみせた。

「……あんた……あのときの……」

シュンはじっと、佐田の傷に目を落としていたが、背後にいたふたりが素早く目配せを交わした。

「おれになんか用？　ひょっとして、この前の慰謝料《いしゃりょう》でもよこせってこと？」

「シュン、その話はそこまでだ。じいさん、ちょっとこっち来いや、落ち着いて話そうぜ」

シュンを押しのけるようにして、ふたりの少年が佐田の両腕をとった。佐田の傘が、道にころがった。一緒にいた仲間をその場に残し、おそらくはあのときの三人組のうちのふたりだろう、両脇を固めた少年たちは、半ば引きずるようにして、佐田を狭《せま》い路地へと引っ張り込んだ。

「ったく、シュンがドジ踏んだおかげで、とんでもねえことになっちまったな」

二十歳くらいだろうか、シュンよりも明らかに年上らしい、体格のいい男が呟いた。

「どうする？　やべえよ、このままじゃ」

ひょろりと痩《や》せたもうひとりの少年は、シュンと同じくらいに見える。

「別におまえらを、警察に突き出すつもりはないんだ。ただ、ききたいことがあって
……」

佐田はふたりの後ろに突っ立っている、シュンに向かって訴えた。こうして改めて見ると、彼はきれいな顔立ちをしていた。白くなめらかな肌に、唇だけが妙に赤い。華奢《きゃしゃ》なか

らだつきに似合いの、どこか女性的な容貌《ようぼう》だった。傍らのふたりのような焦《あせ》りや不安も感じられず、虚《うつ》ろな目と表情のない顔は、まるで西洋の人形のようだ。

「きみはどうして、被爆者を憎んでいるんだ？」

佐田は、シュンの目だけを真正面にとらえてきいた。

「さっさとくたばれって……そう言ったよな？　どうしてそんなに憎まれるのか、どうしてもわからないんだ。おれたち被爆者の、いったい何が気にいらないんだ？」

「別に、憎むなんて大げさなもんじゃない。ただ、ウザいんだ」

「ウザいって……何が……」

「被爆者四世なんてレッテルは、必要ないって言ってんだ！」

拳《こぶし》で直《じか》に打たれたように、ばくん、と心臓がはねた。

「もう七十年も経ってんだ。大昔のことを、いつまでもエラそうに蒸《む》し返しやがって。いまは平和なんだ、それでいいだろう？　暗いんだよ、うぜえんだよ、あんたたち被爆者は」

「シュン、おまえ、なにキレてんだよ？」

「仕方ねえすよ。こいつの親父、県だか市だかの議員でさ。選挙がはじまるたびに、この手のウザいことぬかすもんで、シュンはあきあきしてるんだ」

仲間の若い方が、したり顔で説明する。

――おれたちはいったい、なんのために。

関谷の声が、破鐘《われがね》のようにうわんうわんと頭蓋《ずがい》の中に響きわたる。

佐田は、はっきりと思い出した。関谷に、妻に、洋介や芳美に、目の前のあらゆる人々に向かって語った言葉を。

『この悲劇を、未来に決して繰り返さないために。おれたちの子供や孫や曾孫《ひまご》や、その先もずっと続く命のために、核はあってはならない！』

それこそが関谷の願いであり、佐田の切なる望みだった。その未来の希望であるはずのシュンたちには、ただの一片も届いていないというのか……。

佐田の中で、何かが音を立てて崩れた。灰のような虚無《きょむ》だけが、からだを覆う。

膝《ひざ》がかくりとくだけ、地面に着いた。両手で胸を押さえながら、佐田のからだがゆっくりと前のめりに倒れる。

「おいっ、じいさんっ！」

「やべえよ、これ。どうする？」

焦るふたりの声に、シュンが落ち着いてこたえた。

「いいじゃん、行こうよ、このまま。もし死んじゃったら、ラッキーだろ？」

「……そ、そうだよな……おれたちなんにも、してねえもんな」

やがてバタバタと三人の足音が遠ざかり、佐田はひとり残された。顔の左半分は、濡れたアスファルトに張りついている。冷たい雨が背中を叩《たた》いているのに、からだはひどく熱かった。全身が脈打つようで、地面の揺れが止まらない。

「……おれは……ここで死ぬのか……」

生きる気力がどうしても出なかった。からだよりも、心が萎《な》えていた。

「そうだよ、佐田行雄は、ここで死ぬんだ」

耳許に、きき慣れた男の声がした。

「……洋介……？」

傍らにしゃがみ、佐田の顔を覗き込んでいるのは、紛《まぎ》れもなく洋介だった。

「おまえが……なんでここに？　また……悪い夢か……？」

「違うよ、この前のおれも夢じゃないよ、父さん。異物の組み込みは、まだ試作段階だ。バグやフリーズが起きるのは、勘弁してくれよ」

洋介は、笑っている。だが、恐ろしく冷たい笑みだ。

「おまえなんかを当てにした、親父も馬鹿だよな。でもな、おまえは親父にとって、最後の希望だったんだ。だからおまえを、探しまわった」

笑みが途切れ、こちらを見据《みす》える瞳に怒りが燃えさかった。

「どうだい、無念だろう？　心血《しんけつ》を注ぎ、生涯をかたむけてやってきたことが全て無駄だった。そう思いながら死んでいく者の気持ちが、おまえにもわかったろう？」

「……洋介……なにを……言ってるんだ……？」

「人の一生は、死ぬときに決まる。おれの親父の一生は、おまえの心無いひと言で、台無しになったんだ！」

洋介の目から、涙が噴きこぼれた。

「そろそろ自分を、思い出してもらおうか……下沢俊《しゅん》くん？」

目の前に、閃光がはじけた。

洋介の顔も、背後のすすけた壁も雨さえも、一切が光の中に消えた。

「……さん？　大丈夫ですか？」

目をあけると、真っ白い天井があった。

「……ここは……病院ですか？」

「まあ、そんなところね……よかった、話はできるようね」

医者だろうか。長い白衣を着た若い女性が、左手をとり脈を測る。

「脈拍も正常だし……下沢さん、あなたは無事に社会復帰できそうね」

「先生、私は佐田です。佐田行雄。下沢ではありません」

目の前の女性は、少し困ったような顔をして、セミロングの髪をふわりと払った。美人と言える顔立ちだが、小生意気そうにも見える。

「まだ記憶が混乱しているようね。無理もないけど」

と、いったんベッドを離れ、両手に四角いものをもって傍らに立った。

「自分の顔を、見てごらんなさい」

目の前に鏡が置かれ、とたんに悲鳴があがった。鏡の中で茫然《ぼうぜん》と口を開いているのは、あの少年……シュンだった。

「あなたは十七歳の下沢俊くん、わかった?」

「ばかな……そんな、ばかな……」

両手を顔にあて、頬をなでまわす。すべすべした感触が手の平から伝わり、鏡の中のシュンも、まるでムンクの絵のように歪んだ表情を見せている。

「あなたは0号を施《ほどこ》されて、佐田行雄の晩年の人生を辿《たど》らされていたのよ」

「……0号……洋介が携わっていたという、刑罰0号のことか?」

「ええ、そう。佐田洋介教授は記憶中枢分野でのスペシャリストでね、死んだ人間の脳から記憶にかかわる部分をとり出して、再合成することに成功したのよ。亡くなった人の記憶を、まるで映画のように視覚と音で他人が見ることができる、システムを開発した。私は佐田教授の下で、助手をしていたの」

遺体の損傷度合いにもよるが、だいたい死後二日以内なら記憶の抽出《ちゅうしゅつ》は可能であり、本人からのサルベージが無理な場合は、遺族の証言から仮想データを合成することもできる。

江波《えなみ》はるかと名乗った助手は、そう語った。

「教授はさらに、合成した記憶を他人の頭の中で再生できないか、その研究にとり組むようになった。そうすることで映像化できない匂いや、故人の心情までがわかるはずだって。この研究を知った法務省が、教授に０号計画を依頼したのよ。残念ながらこのプロジェクトは、実験段階で失敗に終わったけどね」

「失敗……？　０号計画は、頓挫《とんざ》したのか？」

「厳密に言うと、システムそのものは問題なかったのよ。合成記憶をマイクロチップに書き込んで、脳のある部分に埋め込むと、本人の自我や記憶はいったん眠りについて、ちょうど夢を見るのと同じ要領で、合成された他人の人生を忠実に辿る。ちょうどあなたが、佐田行雄の二ヶ月を辿ったようにね」

江波はるかは、すでに鏡を片づけていた。シュンの顔がなくなると、やはり自分は佐田行雄のはずだという思いが強くなった。

「ただね、ひとつだけ計算違いがあった。犯罪者の、特に極刑を受けるほどの重罪を犯した者の精神がどれほど脆《もろ》いか、それを計りきれなかったのよ」

と、ベッドの脇にある、パイプ椅子《いす》に腰をおろした。

「ふつうの人でも、自分の罪を認めるには、やっぱり勇気がいるものでしょう？　これが死刑囚というと……もともと弱いから罪を犯したのか、犯行に至った結果弱くなったのか、その両方かもしれないけれど……健常者よりずっとずっと脆かったのよ」

死を覚悟した死刑囚が、悟りをひらいたような人格者になる例はある。だが被験者《ひけんしゃ》になった者たちは、そのたぐいではなかったようだ。実験は、死刑囚とその被害者遺族、双方が望んだ場合に限り施され、九名が参加した。成功すれば、死刑を免《まぬか》れる可能性もある。彼らの希望が、生への執着こそが仇《あだ》になったという。

「自分の犯した罪の重さに、死刑囚は耐えられなかった。九人中五人が発狂、あるいは重度の精神退行、ふたりは夢から覚めないまま……つまり植物状態ね。心が壊れるとかからだも駄目になるのか、もうひとりは実験終了と同時に心停止。辛《かろ》うじて正気を保っていた最後のひとりも、ひどいうつ病になった挙句《あげく》、房内で自殺したわ」

あまりにも凄惨《せいさん》な結末を、まるで講義でもきかせるように、江波はるかは淡々と語った。

「洋介は……洋介はいま、どうしているんだ？」

「教授は、逮捕《たいほ》されたわ」

「なんだって！　実験の失敗が、罪になったのか？」

「そうではないの。梃入《てこい》れしていたのは法務省だし、そちらに問題はなかったわ。下沢俊くん、あなたに0号を処した罪で、佐田教授はつかまったのよ」

「どういう……ことだ……？」

「死刑囚への実験の失敗で、プロジェクトは完全にストップした。当初検討されていた、少年犯罪者への適用も含めてね。でも教授はあなたを……下沢俊を許せなかった。父親の人生を踏みにじった少年を、見逃すことができなかったのよ」

「……あの洋介が……それほどまでにおれを……？　洋介はおれを、嫌っていたはずだ。母親の死も、結婚が駄目になったのもおれのせいだと、長いあいだずっと責めていた」

呆《あき》れたような大きなため息が、江波はるかからもれた。

「ええ、ええ、あなたと教授は、仲のいい親子じゃなかった。大学に入って以来、あなたとまともに語り合ったことさえなかった。だからこそ突然逝ってしまったことが、悔《くや》まれてならなかったようね」

「そんなことはない……洋介はこのところ、よく顔を見せてくれた」

「あれは教授のいたずら、いいえ、贖罪かもしれないわね。記憶チップに細工をして、仮想データを組み入れたのよ」

「……贖罪……」

その言葉だけが、妙に切なく心にひびいた。

「そうよ。だから父親の脳から、記憶を抽出した。再合成して、間接的にせよ、下沢俊が父親を殺したことを確信した。下沢俊と仲間ふたりは、そのころすでに別件で警察に連行されていたけどね」

「……ひょっとして、女子高生の監禁事件か？」

吾是刑事からきいた話が、脳裡《のうり》によみがえった。

「ええ……あの事件の首謀者は当時十八歳で、辛うじて少年院送りになったけど一年も経たずに出てきた。あなたともうひとりは当時十五歳ってことで、少年院送致にさえならなかった。事故死した少女の両親は、諦めきれなかったんでしょうね。何度も何度も研究室に足を運んで……教授は常識人だから、そうでなければおそらく、こんな馬鹿な真似はしなかったはずよ」

一瞬、無念そうな表情が浮かんだが、それはすぐに消えた。

「あの少女の父親はね、０号プロジェクトに参加していたの。広島市内にある電機メーカーの技術課長で、記憶チップの製造を手掛けていた。だから娘が事故死してすぐに、記憶の抽出を教授に頼みにきたのよ」

結局、洋介は、三人を密《ひそ》かに研究所に連れてきて０号を処したのだ。

「ちなみに佐田行雄だったのは、あなただけよ。あとのふたりには、亡くなった少女の記憶が埋め込まれたのよ」

「彼らは、どうなったんだ？」

「リーダー格の少年は、完全に精神を病《や》んでいまは病院よ。もうひとりは記憶再生は終了しているはずなのに、未だに目覚めない……あなたは運がいいわ、下沢俊くん」

「おれは、佐田行雄だ」

始末に負《お》えないと言うように、江波はるかが肩をすくめた。

「一時的なものにせよ、故人にここまでなりきるなんて初めてのケースだわ。よほど自我に欠けていたのかしら……」

呟きながら、ベッドから離れる。部屋を出ていこうとして、ドアの前で立ち止まり、くるりとふり向いた。

「では、佐田行雄さん。あなたはこれから、どうするつもりなの？」

からかっているのだと、わかっていたから何もこたえなかった。

もう一度肩をすくめて、江波はるかは出ていった。

どうするかなど、最初からわかりきっていた。佐田行雄が生涯かけてやってきたことは、ひとつだけだ。

「そうだろう？　関谷」

呟くと、明るい窓の外から、応じるように子供の声が響いた。

疑似脳0号

運命とか、赤い糸とか、決して信じていたわけじゃない。

もしもこの世にあったにせよ、自分の身には起こり得ない――。

あのときまでは、そう思っていた。

水央《みお》に会うまでは――。

＊

あの年は桜が早くて、三月の下旬には満開を迎えた。キャンパス内にあるソメイヨシノはすっかり葉桜となっていたが、地面にはわずかに桃色の痕跡《こんせき》が残る。

水央に初めて会ったのは、大学の入学式から二、三日経《た》ったころだった。

桜の花びらと一緒に、僕の足にビラが一枚絡みついた。ことさら、風の強い日だった。

「ごめんなさい！　風にもっていかれて」

屈《かが》んで、左足ではためくビラを外す。顔を上げたとき、そこに水央がいた。走ったためか慌《あわ》てたためか、頬《ほお》がほんのりと桜色に上気《じょうき》していた。潤《うる》んで見える大きな瞳と、小さめでふっくらとした唇。未《ま》だ緑の淡《あわ》いキャンパスに、もう一度、春が舞い降りた。大げさでも何でもなく、そう思った。

たぶん僕は、あの一瞬で、恋に落ちた。我ながら、ベタな話だ。

「ありがとう、拾ってくれて。急に吹いたから、スカート押さえるのが精一杯で」

白い襟《えり》なしブラウスに、桜より少しオレンジがかったピンクのスカート。ベージュのコートを羽織《はお》っている。その姿がまだ、キャンパスにしっくりこない。そんな雰囲気《ふんいき》があった。見た感じは同じ一年生だが、左手にはたくさんのビラを抱《かか》えている。上級生かもしれず、ビラを返しながら用心深くたずねた。

「これ、テニスサークルですよね？　勧誘《かんゆう》ですか？」

「え？　あ、違います。歩くたびに渡されるうち、気づいたらこんなになっちゃって」

僕なんかはほとんどスルーした口だが、馬鹿正直に受けとる姿が容易に想像できて、何やら微笑《ほほえ》ましい。

「一年生？　僕も」

「そうなんだ！」

遠い異国で日本人に出会えたように、ぱっと表情が明るくなった。

「僕は情報学部、野末眞《のずえまこと》」

「文学部の、早瀬《はやせ》水央です」

出会いを祝福するように、わずかに残った薄桃色の花びらが、強い風に舞い上がった。

N大には、キャンパスが四つある。学部や学年によって変わり、僕や水央の学部は、四年間ずっと、この吉祥寺《きちじょうじ》キャンパスへ通うことになる。

とはいえ、僕は北関東の田舎町の出身で、いまはひとり暮らし。水央は都内に家があり、両親と暮らしている。学部も生まれも育った環境もまったく違うが、幸いひとつだけ共通点があった。

「テニスは中学でやってたけど、軟式だったんだ。どうせなら硬式をやってみたくて。でも初心者だから、本格的な硬式テニス部じゃ、とてもついていけないし」

「へえ、おれも。部活じゃなく、友達に誘われてたまにコート借りて遊んだだけど、やっぱり軟式だった。硬式なら、適度にユルいサークル希望」

お互《たが》い軟式テニスの経験があり、硬式初心者としてテニスを楽しみたい。ささやかな一致に、僕はとびついた。せっかく大学に入った以上、サークル活動はしてみたかったし、いくつかの選択肢の中に、硬式テニス部は入っていた。言い訳めいてはいるが、決してよこしまな気持ちばかりじゃない。

「それで、テニス関係の部やサークルのビラを、集めてたってわけか」

「集めていたわけじゃないよ。まさか、こんなにあるとは思わなくって」

結構な厚みになったビラの束《たば》を、恨《うら》めしげにながめやる。この大学には硬式と軟式を合わせると、テニスを謳《うた》った部やサークルは三十近くもある。その中からひとつを選ぶのは、至難《しなん》の業《わざ》だ。僕らは構内のカフェテリアに場所を移し、検討してみることにした。

「これなんか、どうかな？」

「練習場所が、ちょっと遠いかも。おれ、アパートが国分寺《こくぶんじ》でさ」

「中央線で一本なら楽だね。私も井《い》の頭《かしら》線で一本の浜田山《はまだやま》」

知り合った者同士のぎこちなさはあるものの、それすら新鮮だった。

「これは……あ、ダメか。N大男子と、S短大女子のサークルみたい」

「そういえば、逆もあるな。N大女子と、他校の男子限定」

課外活動とは名ばかりの、いわば合コンや出会い目的のサークルも多い。テニスはその最たるもので、やたらと数が多いのもそのためだ。

「あんまりあからさまなのは嫌だけど、他校との交流は楽しそうだよね」

「それなら、ここなんかどう？　N大とR大の合同。男女問わずだって」

「あ、いいかも。明日、サークル棟、行ってみる？」

話が決まりかけたとき、水央の携帯が鳴った。

「あ、緋文《ひふみ》？　いま、構内のカフェにいるの……うん、わかった、正門前ね」

話の内容から、相手も同じキャンパス内にいると知れた。

「ごめんね、野末君、友達と約束があって、行かないと」

「いいよ、明日サークル棟で待ち合わせようよ。友達って、同じ学部？」

「学部は違うけど、中学と高校が一緒なんだ。運動音痴だから、テニスには誘えなかったけどね」小さく、舌を出した。

翌日、僕と水央は、ノー・マックスというテニスサークルに入部した。

「僕らは決して、ウィンブルドンを目指しているわけではありません！　テニスにマックスの力を捧《ささ》げるわけじゃない、という立派な大義名分が、サークル名の由来です」

N大三年生の部長が新入生歓迎コンパでスピーチしたとおり、ノー・マックスは、テニスと遊びの比率がちょうど半々くらい。メンバーや活動も派手ではなく、かといって地味でもない。そのフツー加減が、居心地よかった。

部員は一年生から三年生まで、合わせて七十名ほど。練習は週に二度、ひと駅先の市営テニスコートに集まる。僕らのような軟式経験者はまだいい方で、まるっきりのド素人《しろうと》も多く、上級者はけっこう親切に教えてくれる。N大とR大の学内大会など、試合も年に三度ほど、夏と冬には合宿もある。テニス以外にもカラオケや飲み会など、それらしい理由をつけて、試験期間を除いて月に一度は親睦会があった。

早瀬水央と会える貴重《きちょう》なひと時でもあり、バイト以外はマメに顔を出し、一方の水央は、一年生の中では上級者の部類に入る。六月の学内オープン戦に向けて、かなりまじめに練習に励《はげ》んでいた。

ひとめぼれとはいえ、初めは憧《あこが》れに近い、ふわふわした感情だった。この気持ちは明確《めいかく》な恋だと意識したのは、ちょっとした事件がきっかけだった。

六月最初の金曜日、ノー・マックスではボウリング大会が開催された。

新宿のボウリング場で、二時間ほどゲームをしたところで、部長が声を張り上げた。

「えー、これからいつものごとく、場所を移して二次会となりますがー、今日はあいにくと、近くに『味もん』がありません」

『味もん』は、ノー・マックス御用達《ごようたし》の居酒屋で、吉祥寺駅の近くにある。テニスコートからは結構離れているのだが、吉祥寺は都内でも有数の、安くて旨《うま》い店の激戦区だ。味もんは、我がサークルの貴重な交流場所として、重宝《ちょうほう》されていた。新宿《しんじゅく》からなら、吉祥寺まで電車で十三分。戻っても良いように思えたが、部長は違う提案をした。

「今日の参加者は、五十四名。全員の席を一店舗では確保できません。よって、ここからふた手に分かれます！　えー、N大、R大を問わず、一年男子は藤崎《ふじさき》さんに。一年女子は、僕についてきてください。一年生、わかりましたかー？」

藤崎さんはR大の女子学生で、副部長を務めていた。はあい、と一年生が返事をする傍《かたわ》らで、二、三年同士は意味深に目配せし合う。何か、嫌な予感がした。

それでも僕ひとりで女子に混じるわけにもいかない。ボウリング場から五分ほどで、新宿東口にほど近い居酒屋へ到着した。ここで一年女子とは別れ、彼らは南口傍《そば》の別会場へ向かうという。それまで全員がそろっていたからわからなかったが、大きな個室に落ち着くと、真っ先に声があがった。

「うわ、この面子《メンツ》。今日はお姉さまたちと、親睦会ってことっスか？」

R大の学生で、一年の中ではもっとも調子のいい男だ。彼が言ったとおり、男は一年生のみで、二、三年はすべて、女性で占められていた。

「そういうこと。はりきって親睦を深めてちょうだいね」

「おれ、藤崎さんになら、おもち帰りされたいっス」

「ごめんねー、あたし面食いだから」

藤崎さんがすかさず返し、どっと笑いが起きる。飲み会はいつも以上のハイテンションではじまったが、僕は気もそぞろの状態だった。

「どうしたの、野末？　全然、グラス空いてないよー」

二年生の工藤《くどう》さんが、安ワインのボトルをかざす。彼女も藤崎さん同様、R大の女子学生だが、気さくな人柄で、水央とも仲がいい。どうしても我慢ができず、勢い込んでたずねていた。

「工藤さん、あの……僕らがこの状態ってことは、向こうは逆、ってことですよね？」

つまりは一年女子と、二、三年男子のコンパということだ。工藤さんは、あっさりと肯定した。

「そうだよ。実はこれ、毎年の恒例でね。去年は私も、まんまと騙《だま》されちゃって」

「騙されるって、どういうことですか？」

「まあ、こっちは見てのとおり可愛らしいものだけど、あっちはも少しハードでね。ここぞとばかりに飲まされて、ほとんどの女子はぐでんぐでんに酔っぱらうのよ。おもち帰りされちゃう女子も、結構いるみたいよ」

水央は決して、酒が強い方じゃない。すうっと背筋が冷たくなった。不安が露骨《ろこつ》に顔に出ていたのだろう。工藤さんが首をかしげた。

「野末、もしかして、一年の誰かとつき合ってる?」

「はい！」

もちろん水央とは、つき合ってなんかない。それでも何故《なぜ》か、迷いなくこたえていた。

「やだ、ホント？　それは心配だよね……そういう理由なら、仕方ないか。向こうのお店、教えたげる」

工藤さんが教えてくれた店は、南口に向かって歩けば五分もかからない。その数分が、とてつもなく長かった。何度電話しても、水央の携帯に繋《つな》がらなかったからだ。

店は細長いビルの七階にあった。エレベーターで足踏みしたいのを我慢して、七階に上がる。エレベーターのドアが開ききるより前にとび出して、ひとつきりの店の入口に向かった。だが、狭いフロアを抜けるより前に、その声が耳にとび込んできた。

「おーい、早瀬、大丈夫かー?」

入口脇、細長く延びた通路の先に、トイレがある。その前に水央がうずくまり、三人の男たちがとり囲んでいた。

「こりゃあ、ダメだな。おまえ、飲ませ過ぎだろ」

「人のこと言えるかよ。ま、おれは初めから、水央ちゃん狙《ねら》いだったけどな」

その瞬間、怒りを超《こ》えた何かが、からだを貫《つらぬ》いて、脳髄《のうずい》を焼いた。真っ黒に焦げた頭では何も考えられず、僕はただ、叫んでいた。

「水央！」

それまでは、早瀬と名字を呼んでいた。名前を呼んだのは、初めてだった。

「何だ、野末かよ。びっくりさせんな。ていうか、おまえひょっとして、早瀬とデキてんのか？」

「そうです！」

デキてるなんて、俗《ぞく》っぽい言い方にもカチンときて、まるで噛《か》みつくように即座にこたえていた。僕は背も幅も中くらいだし、ふだんはむしろ大人《おとな》しい方だ。そんな僕のあまりの剣幕に、びっくりしたんだろう。半《なか》ばぽかんとする上級生たちに、つかつかと歩み寄る。

「そう、怒るなって。おまえのカノジョだって、知らなかったんだよ」

「水央は、僕が連れて帰ります。いいですよね？」

「お、おう、頼むよ」

半ばおよび腰の上級生には一瞥《いちべつ》もくれず、完全に正体を失《な》くした水央を、抱《かか》えるようにしてビルを出た。

翌週のサークルの日、水央がこそりとささやいた。

「金曜日は、ありがと。野末君が助けてくれなかったら、大変なことになってた」

住所を知らないから、タクシーで送ることもできず、あのまま帰せば、親に大目玉を食らうことは目に見えている。あの後、前後不覚の水央を、どうにか店から連れ出して、南口へと上る階段の途中で、しばらく休ませた。

僕の膝《ひざ》を枕に、水央は一時間以上も眠り続けた。長く階段の石畳《いしだたみ》にいて尻がしびれたけれど、僕にとっては途方もなく幸せな時間だった。

いつもより赤味を増した頬、伏せたまつ毛。少し早い呼吸と、息の甘さ。頭を撫《な》でたときの、ふわりとしたセミロングの髪の感触――。そのひとつひとつが、愛《いと》おしくてならない。

――いつのまにか、こんなに好きになっていたのか。

これまでにも、女の子を好きになったことはある。けれど、これほどまでに強い感情は初めてだった。蜜《みつ》のような甘さと同時に、ひどく落ち着かない気分を伴《ともな》う。それは焦燥《しょうそう》に、よく似ていた。

「よ、おふたりさん。今日も仲いいねえ」

二年生の男子が、追い越しざま、ぽん、と僕の背中をたたく。この手の噂《うわさ》は、光より速く伝わる。たぶん週末のあいだに、部員中に広まったのに違いない。

気づいた水央が、恥ずかしそうに頬をあからめたが、否定はしなかった。

それが免罪符のように思え、このときから、僕と水央はサークルや学内で公認の仲となった。

ただ、実のところ、互いの仲はしばらくのあいだ、いっこうに進展しなかった。

遊園地とか水族館とか、僕の方から二、三度誘ってみたが、何かと理由をつけて断られた。ふたりきりで出かけようとはせず、一方で、僕との噂を打ち消すこともしない。周囲からは公認カップルのあつかいを受け、その実は何もない。そんな奇妙な関係が、半年以上も続いた。

僕がへたれだったこともあるが、互いの仲を明確にしなかったのは、水央の側に何となく、そう言い出させない空気があったからだ。

僕らのあいだにある障害を、はっきりと目で捉《とら》えたのは十二月、クリスマスを二週間後に控えたころだった。

その日は朝からどんよりして、ひときわ寒かった。雲は低く厚く、いまにも白い欠片《かけら》が空から落ちてきそうだ。

「降らなきゃ、いいけど」

　学食棟の前で、空を見上げた。サークル前に、水央を迎えに行くのはいつものことだ。待ち合わせ場所のカフェテリアには、もうひとり別の顔があった。

「あ、オシドリの旦那が来た」

「緋文、そういう言い方、やめてくれる？」

　経営学部の、丸山《まるやま》緋文だった。水央とは同じN大付属の中学と高校に通っていた、いわゆるエスカレーター組だ。恥ずかしがりやの水央とは逆に、活発な印象で、僕に対しても初対面から遠慮がなかった。

「こんな寒い日に、よくテニスなんかする気になるね」

「丸山も、たまにはどうだ？　見かけだけなら、おれなんかよりよほど上手《うま》そうだ」

「私の運動音痴を、舐《な》めないでよね。バレーボールさえ、当たらないんだから」

　丸山の軽妙なしゃべりに、三人で笑いながらカフェテリアを出た。

　しかし正門へと向かう途中で、水央が唐突に足を止めた。

「水央、どうした？」

　テニスのせいで、少し日焼けした顔が、あきらかに青ざめている。その目は、こちらに向かってくる人影を凝視《ぎょうし》していた。

背が高い。百八十センチは、ゆうに超えていそうだ。ただ、猫背ぎみの姿勢のためか、全体にもっさりとした印象がある。相手がゆっくりと近づいてくるにつれ、その男の風貌《ふうぼう》が徐々に見えてきた。

鋭《するど》さに欠ける面長《おもなが》の顔と、眠そうに半分開いた目。そのとろりと濁《にご》った目と、身長と手足のバランスの悪さが、何かを思い出させる。

相手もまた、こちらに気づいたようだ。いま初めて目覚めたように、重たげに広げた両眼が、水央を見ていた。

「邦貝《くにがい》先輩、お久しぶりです」

真っ先に声を張り上げたのは、丸山緋文だった。明らかに動揺している水央に対し、丸山は屈託《くったく》なく相手に駆け寄った。

「久しぶり。そういえば、丸山も居残り組か」

「その言い方は、やめてください。どうせ先輩みたいな頭はありませんけどね」

丸山が、ぷい、と大げさにそっぽを向き、はは、と相手が笑う。まだ笑顔に慣れていない、未だに練習の最中のような、どこかぎこちなさを感じる笑いだった。

あ、とそのとき気がついた。——フランケンシュタインだ。

人間くささを感じさせない、表情に乏《とぼ》しい顔。長い手足をあつかいかねているような、不器用なからだの動き。半年前、水央のもとに駆けつけたときと、同じ悪寒《おかん》がからだを襲った。

この男は、キケンだ――。

濁った目が、ゆっくりと僕らの方に移動した。水央の顔の上で、視線が止まる。

「水央も、久しぶり。おじさんとおばさんは、元気にしてる？」

ええ、と曖昧《あいまい》にこたえた、水央の表情が硬《かた》い。

「ここのキャンパスは、Ｎ大でいちばん広いから……会えるとは思わなかった」

「そういえば、邦貝先輩はどうしてここに？　練馬《ねりま》ならわかるけど」

丸山が無邪気《むじゃき》に質問した。Ｎ大練馬キャンパスには、理工学部が入っていた。

「ここの情報学部の浜口《はまぐち》教授にね、ちょっと相談があったんだ」

同じ情報学部でも、十以上の学科がある。社会、経済、マスメディアといった、専門の情報について学ぶ学科もあれば、コンピューター関連のハード分野に特化した科もある。浜口教授はハード系の情報学の権威で、社会情報科の僕でも名前くらいは知っていた。

「先輩は、来年卒業ですよね。就職ですか？　それとも大学院？」

「野末君、もう行こう。練習、遅れちゃうよ」

ふたりとの会話を切るように、うつむいたままの水央が、邦貝の横をすり抜けた。僕も慌てて後に続く。とり残された丸山は、ただびっくりしているようだ。

「水央、クリスマスのことだけど……」

立ち去りかけた水央を、邦貝が呼び止めた。

すがるように、僕の腕を掴《つか》み、水央がふり向いた。

「今年は、約束があるの……この、野末君と」

邦貝の目が、大きく広がり、それまでぼんやりしていた雰囲気が、明らかに変わった。大きなからだに一瞬みなぎったものを、僕は正確に理解した。

「ごめん、野末君……やっぱり、今日は帰るね」

あの男の姿が、キャンパスの木立にさえぎられ見えなくなると、水央は僕の腕から手を離し、足早に校門を出ていった。

「水央、帰っちゃった？」

後ろから、丸山が追いついてきた。うなずくと、まずかったかなあと、呟《つぶや》いた。

「いまの人、誰？」

「N大付属の先輩。あたしたちより三学年上でね、邦貝素彦《もとひこ》っていうの。すっごい秀才で、T大に進んだんだよ」

日本でもっとも偏差値の高い、大学の名をあげた。さっき話に出ていた浜口教授も、やはりT大出身だと、僕は思い出した。

「あたし、高等部では写真部でさ。邦貝先輩は写真部のOBで、たまに部室に顔を出してたんだ。あのとおり、体格がよくて頭もいいくせに、雰囲気が大人しいクマみたいで可愛いでしょ？　後輩のあたしたちも、馴染《なじ》んでたんだ」

女子の可愛い基準はもとより理解不能だが、僕が彼に覚えた不気味なものを、丸山はまったく感じていないようだ。

「さっき、水央、おかしかったよね？　あの噂、ホントだったのかな……」

「噂って？」

「水央と邦貝先輩が、一時期つき合っていたって……そんな噂をきいたことはあったんだけど、あたしも忘れてて」

「丸山は友達だろ？　そんな大事な話、どうして忘れるんだよ」

水央とは中等部で一度、同じクラスになっただけで、高等部ではほとんどつき合いがなかった。大学の入学式でたまたま顔を合わせ、また親しくなったと丸山が語る。

「ただね、あのふたり、従兄妹《いとこ》同士なんだよ」

「従兄妹？」

「うん、それは邦貝先輩から、きいたことがあるんだ。だから水央の両親とも、当然顔見知りだし、恋仲ってきいても、何か親戚づき合いの延長みたいで、どうもぴんとこなくてさ」

さっきまで失念していたのもそのためだと、丸山は言い訳した。

その晩、丸山から電話があった。高等部のときに水央と親しかった友人に、確かめてくれたのだ。

水央は高等部の二年から三年にかけて、ほぼ一年のあいだ、邦貝素彦とつき合っていた。ただ、三年の冬休みのあいだに別れてしまい、理由は誰も知らないという。

「水央がとにかく、この話題に触《ふ》れられるのを嫌って、誰もきき出せなかったようなの。三学期のあいだ中、引きずっていて、卒業まで元気なかったんだって。立ち直ったのは、野末が彼氏になったおかげかもしれないね」

丸山はそう言って電話を切ったが、水央が未だに、あの邦貝という男の影を引きずっているのは明らかで、僕らの仲が停滞したままなのも、たぶんそのためだ。

もしかすると水央もまた、あの男の不気味さに、気づいたのかもしれない。その恐怖が尾を引いて、異性とつき合うのを、どこかで怖がっているのではないか——。そんな気がした。

昼間、邦貝が発したものは紛《まぎ》れもない、強い憎しみの感情だったからだ。

「水央、クリスマス、一緒に食事しないか？」

数日後、思い切って誘ってみた。邦貝の発する負のオーラから、水央を守ってやりたい。その一心だった。それまでとは違う、はっきりとした意志が伝わったのかもしれない。

少しのあいだ僕を見て、うん、と恥ずかしそうにうなずいた。

クリスマスまで、十日を切っていた。いまからディナーの予約を入れるのは至難の業だったが、ネットで何十軒も店を当たり、どうにか予約をとりつけた。渋谷にあるフレンチ・レストランで、学生としては精一杯張り込んだつもりだ。

白いモヘアのワンピースに、薄いベージュのコートとブーツ。ピンクパールのネックレスとピアス。当日、店に現れた水央は、ひときわ可愛らしい格好《かっこう》だった。

「美味《おい》しいね。フレンチって、もっと重たいイメージあったけど、全然違うね」

駅から離れた裏通りにある小さな店だが、雰囲気は良く、食事も美味しかった。

シャーベットとケーキが、可愛らしく盛りつけられたデザートの皿を前に、僕は切り出した。

「今夜ひと晩、水央と一緒にいたい」

熱心にケーキを崩していたフォークが、ぴたりと止まった。

驚いた表情が、テーブルの向こうから、僕を見つめていた。

「水央が、好きなんだ」

心臓はばくばくと喘《あえ》いでいたが、水央を見返す目に、懸命《けんめい》に力を籠《こ》めた。真剣な気持ちだけは、伝わったようだ。ゆっくりと水央が微笑んだ。

「ありがとう、野末君……野末君には、甘えてばかりだね」

ずっと曖昧な態度でいたことを、すまないと思っていたようだ。水央は、ごめんなさい、と頭を下げた。

「この前会った人、覚えてる？　私、去年まであの人とつき合っていたの」

「うん、丸山からきいた」

「そっか、緋文もやっぱり知ってたんだ……。去年のクリスマスの後、ちょっと揉《も》めて……結局、別れちゃったんだ。それを私、ずっと引きずっていて……」

どんなトラブルだったのかは話そうとせず、僕もきかなかった。過去などどうでもいいし、マイナスの思い出なら、忘れてしまった方がいい。

「水央、これからは、おれが水央を守るよ。悲しい思いなんか、決してさせない」

「野末君……」

乾杯のシャンパンで、ほんのりピンクがかった頬に、ひとすじ涙が伝った。

その晩、僕は水央と、ひとつになった。


邦貝素彦とふたたび会ったのは、水央と本当につき合いだして、ひと月ほど。年が明け、後期の試験期間も終わり、ほっと息をついたころだった。

情報学部のある第一校舎を出たところで、邦貝と鉢合わせした。フランケンシュタインに似た大きなからだは、見間違いようがない。せっかく塞《ふさ》がりかけている水央の傷を、逆撫《さかな》でしたくはなかった。つい睨《にら》みつけると、向こうも僕に気づいたようだ。

「君、たしか、水央と一緒にいた……」

のっそりと近づいてくるさまが、やはり動物めいて見える。愚鈍《ぐどん》そうな容れ物《いれもの》の中に、ひときわ鋭敏《えいびん》な脳がある。そう考えると、よけいに背筋が寒くなった。

「ここには、よく来るんですか？」

「いや、この前が初めてで、今日が二度目だよ。浜口教授には、まだしばらく助けてもらわないと……」

「水央に会うための、口実ですか？」

虚《きょ》を衝《つ》かれたように、相手が黙《だま》り込んだ。探るような眼差《まなざ》しが、僕にからみつく。

「水央には、二度と会わないでください。水央もそれを、望んでいます」

嘘《うそ》ではないはずだ。水央は僕をえらんでくれた。

「水央と、つき合っているの？」

「はい」

「それは、その……」

「もちろん、そういうつき合いですよ」

そのとたん、相手の雰囲気が一変した。丸山が大きなクマと称した無害な獣の皮が、びり、と音を立てて破れたような。そんな感覚があった。

それまで肌でしか感じられなかった気味の悪さが、目の前にはっきりと現れた。

単なる憎しみや嫉妬《しっと》ではない。それは、殺気に近いものだった。


その晩、夢を見た。

水央の細いからだが、フランケンシュタインに押し潰《つぶ》されている。その手には、刃物が握《にぎ》られていた。怪物が、水央をめがけて刃物をふり下ろす。何度も、何度も――。

「やめろ！」

自分の悲鳴で、目が覚めた。真冬だというのに、ぐっしょりと汗をかいていた。

悪夢はその日だけでなく、たびたび、僕の眠りを妨《さまた》げた。

水央だけは、守ってやらないと——。夢を見るたびに、その思いが加速した。

それでも水央との交際だけは順調で、僕らは無事に二年に進級し、やがて季節がめぐり、また冬を迎えた。

「大丈夫だよ。わざわざ、送ってくれなくても」

笑顔を向けられても、不安は消えない。サークルのある日は、水央を家へと送り届けるのが、いつしか習慣になっていた。

井の頭線の浜田山は、どこかレトロな雰囲気の商店街が、駅から井ノ頭通りへと続く。水央の家は、商店街とは反対側に、歩いて七、八分ほどの距離にあった。その辺りは閑静な住宅街で、早瀬家も塀に囲まれた一軒家だ。オフホワイトの壁に、淡いベージュのタイルをあしらい、レンガ色の瓦屋根《かわらやね》が載っている。

「あら、いらっしゃい、野末君。いつもいつも、すまないわねえ。良かったら晩ご飯、食べていって」

すっかり顔馴染みになった水央の母親が、迎え入れてくれる。水央によく似た面差《おもざ》しで、おっとりとした雰囲気のやさしいお母さんだ。

「でも、この前もごちそうになりましたし……そろそろ、おじさんも帰ってくるころじや」

「愛想《あいそ》はないけれど、あれでもあなたを気に入っているのよ」

ふふ、とおかしそうに母親が笑う。水央にも勧《すす》められ、結局、上がり込んでしまった。

つき合いはじめて一年近くが経ち、すでに親公認の仲だ。母親が口にしたことも、まんざら嘘ではない。

「やれやれ、降ってきたぞ。なんだ、野末君、来てたのか」

やがて帰ってきた父親は、コートから水滴を払いながら、居間に入ってきた。

年頃の大事なひとり娘だ。不機嫌になってもおかしくはないはずが、僕を見る眼差しには、安堵《あんど》が混じっていた。どうやらこの父親もまた、自分の甥《おい》にあたる邦貝素彦を、快く思っていないようだ。男親特有の嗅覚《きゅうかく》で、邦貝の正体を見抜いていたのかもしれない。

「来年から、就職活動だろう。就職先は、どの辺りを考えているんだ？」

焼酎のお湯割りを片手に、父親が話しかけてきた。互いに口が達者な方ではなく、ふだんは会話がはずむことがなかったが、その晩はめずらしく、食後に酒に誘われた。

「できれば、インターネットにかかわる仕事がしたいんですが、うちの大学のレベルだと、大手はやや難関で、国家公務員試験も受けてみようかと思っています」

「それは頼もしいな。野末君は次男だし、就職先は東京なんだろ？」

「はい。両親とは兄夫婦が同居してますし、僕はずっとこちらに住み続けるつもりでいます」

「野末君になら、水央を嫁にやってもいいか」

「お父さんたら、呑《の》み過ぎよ」

水央が口を尖《とが》らせ、両親の笑いを誘う。本当に早瀬家の一員になれたようで、気持ちがほっこりと温《ぬく》もってくる。

「遅くまで引き止めて、悪かったわね。これに懲《こ》りずに、またいらっしゃいね」

「野末君、傘もってないでしょ。これ、差してって」

母親と水央に見送られ、早瀬家の玄関を出た。十二月に入り、寒さは一段と増し、外は冷たい雨が降っていた。借りたビニール傘を開き、門を出る。

すっかり気がゆるんでいた矢先に、ぎくりと足が止まった。

「くに、がい……」

街灯の明かりの下に、フランケンのような姿が、雨に濡《ぬ》れて佇《たたず》んでいた。

幽霊を見たとしても、ここまで恐怖を感じなかったろう。

あの悪夢が、現実になった――。

そんな錯覚を覚えて、思わず邦貝の右手に刃物を探した。

しかし邦貝は、ふいと僕から視線を外し、くるりと背を向けた。右手には何もなく、何も告げなかった。

やがて大きな背中は闇《やみ》にまぎれ、肩の力を抜いた瞬間、濡れたアスファルトに崩れ落ちそうになった。どうにか堪《こら》えながら、頭の中はフル回転しはじめる。

危惧《きぐ》はしていたが、本当に家の前にまで来ているとは思わなかった。いったい、いつからいたのだろう？　傘も差さず、じっと雨の中に立っているなど、正気の沙汰《さた》ではない。

僕の不安は的中した。

この日を境に、水央の身のまわりで、頻々《ひんぴん》と奇妙なことが起こるようになった。

「大丈夫か、水央？　また、眠れなかったのか？」

二学年が終わるころになると、水央は目に見えてやつれてきた。

「昨日、うっかり電源を切り忘れて……また夜中に無言電話で起こされたの。すぐに切ったけど、それから続けて何通もメールが来て……」

水央の携帯と早瀬家の電話に、無言電話がかかるようになったのは、僕が邦貝を見かけた翌日からだ。携帯の番号やメールのアドレスを変えても効果はなく、いまどきの大学生が、携帯を思うように使えないというだけでも、ストレスになる。

「メールの中身は？」

「また、いつもと同じ……私の名前だけが、どこまでもくり返されて……」

――水央　水央　水央……。ひたすら呼び続けるさまは、恐ろしい呪文《じゅもん》のようでもあり、水央を乞《こ》い求める悲鳴のようにもきこえた。

いくら呼んでも、水央からは何も返らない――。

まるでその事実に苛立《いらだ》つように、嫌がらせは時が経つにつれて加速していった。通学途中、おそらくは電車の中で、水央の鞄《かばん》に溶《と》けたアイスクリームが入れられたとき、僕は黙っていられなくなった。

「もしかしたら、犯人は、邦貝素彦かもしれない」

「まさか、そんな……」

「水央を怖がらせたくなかったから、いままで言わなかったけど」

早瀬家の前で、邦貝素彦がずぶ濡れで佇んでいたことを、初めて明かした。

最初のうち、水央は信じようとしなかったが、やがて鞄にはアイスクリームの代わりに虫の死骸《しがい》が入れられ、早瀬家の郵便受けが荒らされ、ドアの鍵穴には接着剤が、庭先には汚物が投げ込まれるようになった。郵便受けや鍵への悪戯《いたずら》は、器物損壊にあたる。早瀬家でも警察に届けたが、狡猾《こうかつ》で頭のいい邦貝が、簡単に尻尾《しっぽ》を出すわけもない。

いっそ邦貝を、四六時中見張っていようかと考えたこともある。日を経ずに頻々と仕掛けてくるのなら、その方法もあったろう。しかしそれも難しかった。月に二度のこともあれば、逆にふた月もなりを潜めることもある。前回の恐怖の影がようやく薄まり、気を抜いたころを見計らって、次の嫌がらせ事件が起きるのだ。

そんな生殺しのような状態が、半年以上も続いた。僕らは三年生になり、就職活動をはじめていたが、正直それどころではない。このころには、さすがに水央も、邦貝素彦への疑いを強めていた。

「邦貝のこと、ご両親には言ってみたんだろ？」

「うん……そうしたら、お父さんとお母さんで、喧嘩《けんか》になっちゃって。お父さんはもともと、彼を良く思っていないの。逆にお母さんは、昔からすごく可愛がってたから、素くんは決して、そんなことする子じゃないって……」

邦貝素彦が、夫婦にとって甥にあたることが、事態をさらにややこしくしていた。同じ甥でも、血縁関係にあるのは母親だけだ。夫婦の見解の差は、そのあたりにもあるかもしれない。水央の母親は、邦貝の母の妹にあたり、ことさら仲の良い姉妹だときいている。甥の名を警察に出せば、両家のあいだに亀裂が入り、波紋は親戚中に広まることになる。

僕も水央の母親の気持ちを慮《おもんぱか》って、ずっと我慢してきた。

けれど七月のある朝、早瀬家に宅配便で荷物が届いた。

中身は、首を切られた鳩の死骸だった。

「明らかに、水央へのストーカー行為です。犯人は邦貝素彦に、違いありません！　あいつを、捕まえてください！」

警察官の前で、僕は懸命に訴えた。

鳩の死骸の件は、さすがに両親が放ってはおけず警察に届け出て、父親の口から邦貝素彦の名前も出された。だが、邦貝がやったという、肝心《かんじん》の証拠がない。

弱腰の捜査に業《ごう》を煮やし、事件から二週間後、僕は自ら警察署に出向いた。

「早瀬水央さんを心配する、あなたの気持ちはよくわかります。ですがねえ……」

「すでに悪戯や嫌がらせの範疇《はんちゅう》を超えています。このままだと、水央やご両親に、危害を与えるかもしれない」

それが何より怖かった。この手のストーカー行為にはよくあることだが、鳩はいわば最後通牒《つうちょう》だ。これを無視すれば、何が起こるか目に見えていた。

「いえね、早瀬さんのご主人から伺《うかが》いまして、警察でも邦貝素彦は調べてみたんです。ですが、肝心の本人が日本にいないのでは、どうにもなりませんし」

「……どういう、ことですか？」

「邦貝素彦は、去年の十二月から、英国のさる研究機関に在籍しています。もちろん、住まいも英国ですし、現地でも確認がとれています」

ありえない話だった。仮に本当だとしても、母親同士が始終連絡をとり合っている間《あいだ》柄《がら》だ。早瀬家で、把握《はあく》していないはずがない。僕の反論に、制服姿の警察官は、困ったようにこに頭をかいた。この警察署には、ストーカー被害を専門にあつかう部署が設《もう》けられており、その担当をしている中年の警察官だった。

「最初はひと月ほど、短期で研究を手伝いに行ったそうですが、予想外に長くなってしまったようですね。もともと素彦さんは、東京でひとり暮らしをしていて、埼玉《さいたま》のご実家には年に一度、正月くらいしか戻りません。連絡もマメにする方ではなく、ご両親も知らなかったようです。まあ、男だとめずらしくもありませんがね」

おかげで振り込め詐欺なんかが流行《はや》ることになると、冗談のつもりか笑いながら語る。

「ですからね、英国在住の邦貝素彦さんが、早瀬水央さんやそのご家族に、ストーカー行為を頻々と犯すとは、考え辛《づら》いんですよ」

「そんな……そんなはず、ありません！」

思わずソファーから身を乗り出して、目の前のテーブルをたたいていた。警察署内にある、応接室のようなスペースで、僕は警察官と向かい合っていた。

「だって僕は、この半年、何度も邦貝を見ているんです！」

中年の警察官が、一瞬ぽかんとした。その顔が苦笑いに変わるより前に、急いで僕は告げた。

「本当です。何かあってはいけないと、僕はできる限り水央の傍についてました。そのあいだ、こちらをじっと見つめる邦貝を、僕は何度も目撃したんです！」

水央と向かい合っていた、ファミレスの窓の向こう側。水央の家からほど近い、レンタルビデオ店の自動ドアを出たとき。吉祥寺駅前の雑踏、大学の構内、ディズニーランド。

ふと視線を感じてふり向くと、そこにぼんやりとした大きな姿があった。

何度、遭遇しても見馴《みな》れることはなく、喉《のど》はからからに干上《ひあ》がり、からだは氷づけにされたように指先まで冷たくなった。

「どうしたの、野末君？」

「いや、何でもないよ」

僕と彼女とでは、二十センチ近く身長が違う。人垣に邪魔されて、視界には入らないようだ。これ以上、怖がらせたくなかったから、水央には何も告げていない。だが、あの男を、僕が見間違うはずがない。

「しかし……」と、警察官が困ったように顔をしかめる。「数日前に出入国記録も調べましたが、邦貝素彦が帰国した形跡はありません」

――いったい、どういうことだ？

頭の中が、真っ白になった。邦貝素彦でないというのなら、僕が目にした男は誰なんだ？

「まあ、水央さんへのストーカー行為は事実です。そのストレスが半年以上も続いたんですから、ご心痛が溜《た》まるのも無理はありません」

「僕が、幻覚を見たとでも？」

「いや、そうは言いませんが……疑心暗鬼になると、柳も幽霊に見えますから」

僕がおかしくなって、ありもしない幻を見たというのか！

同情という名目で、こちらを不憫《ふびん》そうにながめる警察官の視線が、たまらなく不愉快だ。

そのまま席を立ち、警察署を出た。

排気ガスの混じった、蒸《む》れた空気。行き交う車の騒音とヘッドライト。

井ノ頭通りに面した警察署を出て、どこをどう歩いたか覚えていない。ずいぶんと歩いたような気がするのに、気づけばすぐ傍に、同じ警察署の建物が見えた。

――今日は、何月何日だろう？

信号待ちをしながら、ぼんやりと考えた。たしか梅雨は、だいぶ前に明けたはずだ。七月か八月かすらはっきりしなかったが、警察署を出たときに壁の時計が目に入ったから、時間の感覚だけは何となくあった。たぶん、午後八時を過ぎたくらいだろう。訪問するには遅過ぎる時間だが、ひと目だけでも水央の顔を見たかった。

井ノ頭通りの信号が変わるのを待ちながら、道の向こうに、信じられないものを見た。

邦貝素彦だ――。

幻なんかじゃない。横断歩道の反対側には、やはり信号待ちをする数人の人影がある。その向こうに、あまりに見馴れた後ろ姿があった。背中だけでは、さすがに確信がもてない。そのとき、邦貝がこちらをふり向いた。背中越しに、ちらりと顔を向けただけだが、確かに目が合った。どんよりと濁った目、無気力に落ちた肩。

これまでとは違う悪寒が、明確な意志をもった生き物のように、腰から頭へと一気に這《は》い上がる。

――まさか。

邦貝はふいと顔を戻し、また歩きはじめた。この先には浜田山駅があり、駅を越えると、やがて早瀬家に行き着く。

――あいつ、まさか……。

一年半前からはじまった悪夢が、目の前で明滅した。この半年ほどは、何故か見なくなっていた。それでもくり返し見せられた残酷な光景は、頭にこびりついている。

信号が青に変わると同時に、横断歩道にとび出した。駅前の商店街は、ほとんどシャッターが下《お》りていたが、まだ人の行き来は多い。人波に邪魔されて、邦貝には追いつけず、駅に着いてしまった。それでも邦貝が、そのまま電車に乗ったとは考え辛い。

線路を渡り、T字路を曲がったとき、ようやく道の先に邦貝の姿を認めた。この先には、早瀬家がある。そして、邦貝の右手には、先の尖った刃物が握られていた。

遠目でも、刃の長い包丁だとわかる。悪夢は、現実になろうとしていた。

「よせ、邦貝！」

走りながら、叫んだ。歩幅は大きいが、邦貝は走ってはいない。すぐに追いつけるはずが、どうしても差が縮《ちぢ》まらない。

これは、何だ？　また、夢を見ているだけなのか？　それとも、警察が言ったように、頭がおかしくなっているのか？

邦貝が、門の外にあるチャイムを鳴らす。インターフォンのマイクから、はい、と応じる母親の声がした。水央に会わせてほしいと、邦貝が乞い、だが、当然のことながら母親からは拒絶の声が返る。

「水央は、会いたくないと言っています。お帰りください」

ぶつりと、声が切れた。邦貝が門を開け、玄関の前に行く。包丁を握っていない左手で、ジーンズのポケットを探る。出てきたのは、鍵だった。いつのまに作ったのだろう、それは早瀬家の玄関ドアに難なく差し込まれ、カチャリと鍵の開く音がした。

おそらく玄関の内から、外のようすを窺《うかが》っていたのだろう。開かれたドアの向こうに、驚愕《きょうがく》する母親の姿があった。

「出ていって！　金輪際《こんりんざい》、水央には近づかないで！　水央、早く逃げて！」

半ばパニックになりながらも、母親は必死で娘の楯《たて》になろうとしていた。これ以上、家の中には踏み込ませまいとするように、邦貝の巨体を、両手で外へ押し戻そうとする。その腹に、右手にあった刃物が突き立てられた。

ぎゃっ、と短い悲鳴があがり、包丁は、二度、三度と、母親の腹に吸い込まれた。母親が声もなく、その場に崩れ落ちる。

「お母、さん……」

居間から出てきた水央が、その場にかたまった。血まみれの包丁を握った男が、母親のからだをまたいで、靴のまま玄関ホールに上がった。恐怖のあまり、水央は動くことすらできない。真っ青な顔で、かたまっていた。

水央、逃げろ！

夢と同じに、その声は届かなかった。母親の血だけでは足《た》りないとでもいうように、赤く染まった刃が、水央の腹に突き刺さる。

膝から崩れる水央を、僕の手が抱きとめた。

「……やっぱり、ストーカー、は、あなただったのね……野末君」

水央は、何を言っているのだろう？

彼氏の僕が、水央とこんなに深く愛し合っている僕が、どうしてストーカーなんか——。

あれは全て、邦貝素彦がやったことだ。言いきかせるように、もういちど深く、水央のからだを刺した。心臓に、当たったのかもしれない。きれいに澄んだ瞳が、ひとたび大きく広がり、その目が永遠に野末眞にだけ向けられることに、僕は安堵した。

ゆっくりと刃を抜くと、赤いものが水央の胸からあふれ出した。

それは血ではなく、僕と水央を繋ぐ、赤い糸だ。千本の、万本の赤い糸が、ふたりの運命を、未来永劫《えいごう》結びつけてくれる。

「水央、僕たちは、本当にひとつになったんだよ」

邦貝素彦から、彼女を守り切った。深い満足に、僕は包まれていた。

＊＊＊

「邦貝、大丈夫？　私がわかる？」

白い天井を背景に、女の顔がある。毎日見馴れているはずなのに、唇から名前が出るまでに、少し時間がかかった。

「……江波《えなみ》」

ほうっ、と大きな息を吐いた。あからさまな安堵の表情は、彼女にしてはめずらしい。

鉄の女だの、マッドサイエンティストだの陰口をたたかれ、おまけに本人はまったく気にしていない。邪魔なものは蹴散《けち》らし、利用できるものは骨の髄《ずい》まで使い尽くす。研究のためには手段を選ばず、また、結果を出すだけの才能もある。

江波はるかは、誰よりもタフで、また優《すぐ》れた科学者だった。

僕のような凡庸《ぼんよう》な研究者とは違う。二年間一緒にいて、それだけは理解した。

自分の名前や住所を言わされ、カレンダーや時計を示し、今日が何年何月何日か、時計はいま何時何分を示しているかと問われる。実験後の被験者《ひけんしゃ》に施《ほどこ》される、記憶の確認作業だ。

「脳波も正常だし、ひとまず問題はなさそうね。正直、今回ばかりは、実験のあいだ中、気が気じゃなかったわ」

「江波がそんなに心配してくれるとは、思わなかったよ。システムには、自信あったんだろ？」

「あたりまえよ。六年前のような失敗は、二度と犯さないわ」

美人の部類に入るのだろうが、自信が顔に出過ぎていて、可愛げに欠ける。

「ただ、加害者の記憶を反芻《はんすう》させるなんて、初めてだもの。どんな影響が出るのか、予測がつき辛かったのよ」

僕――邦貝素彦が辿《たど》ったのは、八年前、早瀬水央とその母親を殺害した、野末眞の記憶だった。

0号《ぜろごう》システムは、いまから六年前、記憶中枢研究の第一人者であった、佐田洋介《さたようすけ》教授の手によって開発された。あったと過去形なのは、その翌年、佐田教授が逮捕され、学界を追われたからだ。執行猶予《しっこうゆうよ》がつき、実際に刑に服することはなかったそうだが、以来、誰も、教授の行方《ゆくえ》を知らない。ただ、システムだけは生き残った。

死んだ人間の脳から、記憶野をとり出して再合成し、これを第三者の頭の中で再生させる。それが０号システムだ。

人の記憶というものは、時系列に沿って仕舞《しま》われているわけではない。ちょうどジグソーパズルのように、記憶野のあちこちに散らばったピースを、いくつかのキーワードをもとに集約させる。ネットで検索をかけるのに似ていて、拾い上げた記憶の断片を、時間の経過に沿って並べ替える作業が再合成だ。

この０号システムに、最初に目をつけたのは法務省だった。故人となった被害者の記憶を、殺された際の恐怖や慟哭《どうこく》を、加害者の頭で再生させる。被害者や遺族の無念を、少しでも加害者に思い知ってもらいたいとの目的があり、最初の実験の被験者として、数人の死刑囚が選ばれた。

結果は、惨憺《さんたん》たるものだった。

人が死に逝《ゆ》くときの断末魔は、生者には、ことに加害者には、耐えきれないものだった。発狂、精神年齢後退、植物状態、自殺――。ひとりは実験終了と同時に心停止し、まともに生還した者は、ただのひとりもいなかった。

江波が言った失敗とは、このときのことだ。

０号計画は完全に頓挫《とんざ》し、佐田教授の研究チームは解散した。

それから一年後、危険を承知で、佐田教授は三人の少年に０号を施した。少女を監禁、強姦するという罪を犯し、彼らから逃げるときに少女は事故死した。しかし未成年であった三人の刑は、ごく軽いものであり、エンジニアとして0号計画に参加していた少女の父親は、彼らへ0号を施すことを教授に依頼したのだ。表沙汰にはなっていないが、彼ら三人が、佐田教授の父親の死にも関与していたと、江波はるかからきいている。

江波は大学生のころから、0号の研究チームで佐田教授の助手を務めていた。0号の開発の立役者は、もちろん教授だが、江波の存在も大きいとされている。

大胆な発想と、正確なアプローチ、決して諦《あきら》めない執念《しゅうねん》。さらにスポンサー獲得《かくとく》と、資金集め。優秀な科学者に必要とされる才能を、江波は余すところなくもっていた。

佐田教授が逮捕され、研究チームが解散しても、彼女だけは0号を捨てなかった。

0号のもつ無限の可能性を説き、一方で、伝手《つて》を頼って人手や場所を確保しながら、0号の問題点を、ひとつひとつ潰していった。田舎の大学の校舎、製薬会社の研究所、外国の研究機関。場所を移しても、江波の姿勢はぶれなかった。江波と0号に引きつけられて、幾人かの研究者が集まり、かくいう僕もそのひとりだ。

さらに一年前、とある企業が0号に興味をもち、全面的にバックアップを申し出た。IT分野では世界屈指《くっし》といえるグローバル企業だ。たゆまず続けられた江波の努力は、充《じゅう》分《ぶん》な設備と人手を確保して、一気に花開いた。たった五年で、0号は確実に進化した。

江波の功績は、主にふたつ挙げられる。

まず第一に、被験者への精神的負担を軽減させる。何よりもそれが、0号を続ける上で必須の課題だった。

「失敗の原因は、被験者側の精神の脆《もろ》さにあった。教授も私も、あのときはそう考えたけれど、問題は別のところにあったのよ」

人が夢を見るのは、ひと晩に四、五回訪れるレム睡眠のあいだに限られる。ひと晩のレム睡眠を合わせても、せいぜい二時間半といったところで、そのあいだ中ずっと夢を見るわけではない。

六年前の当時、被験者は、二日、ないし三日ものあいだ眠りについて、他人の記憶を辿《たど》らされた。そのあいだ脳波は、覚醒時とほとんど変わらない状態にある。

「これじゃあ、脳がパンクしても無理はないわ。まず、0号の施術時間を大幅に削《けず》ること。次に、記憶に客観性をもたせることね」

江波の努力が実り、施術時間は三時間を切るまでになった。これを二時間以下にするのが、いまの目標となっている。

そして記憶に客観性をもたせるための研究には、僕も参加していた。

「記憶の再合成の段階で、色々と試《ため》してみたけど駄目だったのよ。で、アプローチを変えてね、記憶チップを脳に埋め込むのをやめることにしたの」

以前は、合成した記憶をマイクロチップに書き込んで、脳の後頭部にある視覚野に埋め込んでいた。夢を見るというだけあって、夢の多くは視覚に依存する。音やにおい、味といった要素もあるが、音や味だけの夢は、まず存在しない。これは夢を見る際に、視覚野が刺激を受けるからだ。だから佐田教授は、強制的に夢を見せるために、この視覚野のある部分にチップを埋め込んだ。

「これだと、逃げ場がない上に、数日から数年にわたる他人の記憶を、ひとつの脳では処理しきれないのよ。被験者の記憶が、混乱するのも無理はないわ」

施術の際には、当人の自我や記憶をいったん眠らせたそうだが、それこそ0にはできない。江波は二年前、僕に向かって熱心にそう説いた。

「被験者の頭を混乱させないためには、脳の負担を軽くすること、つまりもうひとつの脳が、外部から少しずつ記憶を送り、かつ被験者を絶えずサポートする。それが何より安全な方法なのよ。あなたが研究している疑似脳《ぎじのう》は、0号にはまさにうってつけなのよ」

僕はT大学工学部にいた当時から、人工知能の研究をしていた。N大の浜口教授もまた、この分野の先駆者だ。そして僕は、イギリスの研究機関で得た知識をもとに、正確に人の脳を模倣する、いわば疑似脳の開発を手掛けた。むろん、研究チームの一員に過ぎないが、さる学会での発表直後、江波にスカウトされた。

江波のように強引なタイプは、正直、苦手だったが、江波の辞書にギブ・アップという文字はない。何ヶ月にもわたって粘られ、その間に0号の面白さに、僕も目覚めてしまった。

二年間、0号をサポートする疑似脳の開発にあたり、先ごろようやく完成した。この先も改良は続けていくが、実用には問題ないレベルだ。

「この日が来るのを待ってたのよ！　まさに、疑似脳《ダミー》0号ね」

江波は抱きつかんばかりの喜びようで、これには瓢簞《ひょうたん》から駒のごとく、大きな副産物があったからだ。

「まさか疑似脳を使うことで、生体脳からの記憶抽出が可能になるとはね」

佐田教授が研究していたころは、死体の脳からしか記憶はとり出せなかった。だが疑似脳は、被験者の頭に張りつけた電極を利用して、サポートと記憶注入を行う。これを応用し、生きている人間の脳に蓄積《ちくせき》された記憶を、画像化させることに成功した。

とはいえ、自分の記憶《プライバシー》を、他人に見せたいと考える人間など、まずいない。臨床実験のための人材がなかなか確保できず、こればかりは江波も頭を抱《かか》えていた。

そんな矢先、早瀬水央の父親が、僕を訪ねてきた。

「裁判はまだ、続いているんですか？」

叔父は力なく、うなずいた。八年前にくらべて、明らかに痩《や》せた。頭も真っ白で、歳《とし》よりもずっと老けて見える。

裁判期間の短縮が望まれている昨今、特殊な事件を別にして、長くとも九年と言われる。八年というこの年月が、どれほど叔父を焦燥させたか、僕にも想像がついた。

「いまさら言っても詮《せん》ないと、わかってはいるんだが……君と水央との仲を、認めてやってさえいれば、少なくとも妻と娘を失わずに済んだ……素彦君、君にもすまないことをした」

こんな有様の叔父を鞭打《むちう》つつもりはない。僕も三十二歳になり、多少の分別もついた。

「もう、やめてください。水央との結婚を反対したのは、僕の両親も同じです。昔は、ただ水央が好きで、突っ走ってしまいましたが、子供の幸せを願う親なら、反対するのもあたりまえです」

僕と水央の母親は、一卵性双生児だった。つまり、法律上は従兄妹でも、血縁上は兄妹と変わらない。

それでも僕らは惹《ひ》かれ合い、水央が高等部三年のとき、一線を越えてしまった。互いに若く、歯止めがきかず、僕が大学を卒業したら結婚しようと約束した。十一年前のクリスマス、僕らは、そのための第一歩を踏み出した。

　母と叔母が、ことさら仲が良かったから、毎年、両家一緒にクリスマス・パーティーを行うことが慣例となっていた。だが、僕と水央はその年、パーティーをすっぽかし、ひと晩戻らなかった。それまでは互いの親に隠れて会っていた。これからは堂々とつき合い、いずれは結婚したい。ふたりの、決意表明のつもりだった。

　けれど子供が作れない結婚など、親が認めるはずもない。互いの両親に猛反対されて、無理やり引き離された。たぶん僕以上に、水央は嘆き悲しんだに違いない。

　まだその傷が癒《い》えていないころに、野末眞が水央の前に現れた。水央が彼にすがろうとしたのも、仕方のないことだ。

「裁判が長引いているのは、野末の精神鑑定に、未だに白黒がつけられないからだ」

「つまり、責任能力があるかないか――。そういうことですか？」

　野末眞は、逮捕後も一貫して、無罪を主張している。犯人は自分ではなく、あくまでこの僕、邦貝素彦だというのだ。彼の精神は明らかに壊れている。鑑定人はそう判断したが、たったひとり残された被害者遺族の叔父が、納得できるはずもない。犯人が精神を病んでいると判断されれば、死刑に値する犯罪に、無罪の判決が下りるのだ。

「野末は、責任能力を免れるために、芝居をしているのかもしれない。君のいる研究所は、脳や記憶が専門だときいた。野末の本性を、見破る手段はないか？　あるならどうか、教えてくれ！」

叔父に懇願されても、僕はやはり気が進まなかった。水央の死を、未だに引きずっていたからだ。僕の存在が、僕への嫉妬が野末を狂わせ、彼女の死を招いた——。叔父とはまた別の後悔を、どうしても消すことができなかったからだ。

しかしこの話を、江波にうっかりしゃべってしまったのが、運の尽きだった。

被験者探しに、かけずり回っていたころだ。一も二もなくとびついて、自ら野末や弁護士、裁判所への交渉役を買って出た。叔父の言うとおり、責任回避を目論《もくろ》んでいるのなら、野末が承知するはずがない。それを安心材料にしていたが、やがて拘置所から戻った江波は、いくぶん拍子抜けした表情で語った。

「野末眞は、その場で了承してくれたわ。むしろ、これで僕の無実を証明できる、是非ともお願いしますって、逆に頭を下げられたわ」

かつて法務省が関わって、失敗に終わった0号だ。江波はこの辺も抜かりない。0号と呼ぶのは、この所内だけで、表向きはまったく別の研究としている。

野末の強い希望もあって、弁護士は精神鑑定の一手段として、裁判所に申請した。

残る問題は、誰に野末の記憶を辿らせるか、ということだった。

「最初は、私が実験台になる予定だったのに、まさか邦貝が立候補するとはね」

研究所の駐車場に向かいながら、苦笑した。江波が自分の車のロックを解除して、僕は助手席に乗り込んだ。

「江波に万一のことがあれば、0号計画そのものが頓挫する。いまさら職を失いたくないからな」

都内とはいえ、研究所は駅から離れた場所にあり、ふだんは車で通勤している。被験後はわずかながら、フラッシュバックの危険を伴う。運転を避けて、本数の少ないバスを使うつもりでいたが、どういう風の吹きまわしか、江波が送ると申し出た。

「実験のご褒美《ほうび》が、送り迎えというわけか？」

「明日の迎えはつかないわよ。ただ、まあ、事なきを得てよかったわ。邦貝も一応、被害者遺族だし、サイコなストーカーの記憶なんて、精神衛生上いいはずがないものね」

容赦なく返し、アクセルを踏み込む。本当は、他にも理由があった。野末の中の水央を、他の誰にも見せたくなかったからだ。

再合成のときに、江波も野末の記憶は見ている。ただ、モニター画面では、限界があった。たとえるなら、映りが最悪の防犯カメラの映像に近い。画面も音も不鮮明で、精神鑑定の材料としても、あまり役に立たない。

しかし脳は、この抜けた穴を、見事に補完する。ぼろぼろの切れ端から意味を汲《く》みとり、穴を塞ぎ、ひとつの繋がったストーリーに仕上げてみせる。どんな精密なコンピューターも、人間の脳にはおよばない。ただしその負荷は大きく、半分は僕が手掛けた疑似脳が手助けする。

「で、裁判所には、鑑定結果をどう報告するつもりなの？」

「……結果から言えば、精神鑑定は黒だろうな」

野末が頻繁に見たと証言する僕の姿は、ほとんど彼の頭が作り出した妄想だった。

現実に僕と野末が顔を合わせたのは、三度だけだ。

N大の構内で二度、そして野末が最初に早瀬家の前で見た、ずぶ濡れの僕だ。英国行きの話がもち上がり、希望すれば長く滞在できることも、あらかじめ知らされていた。出発をためらっていたのは、水央が心配だったからだ。野末が僕を危険だと判じたように、僕もまた彼の危うさを、どこかで感じていた。けれどあの晩、カーテンの隙間から見えたのは、絵に描いたように幸せそうな家族と、その交際相手だった。どんなに望んでも、僕には手に入らない。それを思い知り、日本を去るふんぎりがついた。

「野末眞は、その後もくり返し、僕の姿を見ている。あれは明らかに幻覚だ」

「その結果だと、野末は無罪になる。父親はもちろん、あなたも納得できないんじゃない？」

「……いや。いまはむしろ、逆の気持ちだ」

江波の怪訝《けげん》な視線が、ちらりと向けられ、すぐにフロントガラスに戻された。

「まるきり、恋愛小説だったよ。あいつの頭の中は」

「ストーカーは、誰しもそうじゃない？　自分の思いだけを、ひたすら押しつける。相手の恐怖も迷惑も顧みず、自分に都合のいい妄想で片付ける。自己中で身勝手で、理不尽極まりない人種でしょ」

遠慮会釈のない江波の批判には、爽快さすら覚える。だが、僕が感じているものは、もっと仄暗《ほのぐら》い感情だった。

あんな幸せな妄想を抱えたまま、野末眞を死刑台に送りたくはない。たとえ何年、何十年かかっても、あの生暖かい虚飾の世界から、あいつの精神を現実に引き戻してやる――。それまでは、楽に死なせてなどやるものか――。

強い憎しみに裏打ちされた新たな怒りは、さすがに口にはできなかった。しかし江波は、何がしか察したのかもしれない。ふいに話題を変えた。

「野末眞の妄想は、邦貝の幻覚だけじゃない。もっと前からはじまってたでしょ？」

「どういう、意味だ？」

こたえるより前に、信号が黄色に変わり、江波はブレーキペダルを踏んだ。意外にも、運転はおとなしい。車を停止させ、また口を開く。

「邦貝も、あなたの叔父さんも、早瀬水央の死が、自分のせいじゃないかって思ってたでしょ？　まあ、被害者遺族としては、あたりまえの感情だけど。でも、野末眞を追い詰めて、壊してしまったのは、早瀬水央自身じゃないかしら？」

「……どうして、そう思うんだ？」

「野末と水央には、男女の関係はなかった。本当の意味で、ふたりはつき合ってはいなかった。そうでしょ？」

助手席の窓を少し開け、大きく息を吐いた。

「よく、気づいたな……合成画面では、わからないと思っていたよ」

「何ていうか、肝心のシーンが、あまりにご都合主義でね。正直、しらけたわ。二次元オタクと同じ、百パーセント妄想の産物よ」

大学の友人もサークル仲間も、そして水央の家族と僕も、ふたりが交際していたと信じ込まされていた。けれど野末の記憶にある白い裸体は、僕がこの手で抱いた水央と、まったくの別物だった。

　野末の妄想は、水央と過ごした最初のクリスマスから始まっていた。

　ディナーの後、初めてひと晩を共にした。野末はそう思い込んでいるが、その前の年、僕と外泊したことで騒ぎになっている。あれ以来、水央は、一度も外泊はしていないと、叔父からきいていた。野末と交際するふりを続けていたのも、ひとつには両親を安心させるためだろう。

「あのクリスマスの夜、早瀬水央はたぶん申し出を断ったのよ。邦貝を忘れられないから、野末とはつき合えないってね。彼のプライドは、それでずたずたになった。形だけの交際を、どっちが切り出したのかはわからないけど、友人にさえ告げずに一年半も続けたのは、早瀬水央の意志でしょ？」

　もしかしたら死ぬ前に、母親にだけは明かしていたのかもしれない。包丁を握った野末と対峙《たいじ》していたようすから、そのように思えた。

　信号が青になり、すべるように車が走り出した。

「結局、野末は、あなたのダミーでしかなかった」

「きついな、江波は……」

　窓の隙間から流れてくるジングルベルが、たちまち後ろに飛び去った。

ギニーピッグ

抜けるように白く、なめらかな肌。目じりはわずかに上がりぎみで、シャープな顎《あご》や鼻《び》梁《りょう》と、ほどよく釣りあいがとれている。本人は女顔と言われることを気にしているようで、髪は短い。

「あーあ、森田《もりた》さん、またママさん連中に捕《つか》まっちゃってるよ」

子供連れの若い四人の母親は、このファミレスの常連だ。いまさら品書きの説明など不要なはずが、メニューを広げた状態で、長々と森田を引き止めている。

「てきとーに切り上げてくればいいのに、そういうとこ、森田さん下手《へた》っぴだからなあ」

きれいな顔のウエイター目当てなのは明らかで、ママさん連中はメニューの説明をさせながら、ちらちらと上目遣いで森田の顔を観賞している。茜里《あかり》はそのようすにやきもきしながら、カトラリーをセットしていた。

「そんなに気になるなら、石川《いしかわ》さん、もういっそ告白しちゃったらどう？」

横を向くと、にんまりとした店長の顔があった。

「まだあきらめてないんでしょ？　森田さんのこと」

「そんなんじゃ、ありません」

「照れない、照れない。これだけ始終《しじゅう》目で追ってたら、何かもう、見てるこっちが涙ぐましくって」

店長の折原《おりはら》が、大げさに泣き真似をしてみせる。この店唯一の社員であり、オバさんパワーで店内を仕切っている。日頃はパートやアルバイトを、びしびし叱《しか》る立場にあるが、週末の土曜日とはいえランチタイムにはまだ早い。店内はすいていて、めずらしく無駄話する気になったのだろう。

「森田さんは顔に似合わず、上に馬鹿がつくほどの真面目《まじめ》人間だからね。ああいうタイプはね、女からばしっと言わないと、まず気づいてくれないよ」

「だから店長、違いますって」

「こっちは旦那子持ちでしょ、もうこの歳《とし》になると、若い子の恋愛話が唯一《ゆいいつ》の楽しみになっちゃって」

明らかに面白がられている。客からの呼び出しチャイムが鳴ったのを機に、店長をかわして客席に向かった。途中で、ようやく解放されたらしい森田とすれ違った。ついふり返りそうになるのを、背中に店長の視線を感じて我慢した。

たしかに茜里はこのところ、バイトの先輩にあたる森田ばかり見ている。ただ、折原店長の推測は、少しずれている。茜里が森田俊《しゅん》に感じていたのは、奇妙な違和感だった。

『マンマ・デリ』は、イタリアンがメインのファミリー・レストランで、都内に二十六店舗。マンマ町田《まちだ》店は東京《とうきょう》都町田市にあり、駅からは離れていたが、大型のショッピングセンターが立ち並ぶ国道に面していて、近隣は住宅街となっている。やはりファミリー客が多いが、平日の昼間は学生や会社員も目立つ。

茜里の家は、ここから自転車で十五分。会社員の父と、病院で事務のパートをしている母、ふたつ下の中学生の妹の四人家族だ。市内では中の上レベルの都立高校に通い、成績もクラスで中くらい。まるで平凡を絵に描いたような、十六歳だった。

バイトをはじめたのも、単にお小遣いが足りなくなったからだ。携帯の料金があまりに嵩《かさ》み、少しは自分で何とかしなさいと、母から言われてしまった。携帯は女子高生の必須アイテムだから、否《いや》も応《おう》もない。二年に進学すると同時にバイトをはじめた。

「とりあえず細かいことは、森田さんに教えてもらって。うちに入って、ちょうどまる一年だから、オープンからクローズまで何でも来いよ」

「森田です、よろしくお願いします」

はじめて森田俊に会ったとき、ときめかなかったと言えば嘘《うそ》になる。茜里のタイプは、太陽大好きなスポーツマン系だから、どちらかといえばひ弱な印象の彼は、決してド真ん中というわけではない。それでも上品な顔立ちのイケメン大学生を前に、平常心を保《たも》てる女子高生などいない。店長の紹介に、律儀にぺこりと頭を下げた態度にも、好感が持てた。

入店して三ヶ月ほどは、事あるごとに先輩として頼り、女子力アピールに努めていたが、当の森田にはまったく通用しなかった。どうやら茜里の魅力不足が原因ではなく、ライバル兼同類は他にも少なくないようだ。

「同僚の女性アルバイトはもちろん、お客にもファンは多いんだけど……ああいう人を、朴念仁《ぼくねんじん》っていうのねえ。女性と会話を楽しむって感覚が、どうもないみたい。思わずそっち系かと疑ったこともあったけど、それも違うらしいし」

折原店長が、ため息交じりに教えてくれたことがある。あからさまなアプローチにも、ただ困惑するだけで、告白した子もいたそうだが、ていねいにお断りされたという。

「外見にくらべて、中身は不器用なのかもしれないね。仕事の覚えも、決して早くはなかったし。正直、石川さんの倍はかかったわよ。ただ、あのとおり真面目でしょ？　こつこつ努力して、いまじゃ誰より頼れるスタッフね」

店長の信頼のもと、並み居る女子には見向きもせず、黙々《もくもく》とウエイター業務を日々こなしている。森田俊は、そういう人物だ。これは脈がないと、茜里も早々にあきらめたが、彼に対してある違和感を覚えるようになったのは、茜里の家出がきっかけだった。

父親と喧嘩《けんか》して、茜里は三日間、家に帰らなかった。夏休みがはじまったばかりのころだ。友達と横浜に花火を見にいき、帰りはおしゃべりで盛り上がった。町田駅のバーガーショップで話し込み、気がつくと夜十時を過ぎていた。

女子高生にとって友達とのおしゃべりは、何より大事な最優先事項だ。しかしそんな理屈が、父親に通るはずもない。慌てて家に帰った茜里を、父親は頭ごなしに叱りつけた。それだけではない。日頃はろくに口もきかないくせに、まるでこっちの弱みにつけ込むみたいに、あれはいけない、これも高校生らしくないと、関係のないことまで長々と説教を食らった。

いつからだろうか——。たぶん、中学の半ばあたりのような気がする。父親という存在が、ことさら疎《うと》ましくなった。会話は自《おの》ずと減って、同じ家の中にいても、ほぼ絶縁状態だ。もともと都心の会社に勤める父親が帰るころには、茜里はすでに夕飯を済ませて自室に籠《こ》もってしまう。ろくに顔すら合わせぬ父親が、ここぞとばかりに叱りつける——。猛烈に腹が立った。

母親の仲裁も効果はなく、妹は怖がって自室に逃げてしまった。どこまで行っても平行線をたどる不毛な応酬が続いたあげく、ついに父親が切れた。

「いい加減にしろ！　人と話しているときくらい、携帯を離せ！」

「お父さんだって、つき合いは大事でしょ！　あたしたちの何より大事なつき合いは、携帯なんだから」

「だったら、おまえの携帯は解約する。そのつもりでいろ！」

最後通牒《つうちょう》のように言い渡されて、茜里は真っ青になった。親の同意がなければ、高校生は携帯をもてない。まさか本気ではなかろうと思ったが、父親は本当に茜里から携帯をとり上げて、どんなに泣いて頼んでも、返してくれなかった。

翌朝になっても父親の怒りは解けず、茜里はその日、家出した。


「家出って、いまどこにいるの？」

日頃はあまり表情を変えない森田が、目を丸くして茜里をながめる。家を出て三日が過ぎていたが、バイトだけは続けていた。

「親友の、咲良《さくら》の家」

口を尖《とが》らせて、茜里はこたえた。携帯を返してくれるまで、家には帰らない。そう宣言して家を出た。花火にも一緒に行った、いちばん仲のいいクラスメートで、母親同士が顔見知りでもある。たぶん親同士で何らかの話し合いがもたれたのだろう、夏休み中ということもあり、ひとまず茜里は居候《いそうろう》を許されて、咲良の部屋で寝起きしている。携帯がないのは、不自由を通り越して不安でならないが、合宿や修学旅行みたいで、友達との生活は楽しい。

「いいなあ、咲良は。お父さんが単身赴任で、ずっと家にいないんだ。うちもお父さんなんて、どっか行っちゃえばいいのに」

半ば本気で告げると、森田俊は、とても悲しそうな顔をした。彼が同情したのは、茜里ではなく、父親の方だ。

「帰りが遅くなって、お父さんはきっと、ものすごく心配したんだよ。ほら、このところ女の子が誘拐されて、殺される事件が多いだろ？　だから娘が無事に帰ってきて、心の底からほっとしたと思うよ」

「それならそう、言えばいいのに」

「男って、そういうことを口に出せないんだ。特に父親はね」

違和感を覚えたのは、そのときだ。大学生ではなく、まるで父親と同じ年頃のおじさんと向かい合っているような、奇妙な錯覚《さっかく》を起こした。

「でもでも、食事のときは携帯を離せとか、化粧して学校行くなとか、ピアスの穴はいつ開けたんだとか、そんなことまでいちいちうるさく言わなくてもいいと思わない？」

「ご飯のときも、携帯いじってるの？」と、森田がびっくりする。「それだと、箸と茶碗、もてなくない？」

この反論に至っては、父親を通り越して、まるでおじいちゃんだ。ふと茜里は気づいた。

「……そういえば、森田さんが携帯いじってるとこ見たことない」

「一応もってはいるんだけど、ほとんど使わないんだ。どうも苦手でね」

現代の東京で、携帯なしで生きていける大学生がいるとは、まさに絶滅危惧《きぐ》種だ。そればかりではない。

「化粧も、高校生はしない方がいいと思うけど」

「アイメイクとリップくらいは、いまどき必須だよ。ファンデやチークのフルメイクで、学校来る子だっているのに」

「本当に？　学校で禁止されてないの？」

「禁止だよ。だからバレないよう、ナチュラルに見せるテクが大事なんだ。ピアス穴も、開けたってばれないような髪型にするの」

「ピアスも、僕は反対だな。からだに傷をつけるのは、どうかと思うよ」

思わずあんぐりと口をあけた。イケメン大学生の台詞《せりふ》とは思えない。

「森田さんて、何か……外見と中身が合ってないかも」

「え……」

大げさなほど、森田はぎくりとし、きれいな顔がみるみる曇《くも》る。その動揺は、明らかに茜里の予想を超えていた。決して悪口のつもりはなく、素直な感想だ。それでも森田には、よほど痛かったようだ。口を閉じ、うつむいた。

「あの、ごめんなさい。あたしいつも、考えなしにもの言っちゃって。でも悪気はなくって……」

「こっちこそ、ごめん。石川さんの、せいじゃないから」

必死であやまると、ひどく疲れたような視線が返された。その目を見たとき、ふたたびどうしようもない違和感に襲われた。

いったい何が、しっくりこないのだろう？　いったい何が心に引っかかるのか、その正体がどうしてもわからない。強《し》いて言うなら、まるで森田俊という着ぐるみを着た人間が立っているような。茜里の目に映る姿の中で、唯一その目だけが中に入った人間のもののような、そんな感覚に近い。

「石川さんみたいな、若い人にはわからないかもしれないけど」

い方だ。

ほら、また――。茜里とたいして歳は違わないくせに、まるで自分は若くないような言

「親子って、永遠じゃないんだよ」

「永遠……って、そんなの」

あたりまえじゃない――。言おうとするより前に、森田は重ねた。

「もし、いま、お父さんが死んだりしたら、後悔しない？」

ふざけて雪玉を投げたら、お返しにひと抱《かか》えもあるずっしりと重い岩を、はい、と手渡

された。そんな心地がした。茫然《ぼうぜん》とした茜里の表情に、相手にたちまち後悔の念が浮く。

「ごめん、変なこと言って。でも仲違《なかたが》いしたまま、最後まで互いに歩み寄れないまま、二

度と会えなくなる親子だっているんだ」

「もしかして、森田さんのお父さんって……」

虚《きょ》を衝《つ》かれたように、一瞬、目が見開かれ、けれどすぐに落ち着いた声が返った。

「僕の父は、生きてるよ」

――でもやっぱり、あまり仲良くないのかな。何故《なぜ》だか、そう思えた。

「石川さん、やっぱり家に帰った方がいいよ。お父さんはたぶん、後悔してるし反省もし

てる。それでも自分から、折れることはできないんだ。父親って、そういうものなんだ。

嘘でもいいから、ごめんなさいって、ひと言あやまってあげてもらえないかな？」

「……嘘でも、いいわけ？」

「うん。娘の嘘が見抜けるほど、父親は鋭くないからね。たぶん、それで許してくれるよ。携帯もきっと、返してくれると思うよ」

こんなふうに面と向かって、女子高生に正論を語るなど、親だって教師だってまずしない。意外にも、嫌な気持ちはせず、何故だかちょっと嬉《うれ》しかった。訥々《とつとつ》と語られるうちに、父親に対してむきになっていた自分が、何だか馬鹿らしくも思えてきた。

茜里はその夜、家に帰り、提案された方法を試《ため》してみた。父親は森田が言ったとおりの反応を示し、その場で携帯を返してくれた。別に距離が縮まったわけではないが、それ以来あいだにはさまった空気は、前ほどぎすぎすしたものではなくなった。

「そう、お父さんと、仲直りできたんだ。石川さん、えらいね」

次にバイトで一緒になったとき、茜里の報告を、森田は誰よりも喜んでくれた。

ただ、その日以来、彼への気持ちは明らかに変化した。

「何ていうか、ちょっとおじいちゃんぽいかも」

親友の咲良にだけ、こっそりそう告げた。

「あっ、また来た！　ストーカー女」

一難去って、また一難。ママ友グループがようやく帰ったと思ったら、新たな客を告げる電子音とともに、最大の敵が現れた。

「ちょっと、石川さん。お客さまなんだから、滅多《めった》なことを言わないの」

折原店長が、すかさず釘《くぎ》をさす。幸い森田は奥のテーブルを片付けていて、ウエイターの樋本《ひもと》が、客を十番テーブルに案内する。

「でも、店長。あの人いちばん、たち悪いですよ」

茜里がストーカーと呼ぶのは、三十過ぎくらいの女だ。細身で、ゆるくウエーブのかかった肩までの髪。卵形の整《ととの》った顔立ちは、少し冷たそうな印象を受ける。鼻もちならないインテリ女だと、茜里はひと目で見抜いた。いつも会社の同僚と思《おぼ》しき男とふたり連れで、こちらは百八十センチを超す大男だが、雰囲気はもっさりとして大きなクマのぬいぐるみを連想させる。さらに今日はもうひとり、新たな顔ぶれが増えていた。

「なに、あの金髪……柄《がら》悪そう」

たぶん二十代後半だろう、短い髪はワックスで固められ、頭の頂点でふざけた円を描いている。色は金というより毒々しい黄色に近く、まるで辛子《からし》のソフトクリームでも載せているようだ。傍《かたわ》らの折原が、ため息交じりにふたたびたしなめる。

「だからそんな目で、お客さまをじろじろ見ない。それにあの女性のお客さま、森田さんの知り合いみたいよ」

「え、そうなんですか?」

「最初にお店に来たとき、『元気そうね、俊くん』って、そう言ったもの」

茜里が入店するより前、森田がバイトをはじめて、まだ日が浅いころの話だった。

「だって森田さんとあの人のようすを見た限りじゃ、全然親しそうに見えませんよ。かなり迷惑そうというか、森田さんいつも困ってるようすだし」

「まあ、彼はもともと無表情だし、お客さまに対しても、決して愛想《あいそう》が良いタイプじゃないから。接客はていねいだから、問題はないけどね」

「とりあえず、あたしが行ってきます」

水のグラスをトレーに載せて、勇んでホールに出た。途中ですれ違った樋本が、意味深な目配せを送る。無視してつかつかと、十番テーブルに歩み寄った。

「いらっしゃいませ、ご注文はお決まりですか?」

「いまメニュー開いたばかりなのに、〇・五秒で決めろっての?」

メニューから顔すら上げず、女が無神経に切り返す。

「ちょっと、江波《えなみ》、喧嘩売らない」

クマがフォローにまわるのも、いつものことだ。

「失礼いたしました。お決まりになられましたら、そちらのベルでお呼びください」

この客が、呼び鈴を鳴らすことは決してない。わかってはいたが、あえて言った。会社の同僚とランチに来ている。それは名目に過ぎず、彼女の目当ては森田だけだ。五分でも十分でも辛抱《しんぼう》強く待って、通りかかった森田を呼び止めるのだ。

「ワオ、旨《うま》そう！　日本はやっぱり食文化進んでますね。このファミレスと同じ系列店、あっちにもあるんですけど、メニューも全然違うしクソまずくって」

一方の金色ソフトは我関《われかん》せずで、目を輝かせてメニューに見入っている。顔も若干《じゃっかん》濃いめだし、話の内容からすると帰国子女かもしれないが、横文字の発音がやたらと良いのを除けば、違和感のない日本語だった。

それ以上長居もできず、茜里は一礼して、いったんキッチンに戻った。さっき三人を席まで案内した樋本が、待ちかねていたように茜里に話しかける。

「いいよなあ、ああいう教師っぽい感じ。エロくてさ」

樋本は二十七歳、バイトの中ではもっとも長いベテランなのだが、どうも歳のわりにちゃらいというか、遊んでるオーラがぷんぷん臭《にお》う。仕事は中途半端《ちゅうとはんぱ》なくせにウエイトレスたちにはやたらとなれなれしい。言ってみれば森田とは正反対のタイプだ。

「好みならあのテーブル、樋本さんにお任せしますから」

「そうしたいけどさ、あの女教師さん、クソ真面目くんがお気に入りだろ？」

樋本は森田を、そう呼んでいる。ルックスも仕事も、ひいては人気も信用も到底《とうてい》かなわない。それが不満なのか、何かにつけ森田を馬鹿にしたような態度をとる。

――あんたは真面目ですらない、ただのクソじゃない。

精一杯の罵《のの》りを無言でぶつけたとき、テーブルを片付け終えた森田が、あの女に呼び止められるのが見えた。

「ただいま、お伺《うかが》いいたします」

両手に食器を積んだトレーを抱《かか》えながら森田が応じる。森田が洗い場に食器を下げている隙《すき》に、すかさず茜里はハンディ・ターミナルを握って客席にとび出した。通称はハンディ、オーダーをとる機械だ。

「お待たせいたしました。ご注文、お伺いいたします」

「結構よ、さっきの彼に頼むから」

最上の接客スマイルが、顔に張りついたまま、ぴきりと割れる音がした。立ち去るタイミングさえ見つからず、その場に棒立ちになる。

「石川さん、ここは僕がやるから」

急いで戻ってきたらしい森田が、背後から声をかけてくれた。

「でも……」

「大丈夫。石川さんは、三番と八番テーブルをお願いします」

滅多に表情を変えない彼が、唯一動揺を見せるのが、この客が来たときだ。彼女は森田に、必ずといっていいほど妙な質問をする。三番テーブルでオーダーをとり、八番テーブルを片付ける。通路をはさんだ向かい側にあたる十番テーブルの会話に、耳だけをロックオンさせた。

「ねえ、店員さん、東京オリンピックは覚えてる?」

はい、と少し不安そうに森田がこたえる。東京オリンピックが開催されたのは三年前だ。会場こそ行かなかったものの、手に汗を握ってテレビの前で応援した。茜里が中学生のころだが、まだ記憶に新しい。しかし女客は、やはり妙な話をもち出した。

「何と言っても、いちばん興奮したのは女子バレーよね。東洋の魔女と呼ばれたけれど、大松《だいまつ》監督と選手たちの絆に、柄にもなくじんときたわ」だの、「男子体操は圧巻だったわね。つり輪と跳馬と平行棒で金をとった上に、個人総合と団体も金メダルでしょ? あの個人総合で金をとった選手、何ていったかしら?」だの、茜里の見たオリンピックとは、どうも食い違う。テーブルを拭《ふ》いていた手が、途中で止まった。

――ひょっとして、一回目の東京オリンピックの話かな……。

茜里がそう考えたのには、理由がある。この女客がもち出すのは、いつだって古い話ばかりだからだ。玉音《ぎょくおん》放送、第五福竜丸《ふくりゅうまる》、よど号、浅間山荘《あさまさんそう》、小野田少尉《おのだしょうい》。茜里にはほとんど意味不明の話で、折原店長や母親にいちいち確かめて、それがすべて昭和に起きた出来事だと知った。森田の誕生日は西暦二〇〇〇年、ミレニアムの年だから、茜里と同じ平成生まれだ。そんな彼に、どうして毎回、昔話をふるのか、その趣旨がわからない。

――そりゃあ確かに、歳のわりに考えは古臭いけど。

いくら何でも半世紀以上も前に開催されたオリンピックの詳細を、森田が知っているとは思えない。

「金ではないけれど、私がいちばん感動したのは、マラソンの円谷《つぶらや》選手の銅メダルよね。もちろんアベベもすごかったけど、円谷選手の走りには胸を打たれたわ」

そんな話をする女客の前で、森田は困った顔で、ただ黙って立っている。相槌《あいづち》は打つものの、相手の話に乗ることはなく、一見、客の長話に仕方なくつき合っているようにしか見えないが、いつも注意して見ている茜里は気づいていた。いまにもこめかみから汗が流れそうなほどに、彼は緊張している。取り調べを受ける犯罪者や、拷問に黙って堪《た》える囚人のように――。

「森田さん、大丈夫ですか？」

ようやく厄介な客から解放されて、森田がキッチンに戻ってきた。杞憂《きゆう》ではなく、やはりひどく疲れて見えた。

「平気だよ。もう慣れたしね」

――嘘ばっかり。

続けざまに鳴ったふたつの呼び鈴が、茜里の物思いを吹きとばした。

「石川さん、上がっていいよ。ご苦労さま」

三十分ほどして、折原店長の声がかかった。今日は早番だから、午後二時までだ。ランチタイムが終わり、店内はひとまず午後の落ち着きをとり戻していた。

「悪いけど、帰りがけにそれもお願い」と、店長が四つのゴミ袋を目で示す。

「わかりました。お疲れさまです」

タイムカードを押して、ロッカーで着替えを済ませる。ゴミ袋をふたつずつ両手に持ち、従業員用の裏口を出た。店舗は二階にあり、一階は駐車場。よくあるファミレススタイルで、駐車場の奥にゴミ置き場がある。その真ん前に、派手な黄色の車が止めてある。小型だが、たぶん外国車だ。傷などつけては一大事だから、ゴミ袋が当たらぬよう用心しながら脇を行き、車の左側面に位置する扉をあけた。

どんなに気をつけていても、夏のゴミ置き場は臭いがすごい。所定の場所に四つのゴミ袋を置いて、急いで出ようとしたとき、扉の向こうからその声がきこえた。

「いやあ、オムライスもラザーニァも、ヴェリィ・デリィシャスでした。江波先輩、ごちそうさまです」

レストランを出た客の満足そうな台詞だが、英語だけ妙に発音がいい。茜里が足を止めたのは、江波という名前のためだ。あのストーカー女は、江波といった。果たして予想通りの声がこたえた。

「ふた皿もガッツかれるとは思わなかったけど、まあ、いいわ。それよりサル、ちゃんと仕事はしたんでしょうね？」

「僕の名前はサルじゃなく、サルバドルですよ。武留《たける》・西本《にしもと》・サルバドル」

「お父さんがスペイン人で、お母さんが日本人だっけ？」

「逆ですよ、邦貝《くにがい》先輩。スペインではファーストネイムの後に、父方の名字、次に母方の名字と続きます。ちなみに結婚しても、男女問わず名字は変わらないんですよ。だから僕も一生、武留・西本・サルバドルです」

「そんな長いの、覚える気にもならないわ。略してサルで充分よ」

厚い鉄製のゴミ置き場の扉越しにも、会話はかなり鮮明《せんめい》にきこえる。間違いなく、さっきの三人の声だ。すぐ前に止めてある黄色い車が、彼らのものかもしれない。

「で、どうだった？　彼の反応は？」

「江波先輩の話した内容については、彼は知らないんじゃないかと思います。東洋の魔女、大松監督、アベベ、円谷……いずれも初耳か、あるいはきき覚えはあっても何をした人物かは知らない。そういう反応でした」

「あたりまえの若者の反応だな」

「おかしいわね……そんなはずはないのに。サル、ちゃんと見たんでしょうね」

「これでもサイコロジーのプロフェッショナルです。信用してくださいよ、江波先輩」

――サイコロジーって、何だっけ？

「それより、彼はどういう人物ですか？」

「実はランチや夜食にたまにつき合わされるだけで、おれも知らされていないんだ。わざわざ片道三十分もかけて、ここまで来る理由をな」

邦貝と呼ばれていた男が、自嘲《じちょう》気味に語る。

「そうね、サル。あなたにとっては、ここでの初めての患者が、さっきの彼だと思ってちょうだい」

──患者？……って、どういうこと？

あの女が来るたびに、胸の中に丈の高い雑草がにょきにょきと伸びてくる。その草がいっせいに、ざわりざわりと不穏な響《ひび》きを立てながら騒ぎ出した。

「そろそろあきらめたらどうだ、江波。何だか苛《いじ》めているみたいで可哀想で、何より無駄に思えてきた。かれこれ一年以上も通ってるけど、彼は陥落しそうにない」

「たしかに、並外れて強いマインドの持ち主ですね、彼は。さっきの会話の折に観察して、それだけはわかりました。外から動かすのは、たぶん僕でも至難《しなん》の業《わざ》です」

「弱音は結構よ。あきらめるなんて冗談じゃないわ。彼はね、五年がかりであたしが追っている、何より大事なギニーピッグよ」

胸の中でざわめていた雑草が、ひと息に斬《き》り裂《さ》かれたような気がした。

──ギニーピッグ。

意味は知らない。ただ、その言葉のもつ禍々《まがまが》しい響きが、ダイレクトに茜里を突き刺した。反動のように、手と足が勝手に動いた。銀色のノブをまわし、重い扉をあけて外にとび出した。

「いい加減にしてください！　何なんですか、あなたたち！」

さすがに立ち聞きされていたとは、思っていなかったのだろう。横付けされた車の向こう側から、三人が一様に驚いた顔でふり返った。

「森田さんは、迷惑してるんです！　あなたが来るたびに、すごく辛《つら》い思いをしてるんです！　なのに、それを承知で嫌がらせをするなんて、紛《まぎ》れもなくストーカーです。立派な犯罪です！」

「あなた、誰？」

まるで電柱を前にしているような、無機質《むきしつ》な女の目に、別の怒りがこみ上げてきた。たしかにこの女は、森田以外の存在にはまったく興味を示さない。食事そのものにも関心がなさそうで、ただ機械的に箸を動かし、フロアを動き回る森田だけを注視している。その目がストーカーらしくないことにも、茜里は気づいていた。

執心《しゅうしん》、はあっても、恋でも愛でもない。あれは、そうだ、観察者の目だ。ペットですらなく、卵から芋虫になり、やがて蛹《さなぎ》から羽化《うか》する。虫の観察日記をつける子供のような。純真な興味と残酷さを併せもつ、子供の目だ。

周囲の客はもちろん、茜里をはじめとする森田以外の従業員すら、彼女の視野には入っていない。まるでそこにいないみたいにあつかわれる。どんな罵倒《ばとう》よりも、相手を傷つける仕打ちだ。そんなことすらこの女には、理解できないに違いない。

「この店のウエイトレスだよ。彼の同僚だ、江波」

見かねたように、クマのぬいぐるみのような邦貝が横から口を出す。

「ああ、なるほどね。悪いけど、あなたには関係ないわ」

「あります！　森田さんがストーカーされてるのを、黙って見過ごしになんてできません。とってもいい人なんです。真面目で、まわりに親切で、あたしもたくさん助けてもらいました。そんな人にわざと意地悪するなんて、あんまりです！　これ以上、彼につきまとうのはやめてください！」

「なに、ひょっとして彼女とか？　あなた、大学生？」

「違います。そんなんじゃありませんし、まだ高校生だし」

へえ、と女の目に、奇妙な光が浮かんだ。まるで芋虫が、初めて糸を吐《は》き出して蛹を作る準備にとりかかった。それをたまたま目にして興味をもった、そんな目だ。

「高校生か、それは面白いわね。……あなた、彼が好きなの？　もしかしたら、彼もあなたが好きなのかな？」

「だから、そういうんじゃないんです」

「そうじゃないなら、いったい何？」

まともに問われて、こたえに詰まった。家出して諭《さと》されて以来、森田への気持ちは明らかに変わった。うまくは言えないが、恋愛感情とは微妙に違う気がする。

「えっと、純粋に心配で……放っておけないというか」

「それも恋愛じゃないの？」

「違います、たぶん……何ていうか、たとえば、子供やお年寄りが困っていたら、手を貸したいと思うでしょ？　自分にできることなら助けてあげたいって。それに似ているような、そんな気が……」

自分でも、うまく説明できないのだから、相手に伝わるはずもない。と、思っていたが、相手は予想外の反応を示した。

「お年寄か……それは傑作だわ！」

言いざま、けらけらと笑い出した。遠慮のない笑い声が、天井と床のコンクリートに反響して響き渡る。食事を終えて、ちょうど駐車場に入ってきたカップルが、ぎょっとしたようにこちらをふり向いた。

「ああ、おかしかった。あなた、見かけによらず面白いわね」

「あたし、おかしなことを言ったつもりはありませんけど」

むっとしてこたえたが、茜里に向けられた女の目つきが明らかに変わった。これまで影だけをながめていたのが、ふいに影の本体が茜里だと気づいたような。そんな感覚だった。

「ねえ、あなた、とっておきの呪文《じゅもん》を知りたくない？」

「呪文？」

「そう、これを唱えれば、必ず彼の特別になれる。そんな呪文……」

まさに呪いをかける前の、魔女の台詞だ。それでも誘惑に勝てなかった。

「何、ですか？」

「今度、彼にこうきいてみて」

魔女がささやいた呪文は、ごく単純で短い、それでいてまったくわけのわからない質問だった。それがどういう意味なのか、茜里はもちろんクマと金色ソフトも測りかねる顔をする。それでも魔女だけは、呪文の威力に自信たっぷりのようすだ。

「じゃあね、結果を楽しみにしているわ」

派手な黄色い車の持ち主は、同じ髪色の男のようだ。金色ソフトが運転する車で、三人は走り去った。

三日経《た》ち、五日が過ぎても、茜里は呪文を発することをしなかった。

どんなに頭をひねっても意味はわからない。ただ時が経つにつれ、それは決して口にしてはならない滅びの呪文だと思えてきた。まるでアニメ映画みたいだけれど、そう考えるに至った理由はちゃんとある。

三人の会話の中に出てきた、ふたつのキーワードだ。どちらも携帯で検索すると、すぐに出てきた。

ひとつはサイコロジー。これは心理学のことだ。金色ソフトはサイコロジーの、つまりは心の病気の専門家と考えて間違いはなさそうだ。ただ、その初めての患者が森田だと、あの女は言った。鬱《うつ》病とか神経症とか、心因性の病気の名前くらいは茜里も知っている。だが森田の性質にも態度にも、どこにも不安定な要素は見つからない。

そしてもうひとつ、ギニーピッグ。

忌《い》まわしいその言葉の意味を知ったとき、茜里は女からきいた呪文を、決して使うまいと心に決めた。使えば彼女が言ったとおり、茜里は森田にとって特別な女の子になるかもしれない。けれど同時に、全てが終わる――。そう直感した。

五ヶ月間のアルバイトで培《つちか》った、森田俊との連帯感や信頼関係、人としての温かい繫《つな》がりの一切が、たちどころに消滅する。茜里はそれを予感した。

悶々《もんもん》とする日々がしばらく続いたが、当の森田は何も変わらない。淡々と仕事をこなしながらも、たまたま休憩が重なると、「お父さんとは、あれからどう？」などと気遣ってくれる。茜里が特別なわけではなく、スタッフの誰に対しても同様であり、

「あたしなんて、つい姑の愚痴《ぐち》をこぼしちゃったわよ」折原店長までもが苦笑いする。

——うん、森田さんは大丈夫。あんな呪文なんか、忘れてしまお。

ようやく茜里が結論に辿《たど》り着《つ》いた矢先、小さな事件が起きた。

きっかけは、些細《ささい》なことだった。レストランにはありがちな迷惑客だ。

「すみません、席を替えてもらえませんか？　となりの声が大きくて、子供が怖がって」

卓上ベルを鳴らさず、わざわざレジまで来た若い母親の顔が曇《くも》っている。怖がっているのは子供ではなく、母親の方だろう。
五、六十代に見える、男性の三人組だった。ともに真っ黒に日焼けしており、タオルを首に巻いた格好からすると工事現場で働いていそうな労働者風の男たちだ。モーニングタイムに来店したというのに、アルコールやつまみ系のメニューばかりを頼む。最初のビールを運んだのは茜里だが、ぷんと酒の臭いがした。早朝から酒を出す店など茜里は知らないが、どこかですでに飲んできて、いわば二次会のつもりかもしれない。晩ならそうめずらしくもないが、ランチタイムの直前だ。おじさん三人組を案内した二十一番テーブルは、店の入口から見て右奥にあたる。しかし酔っぱらいのダミ声は、すでにホール中に響きわたっている。
「すぐ、別のお席をご用意いたします」

茜里は急いで店の左側に親子連れの客を移したが、その後も右側の客からの苦情が絶えず、そのまま帰ってしまった客もふた組いた。二十一番テーブルのある右側だけ、がらんと人のいない状態で、左は妙に混み合っている。十一時からのランチタイムを前に、茜里は慌てた。

「どうしよう、樋本さん。このままじゃ、店の半分が貸し切りになっちゃいます。これからランチなのに、まずいですよね？」

こんなときに限って、店長の折原は本社での月例会議に出席して留守であり、頼りの森田は今日は夕方からのシフトだ。いまの店内では責任者にあたる樋本に相談したが、甚《はなは》だ無責任な答えしか返らなかった。

「まずくても仕方ないだろ。客に帰れとは言えないんだから。ランチで混んできたら、二十一番側に新規客を通すしかないよ」

「でも、絶対嫌がられますよ」

「嫌なら帰ればいいだけの話。客の自由だし、いちいち構っていられないよ」

何という言い草だろう。美味《おい》しいランチを、ゆったりした座席で楽しむために、客はここに足を運ぶのだ。店を替えるとなると、貴重な昼休みを無駄にすることになるし、この時間はどこも混雑しているから、下手をすると食いっぱぐれることになりかねない。自分が客なら、そんなの絶対にご免こうむる。

「そんなに気になるなら、石川が注意してこいよ」

「注意なら、いまの責任者の樋本さんの仕事でしょ」

「おれは嫌だよ。酔っ払いにからんで、殴られたくないからね。若い女の子の方が、丸く収まるって」

女子高生に危ない役目を平気で押しつける樋本には、呆《あき》れて口もきけない。

しかしそこに、救いの神が現れた。

「おはようございます」

「森田さん！　どうしたんですか？　今日は晩のシフトですよね？」

「今日の講義が休講になって、時間があいたんだ。店長がいないって知ってたから、ちょっと気になって」

「へいへい、クソ真面目くんが店長代理だからな」

樋本の嫌味ったらしい台詞にも、森田は相変わらず動じない。

「さっきメールしたら、店長も了解をくれたから昼から入ることにしたんだ」

ほっとした上に、まさに拝《おが》みたいほど有難《ありがた》くて、つい涙ぐみそうになった。

「よかった、森田さん来てくれて。いま緊急事態で！」

「緊急事態？」

手短に事情を話す。三人組の声はつつ抜けだから、森田もすぐに事態を飲み込んだ。

「あのお客さんたち、しゃべり方がおっかなくて、ずっと喧嘩しているみたいで」

関西系と思われる話しぶりで、「なめとんのか」だの「しばいたろか」だの、物騒な台詞がやたらと多い。声だけきくと、まるでやくざの集会で、他の客たちが避けるのも無理はない。

森田はしばしその声に耳をすまし、そうして、ふっと笑った。いままで見たことのない、深い笑みだった。久しぶりに懐かしい人に出会えたような、そんな表情だ。

「森田さん？」

「大丈夫、あのお客さまたち、喧嘩しているわけじゃないよ」

「そう、なんですか？」

「でも、他のお客さまが怖がるのもわかりますし、僕が行きます」

何の躊躇《ためら》いもなく、森田はトレーを脇にはさみ、水を満たしたピッチャーを片手に、二十一番テーブルへと進む。樋本と茜里はその後ろ姿を追って、仕切りの陰から覗《のぞ》いた。茜里はやはり心配だったが、樋本は高みの見物のつもりだろう。

「失礼ですが……」

グラスに水を注ぎ、あいた食器を下げ終えてから、森田が型通りに切り出す。しかし次に発した言葉は、完全に予想外だった。

「お客さんら、広島《ひろしま》の人じゃろか？」

物騒な会話がぴたりと止まり、三人の男たちが、びっくりした顔で森田を見上げる。

「おお、そうじゃ。兄ちゃんも広島か？」

「はい。懐かしくて、つい……お話の邪魔をして、申し訳ありません」

「よかよか、同じ広島もんじゃけえ。そげん気取った言葉も、いらんけえのう」

「兄ちゃん、広島はどこにおったん？　市内かのう？」

「はい、南区の……」

「港に近《ちこ》おあたりじゃな。わしも同じ南よ。じゃけん、黄金山《おうごんざん》のふもとじゃがの」

男たちは一様に上機嫌で、森田と言葉を交わす。

「兄ちゃんも一杯どうじゃ？　一杯くらい構わんじゃろ」

と、ひとりが瓶ビールをもち上げた。

「いまは仕事中じゃけえ。遠慮しときます」

「仕事いうても、わしらより他におりゃあせんじゃろ」

壁を背にした男が、がらんとしたフロアを見渡した。

「いや、実はの、お客さんらが喧嘩しちょる思うて、皆怖がってしもうて寄りつかんのじゃ」

「わしら喧嘩なぞ、しとらんよ。楽しゅう飲んどっただけやけぇ」

男たちが、きょとんとして顔を見合わす。

「今朝、現場で手違いがあっての、急に三人そろって仕事がのうなったんじゃ」

「じゃけぇ、景気づけにワンカップで一杯やって、どうせなら腰据えて飲もうちゅうことになったんじゃ」

どうやら三人は、工事現場で働いている同郷の仕事仲間のようだ。ききとりづらい方言の応酬《おうしゅう》だが、茜里にも何となくわかってきた。

「喧嘩じゃなかと、ようわかっとります。じゃがこっちの人には広島弁は、怒っとるようにきこえるみたいで……他のお客さんらが、逃げてしもうたんじゃ」

「ほんまか？　そりゃちぃとも気づかんじゃった」

「そうやあ、わしも前に言われたわ。やくざがしゃべっちょるようやと」

「広島は確かに、多いけえの」

びっくりしたり苦笑いしたりしながら、口々に言い合う。

「じゃけぇ、ちぃと声を落としてもらえると助かるんじゃが」

森田が遠慮がちに告げると、男のひとりがひらひらと手をふった。

「よかよか。これ以上おって、広島の評判を落とすわけにゃあいかんからの。兄ちゃん、勘定頼むわ」

「いや、お客さんらを追い出すつもりはないんじゃ」

森田は引き止めたが、客は残ったビールをあけて席を立った。

「ファミレスの酒は安うはないからの、これ以上はわしらの懐《ふところ》に痛いんじゃ」

日焼けしたくしゃくしゃの笑顔が向けられて、察した森田が、深々と腰を折る。

「ありがとうございました。またぜひ、お越しください」

「おう、また兄ちゃんに会いにくるけえ」

三人の客たちは、森田に手をふって、機嫌よく帰っていった。

「あのお客さんたち、おっかない人じゃなかったんですね」

「西の言葉って、こっちではどうも荒《あら》っぽくとられるみたいだね」

まず礼を述べた茜里に森田がこたえる。いつになく、どこか嬉しそうな表情だ。

「森田さん、広島にいたんですね。家は東京だときいてたから、ちっとも知りませんでした」

「以前は、向こうに住んでたんだ。広島を離れて、もう六年になるのか」

「六年、ていうと……いま大学二年だから、中学生で転校したんですか?」

何気ない質問だったが、少し感傷《かんしょう》めいた穏やかな雰囲気が、たちまち消し飛んだ。

「……いや、中学は途中でやめて、高校も行ってないんだ」

「え?」

「だからいまの大学には、大検で入ったんだ。勉強の遅れをとり戻すのに時間がかかって、去年、二十二で入学したんだ」

いまは二十三だと、言い辛《づら》そうにこたえる。大検とは、大学入学資格検定のことだ。大学入試には通常、高校卒業が必須条件とされるが、大検をとれば、いわば大学の入試を受ける資格ありとみなされる。

「へえ、クソ真面目くんが中学も卒業してないとは、意外だね」

樋本が途中で、首を突っ込んできた。肝心のときには我関せずのくせに、噂話《うわさばなし》となるとすかさず食いついてくる。

「中学やめた原因て何?　クソ真面目くんに限って、非行ってことはないだろうから、いじめの挙句《あげく》の不登校とか。ひょっとして、引きこもりとか?」

ちょうどあのストーカー女を前にしているように、森田は困った顔でうつむいている。

自分がよけいな質問をしたこともあり、西里は精一杯の助け舟を出した。

「樋本さん、四番テーブル呼んでますよ」

「石川が行けよ。おれはクソ真面目くんと、じっくりとこの件について話し合いたいからさ」

ようやく見つけた森田の弱みを、樋本はとことんえぐるつもりのようだ。いつも以上に腹が立ち、口が勝手に動いた。

「日頃は森田さんの半分も役に立たないんだから、たまには仕事したらどうですか？　樋本さんみたいのを、給料泥棒っていうんでしょ」

樋本の抱《かか》える劣等感の、ど真ん中を刺《さ》し貫《つらぬ》いたようだ。へらへらした顔が、一瞬にして固まった。獣の本性が露出したように、茜里をにらむ目に嫌な光が宿《やど》る。

言い過ぎたことは承知していた。だが、茜里たちの窮地《きゅうち》を救ってくれた森田が、そのためにこんな男に愚弄《ぐろう》されるのは、どうしても我慢がならなかった。森田と樋本のあいだで、両腕を広げて立ちふさがるような気分で、茜里は樋本をにらみ返した。

「ふん、学校もろくに行ってないくせに、女をコマすことだけは達者だな」

茜里の本気が伝わったのだろう、樋本は大人しく四番テーブルに向かったが、癪《しゃく》に障《さわ》る捨て台詞だけは忘れなかった。

「石川さん、いまのはいくら何でも言い過ぎだよ。後で樋本さんにあやまった方がいいよ」

「嫌です。ずーっと言いたいの、我慢してたんだから、言ってやってせいせいしました」

森田はやはり、少し困った表情をしながらも、茜里に言った。

「石川さん、ありがとう」

「そんなの、お互いさまです」

互いに目だけで笑い合う。それが合図のように、ランチタイムの客たちが、どっと押し寄せてきた。


その話をきいたとき、茜里は耳を疑った。

「あれって……単なる噂話ですよね？」

「それなら、良かったんだけど」

折原店長が、沈鬱《ちんうつ》な表情で重いため息をつく。

「だって、あの森田さんですよ？　店長だって、いつも言ってるじゃないですか。誠実で誰より信頼できるスタッフだって、なのに……」

「さっき、彼に直接確かめたんだ。間違いないって、本人が認めたの」

「そんな……」

茫然と立ち尽くす茜里の肩を、なぐさめるように店長がぽんぽんとたたく。茜里は今日、夕方からのシフトだった。店に来て、着替えるより前に、店長の折原からその事実を告げられた。

「ひとまず今日は、帰ってもらったわ。彼がいない分大変だろうけど、後よろしくね。あたしはこれから本社に行って、彼の処遇《しょぐう》を相談してくるから」

「店長……森田さん、辞《や》めさせられるんですか？」

頭を棚の角にぶつけたように、折原店長は顔をしかめた。

「私はもちろん、辞めてほしくなんかない。過去に何があったにせよ、いまの森田さんを信用してるもの。だけど、ここまで噂が広まって、店や本社にまで問い合わせや苦情の電話がかかってきてる……正直、あたしの力じゃ、守りきれないと思う」

じわっと両目に涙がたまった。それを承知で、店長が発破《はっぱ》をかける。

「悪いけど、泣いてるヒマないよ。今日は彼の穴埋めが補充できなかったから、石川さんにカバーしてもらわないと」

手の甲で涙を拭《ぬぐ》いながら、はい、とうなずき、すでに私服に着替えていた店長を見送った。可愛いと評判の、サーモンピンクのワンピースに白いサロンエプロンのついた制服に着替えた。ロッカーの扉に手をかけて、呟《つぶや》いた。

「やっぱり、信じられないよ……森田さんがあんなこと、するわけないよ」

夏休みが終わり、二十日ほどが過ぎていた。

その噂が、いつネットに流されたのか、茜里は知らない。一週間ほど前、店の同僚の女の子に耳打ちされたときには、すでにネット上には大量の噂がとびかっていた。

店で給仕する森田を写した写真と、そして、とんでもなく酷《ひど》い書き込み。

『マンマ・デリ町田店に勤める森田俊は、強姦殺人鬼だ！』

最初にきいたときは、思わず笑ってしまった。彼に限って、そんな犯罪に関わるなんてあり得ない。それこそ天地がひっくり返ったって、できっこない。さまざまな尾ひれがびらびらと不快にくっついたネットの書き込みを見たときすら、事の深刻さに慄然《りつぜん》とはしながらも、やはり森田への信用は揺らがなかった。

——そんなはずはない。何かの間違いだ、ただの中傷《ちゅうしょう》だ。彼を快《こころよ》く思わない、誰かの嫌がらせだ。いったい、どこのどいつがこんなことを？

ここ数日、ぐるぐると考え続け、そのあいだにも森田とシフトが重なることはあったが、確かめることをしなかった。ひとつには噂が立ってからも、森田のようすがまったく変わらなかったからだ。びくついたりキョドったりすることもなく、今までどおりの彼だった。

茜里にとっては何よりの安心材料で、やはり根も葉もない陰口に違いない。写真や実名を載せるなんて、やり方が汚な過ぎる。それこそ犯人を捜して訴えるべきだ——と、親友の咲良相手に大いに怒りをぶちまけた。

その森田が、噂を認めた？　自分が強姦殺人鬼だと認めたなんて、カラスがいっせいに脱色して白くなったときかされるのと同じくらい、茜里にはどうしたって信じられない。

「やっぱり、そんなはずない。森田さんは、そんな人じゃない」

声に出すと、また涙がこぼれそうになる。ロッカー室のドアがノックされ、茜里は急いでまばたきして涙をとばした。

「あ、いたんだ。お疲れ、じゃなくおはようか」

入ってきたのは、樋本だった。ちょうど茜里と入れ替わりにあがるようだ。おはようございます、とぼそぼそと呟いた。

「何だよ、元気ないじゃん。あれ、もしかして、泣いてたりする？」

いまは樋本に構う気力はない。こんな狭い場所で、この男の吐く息を吸うのもごめんだ。無視してやり過ごすつもりが、ロッカーの扉を閉めるより前に、樋本が言った。

「そりゃ、泣きたくもなるよな。あのクソ真面目くんが、強姦殺人鬼だったんだから。愛しの森田さんに裏切られて、超ショック！　ってとこかな？」

思わずにらみつけると、下品なにやにや笑いとぶつかった。樋本は明らかに、いまの状況を楽しんでいる。

「あんなきれいな顔でとりすました男が、最低最悪の犯罪者なんだからな。ま、女子高生《JK》は外見しか見てないし、ルックスで人を判断すると痛い目に遭《あ》うって典型だよ。むしろ良かったじゃん、強姦される前に気づけてさ」

「森田さんは、絶対にそんなことしない！」

「あっれー？ 石川ってば、まだ信じちゃってんだ。恋は盲目って本当だな。だけど森田がとんでもない悪党だってことは、紛れもない事実だよ」

「ネットに流れているだけで、樋本さん自身が確かめたわけじゃないでしょ」

ロッカーの中を乱暴に片づけながら、素っ気なく言った。

「ちゃんと確かめたんだな、これが」

自信たっぷりに、にやりと笑った顔は、醜悪《しゅうあく》なほど歪《ゆが》んで見えた。

「おれの友達にさ、広島出身の奴がいて、ためしにきいてみたんだよ。森田俊て知らないかって。最初は知らないってこたえたけど、写真見せると、あれって顔になって」

樋本の友人は、昔どこかで、たぶんネットで見たような気がすると言った。女の子みたいにきれいな顔が印象に残っていたものの、詳しく思い出すまでには至らなかった。

「だからさ、ちょっと調べてみたんだよ。ネットの検索はもちろん、図書館にまで行ってさ、昔の新聞とか閲覧しにいったわけ」

「どうして、わざわざそんなこと」

「ほら、前に石川もきいたろ？　あいつが中学中退してるって。もしかしたら何かヤバい事件起こして、退学になったんじゃって思ってさ」

森田が中学生だったころを逆算し、八年から十年前に的を絞って調べたという。他人を陥《おとしい》れることだけに、無闇にエネルギーを消費する奴がいる。樋本はその典型だ。勝ち誇ったように、茜里に向かって宣言した。

「で、とうとうあいつの化けの皮を剝《は》がす記事を見つけたってわけ。二〇一五年、いまから八年前、あいつが十五歳のときだ。当時は森田俊じゃなく、下沢《しもざわ》俊だけどな」

事件のあらましは、茜里もすでに知っている。耳を塞《ふさ》ぎたいのを我慢して、樋本が滔々《とうとう》と語る懇切ていねいな説明に、黙って堪えた。

被害者は、森田と同じ十五歳、ただし学年はひとつ上の女子高生だった。森田と面識があったわけではなく、彼女が狙われたのはたまたまだった。森田と同じ十五歳の少年と、三つ年長にあたる十八歳の少年と三人で、学校帰りの被害者を空き家に監禁し、殴る蹴るの暴行と性的暴力を加えた。二日後の深夜、彼女は隙を見て自力で脱出したが、助けを求めて国道にとび出して、車にはねられて死亡した。

強姦殺人——。直接手を下《くだ》したわけではないが、そう呼ばれても仕方がない。

「下沢なんとかっていう市議会議員があいつの父親でさ、当然失脚したけど体面が悪かったんだろうな、さっさと縁を切って母親の実家に預《あず》けた。もっとも母親はとっくの昔に、あいつが十歳のときに死んでるけどな。父親とはもともとそりが合わなくて、以来、素行が悪くなったってお決まりのコースだ」

母親の実家、祖父母の家は広島にあったが、当時はバッシングがひどく、未成年にもかかわらず、森田の顔写真から祖父母の家の住所までもが逐一《ちくいち》ネットに流された。学校になど、とても通える状況になかったに違いない。

二年後、森田が十七歳のとき、祖母の実家があった東京に引っ越して、その折に母の旧姓であった森田に改名した。

「実を言うと、東京に越したのは、バッシングのせいばかりじゃないんだ」

とっておきの特ダネだと言わんばかりに、樋本は舌でべろりと唇を舐《な》めた。

「あいつさ、頭ん中をいじられて、おかしくなっちまったんだぜ」

「……それ、何の話?」

ネットには、流れていない情報だ。茜里は噂を知ってから、できる限り情報を追ったが、少なくともその中には出てこなかった。

「しょせんは少年犯罪だから、たいした刑にはならないだろ？　被害者遺族は納得いかない。死んだ女子高生の父親が、どこだかの教授に頼んで、加害者の三人の脳を手術したんだ」

「手術って、どんな？」

「そこまでは知らねえよ。詳しくは書いてなかったし」

被害者の父親と、その教授が逮捕された。地方新聞に、小さな記事が載っていただけだと、樋本が口を尖らせる。

「そんなこと、ネットのどこにも書いてなかった」

「おれはちゃんと流したんだけどなあ。どういうわけか、その部分だけ片っ端から削除されて、広まらなかったんだよ。案外、国家機密とか、すげえ重大な秘密に関わってたりしてな」

ひゃはは、と笑った樋本と、茜里は初めて正面から向き合った。

「……やっぱり、樋本さんだったんだ」

「え？」

「森田さんの噂を流したの。いちばん最初にネットに書き込んだのって、樋本さんなんでしょ？」

にやにやが、中途半端にかたまっている。その顔で、茜里は確信した。

「嫌だなあ、おれ、そこまで悪人じゃないし、証拠だってないだろ？」

「ごまかしても無駄だよ。だってネットに貼られた写真て、店内で撮影されてるから」

「大方、客が撮ったんだろ」

「それは無理。背景はホールだけど、客席のどこからもあの角度じゃ撮れない。レジの奥、キッチンエリアからじゃないと、絶対に撮れない写真だし」

それまで堪えていた感情を、茜里は一気にとき放った。

「あれ見たとき、ぴんと来た。犯人はあんただって！　小心者で小狡《こずる》くて、裏でこそこそ嗅《か》ぎまわって、そのくせ自分が犯人ですって言い触らしてるのと同じだもんね。ほんと、あったま悪いよね」

「うるさい、黙れ！」

耳障りな大きな音が、狭いロッカールームに響き渡った。樋本が腹立ち紛れに、ロッカーを叩いたのだ。

「てめえ、それ以上しゃべると、いますぐここでヤっちまうぞ。前々から、気に入らなかったんだよ。いつもいつも、あのクソ野郎の肩ばかりもちやがって」

「あんたがいちばん目の敵《かたき》にしてたのは、森田さんでしょ？」

「ああ、そうだよ！　あいつが目障りで邪魔で、仕方なかった。一緒にいるだけで苛々《いらいら》した！　だからあいつの過去を、ネットで暴《あば》いてやったんだ。全部本当のことだからな、嘘を書いたわけじゃねえし、わかったところで何の罪にもならねえよ。むしろ殺人犯がここにいると、世間に教えてやったんだ。感謝されたっていいくらいだろう！」

ぜいぜいと、荒い息が室内にこもる。思わず顔をしかめ、バタンと音をさせてロッカーの扉を閉めた。

「もう、わかりました。そこ、どいてください」

「何だと？」

「店に出ないと。まだタイムカード押してないし、ここにいても時給削《けず》られるだけだから」

「ふん、ブス、とっとと行けよ」

捨て台詞はすでに小学生だ。次元の低い喧嘩に、つき合うつもりはない。

タイムカードを押して、制服のポケットに手を入れた。中にはこの前、父親から返してもらった携帯が入っている。

オンにしてあった録音ボタンを押して、オフにした。いまの会話は、携帯の録音機能で、しっかり保存されているはずだ。バイト中は携帯の使用は禁止だが、開いたロッカーの扉の陰で、私服を整理するふりで録音ボタンを押したのだ。

店長がこの前もらした愚痴を、茜里は覚えていた。

「社名と支店名まで書かれて、おまけにあの写真……町田店はもちろん、他の支店にまで影響が出て、全体の損害は計り知れない。噂を撒《ま》き散らした犯人がわかれば、威力業務妨害で、刑事告訴してやるのに。それが無理でも軽犯罪法違反くらいにはできるはずよ」

携帯に録音した会話をＵＳＢメモリに移し、翌日、折原店長に渡した。

数日後、樋本は解雇されたが、何のなぐさめにもならなかった。森田俊は、それより前に店を去った。

ロッカーにあった私物を整理して、店内にいた従業員にきっちりと頭を下げて、謝罪と礼を口にした。折原店長の労《ねぎら》いと、従業員たちの複雑な表情に見送られ、裏口を出ていく。

その背中を追って、茜里は外に出た。

「あの、森田さん！　あたし、思ってませんから。森田さんがあんな事件を起こしたなんて、信じてませんから」

少し驚いた表情でふり返り、寂しそうに微笑《ほほえ》んだ。

「ありがとう、石川さん。でも、あの事件は紛れもなく、僕がやったことなんだ」

「違う！　そうじゃなく、そうじゃなくて……」

言いたいことがたくさんあり過ぎて、口の中で団子になって出てこない。もどかしい思いとともに、あの言葉を思い出した。

魔女に授けられた、滅びの呪文だ――。

「……あなたは、森田俊じゃなく……サタユキオさんですか？」

心臓を射ぬかれでもしたように、森田の両目が大きく広がった。呼吸すら止まったように、身じろぎもしない。

しかしやがてその表情に、ゆっくりと微笑が広がった。まるでサタユキオという懐かしい友人に、久しぶりに再会したような、そんな笑顔だった。

「いいえ、僕は、森田俊です」

水底から立ち上るような、深い笑みで彼はこたえた。

＊＊＊

「森田俊は、日本を離れたそうです。同居している、おじいさんとおばあさんの迷惑になるからって。大学を休学して、しばらく海外でボランティアをするみたいです」

マンマ・デリへ行ってきた武留・西本・サルバドルが、江波と邦貝に報告した。

「あの女子高生を使えば、彼も落ちるかと思ったのにな」

西本を通して、石川茜里からきいた顚末《てんまつ》に、江波はるかがため息をつく。

グローバルIT企業、『ティエルマ』の日本ラボは、八王子《はちおうじ》にある。登山客数世界一を誇る高尾山《たかおさん》を擁《よう》するだけあって、東京都にしては自然豊かで、一方で企業の工場や研究所なども数多く誘致されていた。

その一室が、0号《ゼロごう》の研究に充てられており、室長はスイス人の大学教授だが、ほとんど日本にはおらず、実質は江波が仕切っている。右腕と目される人工知能の第一人者、邦貝素彦《もとひこ》に加え、二ヶ月前、新たにヘッドハンティングされたのが、心理学者の武留・西本・サルバドルである。日系とスペイン系のハーフで米国人、まだ二十七歳とはいえ、米国の学校を飛び級で進学し、二十歳で博士号をとった優秀な人材だ。0号被験者の施術《せじゅつ》前のカウンセリングや施術後のケアのために、心理学のスペシャリストが必要とされた。

「その真っ金々は、患者の心の病を悪化させそうだけど」

彼がティエルマに入社した折、開口いちばん江波は文句をつけたが、意外にも被験者からの評判は悪くない。誰に対しても人懐こく、気さくな性質は、相手に無条件の安心を与えるようだ。江波が自身ではなく西本をファミレスに行かせたのも、そのためだった。

「いくら研究のためとはいえ、未成年の女の子まで利用するなんて、どうかと思うぞ」

邦貝が、いつものたしなめ口調で江波を見遣《みや》った。

「使えるものは、親でもジジババでも使いたおす。邦貝も知ってるでしょ」

「江波先輩にとって、あの青年はギニーピッグ——つまりはモルモットですからね」

実験台に使うモルモットを、英語ではギニーピッグ、直訳するとギニアの豚と称する。

「その言い方は、外ではやめろよ、西本」

「はい、先輩！」

元気よく返事され、かえって邦貝が心配顔になる。日本語は流暢《りゅうちょう》だが、小さいころに日本文化を学んだ教材が、主にスポーツ系のアニメや漫画だったとかで、誰に向かっても「先輩」と呼ぶのが礼儀だと思っている。

「まあ、対象が国外じゃ、追いかけようがないからな。江波もこれで諦めがついたろ」

「とんでもない、ますますやる気が出たわ。障害が多い相手ほど、燃えるでしょ？」

「江波に惚れられた男は、大変だな」

ごめんこうむるとばかりに、邦貝が首を横にふる。

「私を0号に引き止めたのは、彼よ。森田——もとい下沢俊の存在があったからこそ、私は0号を手放さなかった。彼こそが私の研究動機であり、ライフワークだもの」

「森田俊が、過去に0号を施《ほどこ》された経緯《けいい》は、邦貝先輩からききましたけど……そこまで彼に入れ込むのは、どうしてですか？」

「実はおれも、きかされてないんだ」と、邦貝が肩をすくめる。

「言ってなかった？」

「ないよ。おれもきかなかったけど。何か怖くてさ」

邦貝が顔をしかめる。江波は改めて、当時の詳細をふたりに語った。仲間のふたりには、被害者少女の記憶が埋め込まれたが、下沢俊だけは、佐田《さた》教授の父親、佐田行雄《ゆきお》の記憶を辿らされた。

「0号を施された直後、彼は自分を佐田行雄だと思い込んでいた。からだや脳波には問題がなかったから、二日後に家に帰したけれど、私が見た限りでは、目覚めてから別れ際まで、彼の印象は変わらなかった」

「つまりは、彼は自身を、佐田行雄だと認識していた。そういうことですね」

「興味深い事例でしょ？　後にも先にも、そんな被験者はひとりもいなかった。だからその後も彼の家まで、たびたびようすを見に行ったの。0号の影響が心配だからと、その名目《めいもく》でね」

しかし三ヶ月が経ったころ、下沢俊は祖父母とともに東京に引っ越して森田姓を名乗り、同時に面会はかなわなくなった。

「孫の負担になるから遠慮してくれって、その一点張りでね。東京に引っ越してからは連絡がつかなくなったわ。私もちょうど0号存続のために、雑事に忙殺されていたし」

「じゃあ、彼とはほぼ六年ぶりというわけか」

「いったいどうやって、彼を見つけたんです？　偶然ですか？」

「そんなわけないじゃない、調査会社に頼んで探させたのよ」

祖父母の名前を知っていたこともあり、案外早く探し出せたと、江波がにんまりする。

「彼に同情するよ。せっかくマッドサイエンティストから逃げ出したのに、六年も経ってまた捕まるとはな」

「あのウエイトレスの女の子は、魔女だって言ってましたよ。あの質問も、滅びの呪文だって。日本の女子高生は、キュートですね」

「ある意味、今回のネットでの騒動は、彼にとってもっけの幸いかもしれない。悪い魔女から逃げ出せたんだからな」

男ふたりの冗談めいた皮肉も、江波はまったく意に介さない。

「好きに言ってくれて結構。確証は得られなくとも、私の立てた仮説がほぼ間違っていないとわかっただけでも儲《もう》けものよ。あの子のおかげでね」

「どういう、ことですか？」

邦貝とサルバドルが首をかしげる。

「私が知りたかったのは、六年を経たいま現在、彼の人格が下沢俊か、はたまた佐田行雄か、あるいは両者の融合した新しい人格か。それを見極めたかったの」

「彼は、森田俊だとこたえた。つまりはオリジナルの人格に戻ったというわけだ」

「いいえ、邦貝。私は逆だと思っている。彼の中身は、未だに佐田行雄のまま。しかもほぼ百パーセントね。下沢俊の人格は、ほとんど混じっていないと思うわ」

「だけど、江波、何を根拠に？」

「そうね、強いて言えば印象かな。からだは成長しても、彼の印象は最後に会ったときとまったく同じだった――真面目で慎重で、器用ではない分、忍耐力がある。人からきいた下沢俊の性格とは、相反するものよ」

下沢俊ら三人への施術は、佐田教授がひとりで行った。そのため江波は、施術前の下沢俊とは直接会っていない。両者を比較できないがために、何度あの店に通っても判断を下せなかった。

「それであの女の子に、呪文を与えた？」

サルバドルの問いに、ええ、とうなずく。

「自分は森田俊だと、彼は言ったのよね？　あれは彼の決意表明だと、私はそう思う。この先一生、下沢俊の罪を背負って、森田俊として生きる。彼はきっと、その覚悟を決めたのよ。これが、どういうことかわかる？」

日頃はクールな江波の目が、ミラーボールでも嵌《は》めたように、ぎらぎらと輝き出す。マッドサイエンティストと称される所以《ゆえん》だ。

「記憶をそっくり書き替えられるなら、歴史すらも変えられる。人類はサルではなく、イルカから進化した。そう信じ込ませることも可能なのよ。歴史は決して真実ではなく、大多数の人々が歴史だと信じている事柄、よね？　覆すことはいくらでもできる」

「さすがにそれは無理だろう。考古学者が黙っていない」

「あくまで、たとえばの話よ。何より面白いのはそこじゃなく、脳と経験の融合よ」

「融合？」

「０号は、単なる記憶媒体に留まらず、あらゆる可能性を秘めている。森田俊はその生きた証《あかし》なのよ」

ネット上に、あらゆる情報が氾濫《はんらん》しても、どうしても手に入れられない知識がある。それは経験だと、江波は断言した。

経験とは、時間の経過による体験の積み重ねだ。仕事の手順、経済観念、会話の呼吸、他者との距離感、毎年のように更新される電子機器とのつき合い方から、社会という枠の中に自分の居場所を確立する方法まで。

生きるために必要な知識は、情報ではなく経験から得られる。

若気の至りでは済まされない、凶悪犯罪を犯すほどだ。オリジナルの下沢俊は、社会不適合者のレッテルを貼られた存在だった。それが佐田行雄の記憶を通し、七十四年分の経験を得て生まれ変わった。

「佐田行雄の経験と、下沢俊の若い脳細胞。ふたつが合わされば鬼に金棒よ。佐田行雄が経験で培った、人との関わりや信頼の築き方、用心深さ。その上に下沢俊の柔軟な脳が、どんどん新たな知識をとり入れてくれる。もしもこれが、三重にも四重にも可能だとしたら、別の人物の記憶をいくつも入力して、加算することが可能だとしたら――人類は人間を超えられるかもしれない！」

話の内容にではなく、江波はるかという対象に、心理学者として興味がわいたようだ。西本は面白そうに江波を観察していたが、彼女の危うさをよく承知している邦貝は、即座に反論した。

「馬鹿なことを言うな。それじゃあ、もとのオリジナルの人格はどうなる？　たとえ子供にだって自我はあるんだ。どんなに未熟でも、他人に頭を乗っ取られて喜べるわけがないだろう」

「だから、融合と言ったでしょ。自我がどれほど強靭《きょうじん》な精神か、私も熟知しているわ。佐田行雄があのからだに留まっていられるのは、下沢俊がそれを望んでいるからだと思う」

「まさか」

「少なくとも、了承はした。私はそう見ているの。単に外界との接触を絶っただけなのか、あるいは自ら望んで消えたのか、それはわからないけれど――前者は精神的な引きこもり、後者は精神的自殺ね。どちらにせよ、オリジナルの彼が、佐田行雄の記憶に依頼した。あの人格交替は、そうでなければ起こり得ない」

一理ある、と言いたげに、邦貝が黙り込んだ。

「どちらにせよ、経験の上乗せが可能なら、あらゆる分野への展望が開ける。教育、治療、更生――ある意味、永遠の命すら夢ではないわ。記憶こそが、生きた証だもの」

「江波、勘違いするな。人間は神じゃない」

邦貝は精一杯の釘をさしたが、江波の信念には傷ひとつつかなそうだ。

代わりに西本が、口を開いた。

「呪文は、呪文でしかない。現実を覆すには至らない」

「なによ、サル。あんたも文句つける気？」

「いいえ、僕は何も。ただ、あの女子高生が最後に言ってました」

金色ソフトの下に、人懐こい笑みが広がる。仕事中にもかかわらず、その言葉を告げたとたん、石川茜里は西本の前でぽろぽろと涙をこぼした。

「――滅びの呪文を唱えても、世界は終わらなかった」

エレクトラ

「良《りょう》ちゃん、そろそろお昼よー」

母親の声が、良大《りょうた》を呼んだ。返事をして足許《あしもと》のバケツに目を落とす。小さなヤマメが一匹きり。竿《さお》を置いて、思わずため息をついた。

「これじゃあ、食べるところもないか……いいや、おまえも家族のもとに帰りな」

バケツを逆《さか》さにすると、魚は水面で一度きらりと光り、流れの中に消えた。

「お母さん、もうお肉食べていい？　いいよね？」

「もう少し待ちなさい、大夢《ひろむ》。ほら、まだちゃんと焼けてないでしょ」

「エビはそろそろいいんじゃないか？　おーい、良大、早く来ないとなくなっちゃうぞ」

緑の山々、川のせせらぎ。河原《かわら》に集《つど》う家族の姿。

釣竿とバケツを手にしたまま、良大はしばし、その景色に見入っていた。

この光景は、前にも見た。というより、何度もくり返し見ている。

──ああ、そうか、夢か。

良大が何より好きな、幸せな夢。この後、中学生の良大が、まだ小学生の弟と肉の争奪戦を繰り広げる。負けてべそをかく弟、なだめたり叱《しか》ったりと忙しい母、快活な父の笑い声──。いつもと同じ、時計よりも規則正しい夢。良大が安心して、からだと心を預《あず》けられる空間。良大が混ざることで、家族の絵は完成する。

喜び勇んで駆け出したとき、日盛りの河原が、ふいに翳《かげ》った。

──何?

思わず、真上を仰《あお》いだ。青空に浮かんだ太った鳥が、日をさえぎり、その影がみるみる迫る。千の雷が轟《とどろ》いたような、轟音《ごうおん》と爆発。四十五キロはある良大のからだが、木の葉のように舞い上がる。後ろにふっとび、背中から川に放り込まれた。もがきながら、水面から顔を出す。ごつごつとした川底の石に背中がこすられたが、膝《ひざ》くらいの浅瀬の水が衝撃を和《やわ》らげてくれたようだ。

だが、目の前の景色は一変していた。良大の眼前で、火柱を上げながら燃えているのは、ヘリコプターの機体だった。

「父、さん……母さん！　大夢！」

三人の姿は、どこにもない。そこにあるのは地獄絵図のような火炎と、黒い残骸《ざんがい》だけだ。

「う、そだ……。こんなの、知らない……こんなこと、あるわけない。だってこの後、三人でバーベキューと焼きそば食べて、それから家に帰るんだ……カーナビの調子が悪いのに母さんはナビができなくて、おれが途中から座席を交替して、母さんは後部座席に移ったとたん大夢と一緒に眠っちゃって……おれはナビをしながら、ずっと父さんと話を……」

「それは、ただのまやかし。作られた幻影」

ふいに、流れ星のように頭上から声が降ってきた。両親でも弟でもない、若い女の声だ。

きょろきょろと辺りを見回した。

「ここよ、蓮池《はすいけ》良大くん」

ようやく声の主を見つけ、その姿を茫然《ぼうぜん》と仰ぐ。

焼け焦《こ》げた機体のてっぺん、未《いま》だに激しく燃える炎の中に、その女の子は立っていた。

腰まで届きそうなストレートの黒髪、日本人離れした彫りの深い顔立ち。意志にあふれた強い瞳が、良大をとらえていた。

「君、誰……？」

「私はエレクトラ。真実を告げる者」

彼女を囲む炎は、踊り狂う龍のように真上に向かって逆巻《さかま》いている。なのに長い黒髪も、皮のようにからだにぴたりと張りついた、膝丈の黒いドレスの裾《すそ》も、少しも揺れていない。膝から下は黒いブーツに覆《おお》われていた。

「そうか、これは夢なんだ。だからこんな、わけのわからないこと……」

「これは、夢じゃない。あなたが見た現実、過去に起きた出来事」

「……嘘《うそ》だ」

「思い出しなさい。あなたの家族は、ここで死んだの。測量用のヘリコプターが墜落《ついらく》して、あなたの家族を巻き込んで、ヘリに乗っていたふたりの乗務員とともに事故死した」

怒るでも憐《あわ》れむでもなく、ただ黒い大きな瞳をじっと良大に注《そそ》ぐ。

「あなたが見ていたものは、欺瞞《ぎまん》に満ちた幸せな夢。捻《ね》じ曲げられ、改変された記憶」

「嘘だ！」

良大の叫びに呼応するように、彼女の足許で、また小さな爆発が起きた。ヘリの尻尾《しっぽ》にあたる部分で、熱で真っ黒にひしゃげた鉄板がふっとび、その下で黒い物体がうごめいた。

「母さん！」

「良ちゃ……に、げて……」

腰から下の自由がきかず、それでも懸命に片手を伸ばす。母親の髪にも背中にも、火が燃えうつっていた。

「待ってて、母さん、いま助けるから！」

立ち上がろうとすると、背中と足に痛みが走った。水にからだを浮かせながら、這《は》うようにして岸に辿《たど》り着《つ》いたとき、母親の断末魔《だんまつま》の声がして、差し出された右手は宙をかいていた。生きながら焼かれ、炭と化していく母親の姿に、エレクトラの声が重なった。

「酷《むご》いけれど、これが現実。あなたが見た、本当の過去」

「嘘だ……。嘘だ嘘だ嘘だ嘘だ――っ！」

自分の叫び声が、直接耳を打ったとき、黒焦げの母親もヘリの残骸も、そして、黒いドレスの少女の姿もかき消えた。代わりに、真っ白な天床と、誰かの顔が見えた。

「良大、しっかりして、良大！　良大！」

金色のソフトクリームみたいな頭。同じ色の枠の眼鏡《めがね》の奥で、薄茶色の目が心配そうに瞬《またた》いている。

「僕がわかる？　良大」

「武留《たける》、せんせ……」

「よかった、良大……大丈夫だよ、辛《つら》い夢はおしまいだからね」

金色ソフトのカウンセラーにしがみつき、良大は声を放《はな》って泣き出した。

『『エレクトラ』にはやられたわ。たった一度のサイバー攻撃で、被害ユーザーは世界中で千五百四人よ」

室長の江波《えなみ》はるかが、椅子《いす》の背もたれにからだを預けて長いため息をついた。

0号《ゼロごう》の研究チームは、四年前から江波を室長として、人員も大幅に増員された。江波の下で、ケア担当の武留・西本《にしもと》・サルバドルと、技術担当の邦貝素彦《くにがいもとひこ》が、それぞれの部門をとりまとめているが、ふたりの表情もやはり浮かない。

「米国本社は、何と言ってるんだ？」邦貝が、江波にたずねる。

「まずは被害ユーザーのケアが最優先。ここを誤《あやま》ると、TL夢《ティエルむ》はもちろん、会社全体の信用に関わるわ」

「すみません……TL夢の責任者として、事態を重く受け止めてます」

黄色いソフトクリーム頭が、しょんぼりとうなだれる。

「そんな顔するな、西本。これはサイバーテロだ。システムについてはむしろ、技術屋のおれに責任がある」

「その手の美しき同僚愛は、鬱陶《うっとう》しいからやめてよね。だいたいセキュリティーは、全社共通のシステムでしょ」

江波ににらまれ、邦貝は苦笑したが、西本の顔は冴《さ》えないままだ。

「ＴＬ夢の使用者は、日本だけでも千人を超えてます。万一、使用できなくなったら、大勢の患者が、ふたたび深刻な不眠症や鬱《うつ》症状に悩まされることになる」

ＴＬ夢は、０号を利用した、夢の改ざんである。

ことにＰＴＳＤ――心的外傷後ストレス障害に対する治療を目的として開発された。

戦争、災害、テロ。あるいは虐待《ぎゃくたい》や暴力などで、精神が極度のショックを受けたり、長期にわたって過度のストレスにさらされた場合に見られる、ストレス障害である。

これを夢によって治療できるのではないかと考えたのは、０号プロジェクトで被験者の心理ケアを担《にな》っていた武留・西本だ。きっかけは、ＰＴＳＤ患者に多い、悪夢だった。

夢は記憶の整理に、重要な役目を果《は》たしているとされる。その日一日で蓄《たくわ》えられた記憶を、脳のどの部分に仕舞《しま》いこむか。脳はあれこれ考えながら、もっとも良い貯蔵先に、できるだけ効率良く保存――つまりは記憶させる。夢がおおむね突拍子《とっぴょうし》もない内容なのは、記憶を片付ける脳の奮闘《ふんとう》、試行錯誤《さくご》に他ならない。

ＰＴＳＤ患者は、この記憶の整理がうまくいかず、さまざまな症状となって現れる。脳は複雑な器官であるだけに、原因は複数あり、互いに絡《から》み合っているのだろうが、少なくとも夢はひとつの治療ファクターとなり得ると、西本は推論した。

くり返される悪夢や入眠障害といった、眠りに直接関与する問題だけでなしに、夢の改ざんにより脳をだまし、整理可能な記憶だと錯覚させることにより、白昼《はくちゅう》のフラッシュバックや幻覚、あるいは突発的な不安や焦燥《しょうそう》といった、日常生活を妨《さまた》げるさまざまな症状を緩和《かんわ》できる——。

そして実際、ＴＬ夢は予想以上の効果を発揮《はっき》した。ことに子供や若い十代の患者には、効果が高かった。まだ育ちきっていない精神が、大人でも耐えられないほどの暴力にさらされる。育ち盛りの脳が受ける負荷《ふか》は、本人や周囲が考えるよりも深刻だった。

「良大は、半年間ＴＬ夢を施術して、ようやく快方に向かっていたんだ……なのに、あんな残酷なやり方で脳に刻《きざ》みつけるなんてあんまりだ、酷すぎるよ！」

「蓮池良大くんだっけ。三年前にヘリの墜落事故に巻き込まれて、彼の目の前で家族全員が亡くなったんだよね？　当時中学生なら、まだ子供だ。いまは高校二年生、十七歳か……やっぱりまだまだ不安定な年頃だな」

邦貝が、蓮池良大のカルテを手にとった。その隣で西本が、悔しそうに唇をゆがめる。

「悲惨な事故は、起きなかった……さすがにそんな嘘を、脳に信じさせることは不可能だ。だから代わりに、別の記憶の刷りこみを行ったのに……目の前で、二度も家族を殺されたんだ。良大がどんなに傷ついてるか」

あのとき、あの場所で、良大が望んでいたとおりの幸せな夢を見せる。脳は安堵《あんど》して、たやすくそれを受け入れる。傷ついて混乱した脳は、そのあたりまえに癒《いや》され、落ち着きをとり戻す。治癒《ちゆ》というより時間稼ぎに等しい。それでも自分をだましだまし現実に適応していくことは、健常者にもしばしば起こり得る。時間しか解決してくれない大きな傷と、そうやってつき合っていくことは、回復のプロセスとしては無駄ではないはずだった。

「たかが夢、たかが架空《フィクション》です。だけど、その効果の大きさは、僕自身が誰よりもよく知っています」

天才と称されて飛び級をくり返し、いつも自分より歳嵩《としかさ》の人間に囲まれていた。なのに勉学や研究からひとたび話が逸《そ》れると、まったくついていけなかった。

「同年代の友人に恵まれなかった僕の隙間《すきま》を埋めてくれたのは、日本のマンガやアニメです。現実を生きるために、ファンタジーは必要なんです。僕はそう思っています」

「よく目くじらを立てられる有害図書のたぐいも、実は犯罪を抑制しているとも言われるからね」と、邦貝が真面目《まじめ》に応じた。

「僕はあのウイルスを、エレクトラを、許すことができません」

西本は拳《こぶし》を握《にぎ》りしめたが、彼の決意などまったく意に介《かい》さないようすで、江波はさらりとたずねた。

「エレクトラって、あのエレクトラかしらね？　心理学の用語になっている」

「かもしれません」

「エレクトラ・コンプレックスのことか？　僕は専門外だけど、たしかエディプス・コンプレックスと対《つい》になっていたんじゃ」

「そのとおりです、邦貝先輩。両方まとめてエディプス・コンプレックスともいいますが」

男の子は無意識に、同性である父を憎み、母を性的に思慕《しぼ》する傾向にある。これをエディプス・コンプレックスと名付けたのは、精神分析という分野を切り拓《ひら》いたフロイトである。いわゆるマザコンも、エディプス・コンプレックスのひとつとされる。逆に、女の子が母を憎み、父を思慕することを区別する場合、エレクトラ・コンプレックスと称する。

「エレクトラは、ギリシャ神話に登場する架空の女性です。不貞《ふてい》の挙句《あげく》、情夫《じょうふ》と共謀して父を殺した母親を、エレクトラは終生にわたって憎み続けた」

「なかなか凄《すさ》まじいな」

母への復讐を誓い、艱難辛苦《かんなんしんく》の果てに、遂《つい》には弟とともに悲願《ひがん》を達成し母と情夫を殺す。

エレクトラの逸話《いつわ》をきいた邦貝が、眉間《みけん》にしわを寄せた。

「母親への圧倒的な憎しみは、母の中にある『女』への憎悪だと言われています。母であり妻であることを否定し、剝《む》き出しの『女』をさらした。エレクトラはそこに猛烈な敵意を覚え、同時に嫉妬していた。『女』をつらぬく母への、あこがれの裏返しとも言えます」

「それがエレクトラ・コンプレックスか……やっぱり凄まじいな」

　邦貝はカルテを西本に返し、話題を変えた。

「にしても、TL夢は0号を応用したものだ。つまり個々人の記憶が、データの素《もと》になっている。それこそ同じものはひとつもないはずなのに、どうして同じウイルスに、こうもたやすく侵食されたんだ？」

「向こうの手口なら、だいぶわかってきたわ。記憶データ、つまり夢の中身はさまざまでも、エレクトラが仮想を壊すというプロセスは同じだもの」

「つまり、トラウマの原因を覆い隠していた遮蔽物《しゃへいぶつ》を剝《は》ぎとる……そういうことですか？」

「なるほど、個々の状況はさまざまでも、やり方は同じでいいというわけか」

　西本と邦貝は互いにうなずき合ったが、江波は面白くなさそうに唇を尖《とが》らせた。

「にしても、気に入らないわね。わざわざ彼女を使うなんて」

「どういう意味だ、江波？」

「彼女の、エレクトラのこの姿よ」

　親指で、モニター画面を示す。蓮池良大から抽出《ちゅうしゅつ》した夢の画像――正確に言うと、ウイルスに侵《おか》された彼の夢の映像だ。ひどく不鮮明な画像ながら、そこには長い黒髪に縁どられた、少女の顔が大きく映し出されている。

「私は彼女に、会ったことがあるの」

「何だって！」

「じゃあじゃあ、エレクトラは、実在の人物ですか？」

仰天《ぎょうてん》するふたりに向かい、江波は無言でうなずいた。

「どしたよ、良大？　最近、調子悪そうだな」

クラスメートに肩を叩かれ、曖昧《あいまい》な笑顔を返す。実際、この数日、ほとんど眠れていない。からだはとうに悲鳴をあげているのに、意識は眠ることを拒否し続ける。

カラオケの誘いを断って、教室を出た。歌どころか、笑うことさえいまは億劫《おっくう》だ。

文京区内《ぶんきょうく》の共学の公立校に、良大は通っていた。学校から家までは歩いて十五分。その距離さえも、とてつもなく長く遠く感じる。

――こんなの、どうってことない。一年前に、戻っただけじゃないか。

くり返し胸の中で唱えても、呪文の効果はまったく表れない。家に帰って自室に入ってベッドを目にする。それだけで吐きそうだ。

事故が起きたのは十四のとき、良大が中学二年の夏だった。失った家族の代わりに面倒を見てくれたのは、父方の伯父《おじ》夫婦である。子供のいない夫婦は、快く良大を受け入れ、心身ともに傷ついた甥《おい》を気遣ってくれた。

早く元気にならないと――。世話をしてくれる伯父夫婦に申し訳ない――。

考えていたのはそれだけで、ちょうど高校受験の準備期間に入ったことも幸いした。伯父の家から徒歩で通える、ワンランク上の高校をめざし、ただひたすら勉強に没頭した。無事に受かったときには、伯父も伯母も涙を浮かべて喜んでくれた。

しかし目標を達成したことで、張り詰めていた何かが切れてしまった。それはちょうど、箱を固く縛《しば》っていた、紐《ひも》のようなものだろう。紐が切れ、箱の中身が蓋《ふた》をもち上げた。隙間から漏《も》れ出てきたものは……悪夢だった。

高校に入学したころから、あのときの光景が夢に現れ、その頻度は日を追うごとに増していった。終《しま》いには就寝中はもちろん、昼間ですら黒焦げのヘリコプターがふいに目の前に現れる。いわゆるフラッシュバックで、引鉄《ひきがね》は上空を通過するプロペラ音だった。

極度の不眠のために、食べる体力さえ失って、良大はげっそりとやつれてしまった。悪夢にうなされる良大の声は、廊下をはさんだ寝室にいる伯父夫婦にも届き、早々にカウンセリングを受けさせたが、症状は回復しない。担当していた中年の女性カウンセラーは、

TL夢を試すことを伯父夫婦に勧《すす》めた。

「ティエルマ社が開発した、夢の内容を操作するシステムです。今年、導入されたばかりで、ゆくゆくは大きな病院でも使用可能になるとのふれこみですが、日本ではいまのところはティエルマ・ジャパンの豊洲《とよす》本社と、八王子《はちおうじ》ラボでしか使えません。豊洲なら通えない距離ではありませんし、試してみてはいかがでしょう?」

実際の使用症例は、国内では百例にも満たないときいて、伯父夫婦はまず安全面に不安を覚えていたようだが、点滴と栄養剤しか受けつけなくなっていた良大の体力は、すでに限界にきていた。頭に電極を繋《つな》がれて、いわばプライバシーである夢をいじられるくらいなら、このまま死んでしまった方が楽になれる。ティエルマ社を初めて訪れたときは、良大自身も半ば自暴自棄になっていたが、半月後、TL夢を受けることを承知したのは、担当カウンセラーの影響が大きかった。

「こんにちは、蓮池良大くん。僕は武留・西本・サルバドル。長いから、武留でいいよ」

頭のてっぺんでくるりとカールした、ソフトクリームみたいな金髪。同じ色の太枠で象《かたど》られた四角い眼鏡。最初は、その突拍子もない姿に、伯父夫婦と一緒にぽかんと口をあけた。

「君の事情は、紹介してくれた病院からきいているよ。全部、わかっているからね」

日本人よりわずかに色の薄い茶色の目が、眼鏡の奥で微笑《ほほえ》んだ。これまでさんざん向けられた、憐れみや気遣いに満ちた気配はまるでなく、まるで尻尾をふりながらこちらを見上げる犬のように、親しみにあふれた無邪気な目だった。

その目はただ、良大に会えて嬉《うれ》しいと言っている。

ふっと肩の力が抜けて、向かい側の椅子に、すとんと腰を下ろしていた。ゲームの話、はやりのソーシャル・ネットワーク、好きなスポーツ選手。三度にわたるカウンセリングのあいだ、事故の話は一度も出なかった。

怖がっていたTL夢の施術《せじゅつ》も、拍子抜けするほど簡単だった。

麻酔《ますい》をかけられて眠りにつき、それから頭にたくさんの電極をつけられて、良大の夢が抽出される。次の回までに、ティエルマ社で抽出した夢の改ざんが行われ、それをふたたび良大の頭の中に上書きする。豊洲本社のワンフロアに二日間入院してようすを見たが、夢の上書きは成功した。あの日のことは、あの河原での光景は夢に見るものの、それはいつも現実とは逆に穏《おだ》やかに終わる。家族四人でバーベキューや焼きそばを平らげて、グリルやクーラーボックスを片付けて、車に乗って山を下りる――。

良大がそうであったらと、くり返しくり返し願ったとおりの情景が、そこにあった。

夢の途中でふと目覚め、切なさに涙が止まらなくなることはあっても、TL夢を施《ほどこ》して以来、悪夢にうなされてとび起きることはなくなった。眠るのが怖いという症状だけはなかなか消えず、三ヶ月ほどは睡眠導入剤を使ったが、やがてそれも要《い》らなくなった。眠りは規則的に訪れ、食欲も出て、伯父夫婦の家から学校や塾に通う。単調で穏やかな日々が過ぎた。

あの少女が、エレクトラが、出現するまでは――。

「ＴＬ夢システムの防御壁が破られて、ウイルスが侵入したんだ」

良大のパニックが収まると、西本は事情を説明した。ティエルマ社には、月に一度、検診に通っている。再度、夢を抽出し、不具合がないか調べるためだ。

「良大だけじゃなく、同じフロアで施術や検診をしていた六人のユーザーの夢が、ウイルスにやられた」

ティエルマの豊洲本社だけでなく、八王子ラボ、さらには世界中のＴＬ夢が同様のサイバー攻撃を受け、被害者は千五百人を超えるという。ティエルマのトップが記者会見を開き、早急に新たな防御壁を構築すると約束したが、システムが復旧しても、良大の夢はもとに戻らなかった。

「ウイルスが、夢をロックしてしまったんだ。からだに病原菌が入ると、抗体ができるだろ? ちょうどあれと同じに、再度夢を上書きしようとしても、拒絶されてしまうんだ」

そう西本に告げられたときは、あの真っ黒なヘリの残骸に、胸を塞《ふさ》がれたような心地がした。あれから半月、良大は安らかな眠りの世界から、締め出されたままだった。

ふいにクラクションが鳴らされて、物思いが途切れた。びくりと立ち止まると、良大の目の前を一台のリムジンが横切って、エントランスへと吸い込まれた。

通学路の途中にある、大きなホテルの前だった。

黒塗りのベンツ。窓はスモークガラスで目張《めば》りされ、中は見通せない。

どこかの国会議員だろうか？　何気なくながめていると、リムジンからまず最初に降りたのは、スーツにサングラスという出立《いでた》ちの、ひと目で外国人とわかる男ふたりだった。黒人と白人というとり合わせだが、背の高さと胸板の厚さ、隙のない物腰は、ボディガードのようだ。外国人アーティストか、外国企業のトップだろうか。

周囲の安全を確かめて、ボディガードがおもむろに車の後部座席のドアを開いた。

瞬間、心臓が頭のてっぺんまではね上がった——。そんな気がした。

「エレ、クトラ……？」

腰まで届きそうなストレートの黒髪、くっきりとした彫りの深い顔に、大きな黒い瞳。

これも、夢か？　知らぬ間に、また別の悪夢に迷い込んだのか？　もたついた思考では、考えがまとまらない。代わりに理性を押しのけて、強烈な何かが喉《のど》にせり上がった。

怒りだ。

どこにもぶつけようのなかった憤《いきどお》りが、エネルギーとなってからだをかけめぐる。いったいどこにそんな体力が残っていたのか、良大の足はエントランスに向かって突っ込んでいく。誰かの叫び声が、耳許で響く。それが自分の声だということすら、良大は気づいていなかった。

「エレクトラ――っ！」

黒髪の頭が、声にふり向いた。夢とは違い、長い黒髪が風を受けてひるがえる。

「エレクトラ、おれの夢を返せ！　おれの家族を返せーっ！」

良大と同じ歳《とし》くらいに見える少女が、はっと目を見開いた。しかしその表情が、眼前からふいにかき消える。ボディガードのひとりに、前を塞がれたのだ。背後から迫った別のひとりに、良大はあっけなく羽《は》交《が》い絞《じ》めにされ、石畳《いしだたみ》の地面に押し潰《つぶ》された。関節を極《き》められ、手足すら動かない。それでも良大は叫び続けた。

「おまえは、おれの目の前で、おれの家族を殺したんだ！　父さんと母さんと弟は、おまえのせいで、二度も殺されたんだ。この人殺し！　おれの家族を返せ。おれの夢を返せ――っ！」

声が嗄《か》れ、自分の荒い息使いだけが、耳を塞ぐ。気づくと少女がしゃがみ込み、良大の顔を覗《のぞ》き込んでいた。

「あなた、TL夢のユーザーね？　エレクトラに、夢を奪《うば》われた」

ほとんど訛《なまり》のない日本語だった。止める素振《そぶ》りを見せた護衛を、英語で短く制する。

「エレクトラは、おまえじゃないか！」

「あれは、私の姿を模《も》したアバター。いわば私とティエルマ社への、嫌がらせね」

「そんないい加減な嘘、信じられるものか！」

「信じる信じないはあなたに任せるけど、本当よ。あれはおじいさまへの挑戦状と、私への嫌がらせ」

「……どういう、意味だ？」

「私の祖父は、ウィリアム・T・エルマー。ティエルマ社の創設者なの」

「それじゃあ、君は……」

「私はサラ・エルマー。創業者の孫で、ティエルマ社のシステム・エンジニアよ」

「スイートルームって初めて入った。やっぱ豪華だね」

都内でも五指に入るこのホテルに、たった一室しかない最上級の部屋だ。居間やベッドルームが合わせて五部屋もあって、総床面積はいま住んでいる二階建ての伯父の家の倍はありそうだ。調度品《ちょうどひん》も凝《こ》っていて、使うのがはばかられるような代物《しろもの》だった。部屋の主に勧められ、やたらとクッションの多いソファーに、おそるおそる腰を下ろす。

「怪我《けが》はない？　食べるのに支障はなさそう？」

「あ、はい……どこも。さすがにあの人たち、プロなんですね」

ボディガードに倒されたとき、手のひらと膝、それと顎《あご》をしたたかに打ったようにも思えたが、すり傷すら残っていない。金で縁取りされた鏡の前で、良大はこたえた。

「じゃあ、どうぞ。熱いうちに食べて」

テーブルの上には、スイートルームにはまったくそぐわないものが湯気を上げている。

「えっと……何でラーメン？」

「ラーメン、嫌い？」

「いや、好きだけど……」

「日本に来たら、まずこれを食べないと。お店に特注して、仕上げはホテルの厨房でしてもらったの」

髪を首の後ろで縛り、サラ・エルマーが箸をとる。良大も倣《なら》い、いただきますと手を合わせた。レンゲでスープをひと口含み、麺《めん》をすすると、あとは夢中で丼《どんぶり》の中身を腹に収めた。このところ、まともなものを食べてなかった。胃が拒絶反応を起こしてもおかしくないのに、鶏《とり》ガラ白湯《パイタン》スープや、丼の半分を占める大きな焼き豚を、舌は大喜びで味わう。

「はああ、旨《うま》かった。ごちそうさま」

最後の一滴までスープをすすり、丼を置いたときには、からだ中が深い満足感に満たされていた。良大より少し遅く食べ終えたサラが、テーブルの向こうでにこりと笑った。

この少女の、笑った顔は初めてだ。思わずどぎまぎし、きれいな子だと改めて思った。

「あの、ミス・エルマー」

「サラでいいわ、さんもいらない。私も良大でいい？」

「あ、はい。サラ……は、米国人、だよね？」

ティエルマ社の名は、世界中の人間が知っている。ＩＴ関連のあらゆる分野の先端を走り、インターネット界を席巻《せっけん》するグローバル企業だ。その創業者が、いまや神のごとく崇《あが》められる、ひとりの米国人だということは、良大のような高校生にとっても常識だった。

「そ、生粋《きっすい》のアメリカンよ。ただし父はドイツ系、母は日系だけど」

言葉は、母方の祖母に教わったという。きれいな日本語だが、初対面の相手に照れも遠慮もない話しぶりは、やはり米国人だなと、良大は苦笑した。

「歳、いくつ？」

「日本人は、すぐに歳をきくのね」

「あ、ごめん……さっきティエルマ社で働いてるって言ったろ？　僕と同じくらいに見えるから」

　良大のひとつ上、十八歳だとこたえられ、またびっくりする。

「スキップで、十六歳で大学を卒業したの。で、二年前にティエルマ社に入社した。ちょうど新しいセキュリティーシステムの開発が進んでいて、私はそのシステムを構築したの……破られたのは――今回の失態は、私の責任よ」

　日本人ならまずあやまるところだろうが、サラは悔しそうに唇を噛《か》みしめた。

「あれは、私への復讐。あなた方ユーザーを、それに巻き込んでしまった」

「復讐？」

「イアン・ドーリー。三年前、私との勝負に負けたブラック・ハットよ。私は大学生だったけど、米国政府に頼まれて、ホワイト・ハットとして働いたの。イアンは、米国はもちろん、世界中の政府機関にハッキングをかけていた人物よ」

「ブラックとかホワイトとか、そもそもハットって何？」

　どちらもハッカーのことだと、サラはこたえた。ハッカーとは、悪意をもって他者のシステムを攻撃する、いわゆるクラッカー、つまり破壊者をさす。一般にはそう認識されるが、厳密には、ソフトウェアやプログラミングに精通している人物を、総じてハッカーと称する。これを区別するために、悪事を働く者をブラック・ハット、それを防ぎ、また捕えるために働く者をホワイト・ハットという。そのようにサラは語った。

「インターネットは、繋がっているのよ。クラックを仕掛けた端末を追えば、彼自身を追うことは可能なの。実際、三年前はその方法でイアンの隠れ家を見つけた」

サラの協力で、政府機関のシステムをハッキングしたイアン・ドーリーは逮捕《たいほ》された。しかし裁判の結果、たった十ヶ月の禁固《きんこ》刑で保釈された。イアン・ドーリーが逮捕後、『完璧なホワイト・ハット』として、政府に全面協力したからだ。この結果、百人以上のブラック・ハットを擁《よう》する、クラッカー集団の検挙に至った。その手柄《てがら》と、彼がすっかり改心したとする、弁護側の主張が受け入れられた。半年前、イアン・ドーリーは保釈され、しかし彼はまもなく姿を消した。協力も改心もいわば彼の芝居で、逮捕されてからの三年のあいだ、彼は自分を逮捕させた元凶《げんきょう》、サラ・エルマーへの執着と憎悪をひたすら育《はぐく》んでいた。

「各々のハッカーには癖があって、どんなに隠したつもりでも、システムを解析すれば痕跡が必ず残る。刑事事件の、指紋や血痕に近いものね。壊されたＴＬ夢には、イアンの癖が残っていたわ」

イアンは三十歳で逮捕され、当時サラは十五歳だった。自分の半分しか生きていない小娘に負けたことは、ハッカーとしての彼のプライドを、激しく傷つけた。

「エレクトラというのはね、当時私が使っていたハンドル、つまりネット上の名前なの」

和製英語ではハンドルネームというが、英語では「ハンドル」だけで、ニックネームを意味する。

「あのころは、母親をとても憎んでいて……父とは別の男を愛して、私と父を捨てていった人だから」

エレクトラがギリシャ神話の人物だということは、良大も調べていた。そういうことかと納得がいった。十四、五歳というと、もっとも多感な時期だ。母という聖なる存在から、女になり下がった姿は、娘にはさぞかし汚《けが》らわしく映ったに違いない。

「両親が離婚して以来、母とは会ってないけど……いまは前ほど強い思いはないわ。たぶん、これのおかげかな」と、空《から》の丼に視線を落とす。「しばらく日本的なものも拒否してたけど、初めてラーメンを食べたとき、世の中にこんな美味《おい》しいものがあるのかって衝撃を受けたの。母が嫌いでも、日本を嫌う理由にはならない。自分のからだに半分流れている血が、初めて誇らしく思えたわ」

日本人にとっては、あまりにあたりまえの食べ物だ。大げさにもきこえたが、悪い気はしない。ただ、サラがイアンを追っていたのは、両親の離婚からまもなくのころで、いちばん荒《すさ》んでいた時期でもあった。怒りの矛先《ほこさき》をすべて犯罪者たる彼に向け、互いにネット上で戦っていたときも、そして逮捕後に初めて対面したときも、思うさま罵《ののし》り、嘲笑《あざわら》った。

「イアンが私を憎むのも、あたりまえだわ。子供とはいえ見境《みさかい》がなかった……私が日本に来ることを、祖父は最後まで反対したけれど、彼を止められるのは私だけだから」

大げさなボディガードは、どうやらそのためのようだ。

「どうして、日本に？　そのイアンて犯人が、日本にいるとか？」

「残念ながら今回のハッキングでは、彼の居場所までは特定できなかった。ただ、ひとつだけ方法があるの。日本にいるＴＬ夢の責任者に頼みに来たのだけれど、断られたわ」

サラは残念そうに語り、ふと、真剣な表情を良大に向けた。

「できれば同じことを、あなたに頼みたいの」

「おれに？　何を？」

「もう一度、エレクトラに侵食された夢を、最後まで見てほしいの」

言われた瞬間、何を考えるより早く、全身に鳥肌が立った。理性よりからだ全身が、強い拒否反応を示す。

「無……理だ」

良大を見詰める目には、本気と、静かな熱意があふれていた。にもかかわらず、あっさりと引き下がられて、逆に申し訳なさが募《つの》る。

「……いいの？　やらなくて」

「さっき豊洲で、テイクにも止められたから」

「テイクって？」

「ゴールデン・クリーム。ＴＬ夢の責任者、あなた方の主治医でしょ？」

武留・西本の金色ソフトが浮かび、ああ、と納得する。武留をアルファベット表記すると、前半の四文字は確かに英語のＴＡＫＥだ。ただでさえトラウマを抱えるユーザーを、さらに追い詰めるような行為は、医者として決してさせられない。武留・西本はそう主張して譲《ゆず》らなかった。

「何か他に、方法あるの？」

「ないわ、いまのところ。あとは待つだけよ」

「待つって、何を？」

「私が新しくＴＬ夢に備えた防御壁を、イアンは必ず攻撃してくる。その機会を待つしかない」

「そう……わかったわ」

「それって……僕みたいなユーザーが、もっと増えるってこと？」

「そうなるわね」

「冗談じゃない！　それこそ武留先生が、許すはずがないよ！」

「テイクにも他の社員にも、新しいセキュリティーはパーフェクトだと言ってある。これは、嘘じゃないわ。私ができる最高の防御壁を施した。だけど、人が作ったものに百パーセントの完璧は有り得ない。優秀なハッカーなら、誰でも知っているわ。もちろん、イアンも私もね。壊して壊されて、システムはその過程で進化してきた。イアンなら必ず、そう遠くないうちに、攻撃をしかけてくる」

　この前のサイバー攻撃では、千五百人を超える被害者が出た。二度目ならその数は、もっと増えるかもしれない。いや、イアン・ドーリーが捕《つか》まらない限り、きっと何度でも続く。自分と同じ死にそうな目に遭《あ》う人の数は、軽く万に届くだろう。

　さっきとは違う怖気《おぞけ》が、ちりちりと肌の上ではじけた。

「もし……もしもおれが、あの夢を最後まで見れば……犯人を捕まえられる？」

「必ず」

　はったりかもしれない。それでも黒い瞳には、自信と、真摯《しんし》な熱意が満ちていた。

「おれの夢を使って……どうやって犯人にたどり着くの？」

「TL夢は、人の脳が実際に見ることで本領を発揮する。つまり、端末にとり出した夢の画像ではあまりに不充分、本来のデータの半分にも満たない情報量しかないってことなの。ユーザーの脳とシステムが繋がっている折に、クラッキングを仕掛けたのもそのためよ」

「おれが実際に見る悪夢の中なら、痕跡が残ってるってこと?」

「ええ、必ず。必ず探し出して、捕えてみせる。それに良大、あなたをひとりきりで、悪夢の中に放り込んだりはしない」

「どういうこと?」

「私も行くわ、あなたの夢の中にね。私は私の幻影を、エレクトラを、私の手で葬《ほうむ》ってみせる」

強い決意と信念――。いまの良大には、彼女からみなぎるものが、何よりも頼もしく思えた。


「良ちゃん、そろそろお昼よー」

母親の声が、良大を呼んだ。あの夏の河原に、良大はふたたび立っていた。

「良大、駄目だと思ったら、すぐに夢の中で合図するんだよ。僕はずっとここにいて、見守っているからね」

金色ソフトの先っぽが、心なしかくたりとして見える。武留・西本の顔には、心配と不安が色濃く落ちていた。ベッドを挟んだ反対側には、モニターに向かうサラが見える。

「あなたの夢の途中で、私が作成したプログラムを侵入させる。必ずあなたを助けにいくから、信じて」

プログラムの中身は、セキュリティーシステムと、ウイルス追跡のためのデータに過ぎない。それでも黒い瞳を見詰めると、勇気がわいた。良大はサラにうなずいた。

しかしからだ中からかき集めたはずの勇気も、ヘリが轟音とともに家族を押し潰し、すさまじい煙をあげて燃え上がると、たちまち足許から抜けていった。

そして、彼女が――エレクトラが現れた。

夢の中でからだが震えた。思考は暴走をはじめ、脳内に警告ランプが点滅する。

もうこれ以上、耐えられない――。助けてくれとひと声叫べば、夢をモニターしている武留・西本が、良大をこの悪夢から引きずり出してくれるはずだ。口をあけ、大きく息を吸ったとき――彼女が、もうひとりのエレクトラが現れた。

「サラ……来てくれた」

安堵とともに、みっともないほど大量の涙がどっとあふれ、いく筋も頬《ほお》を伝った。

外見はもちろん、膝丈までのドレスやブーツの形まで同じだが、ひとつだけ違う。エレクトラの黒に対し、サラは白い衣装と靴を身につけていた。ホワイト・ハットである、プライドの証《あかし》かもしれない。夏の日差しを浴びて、その白がまばゆく光る。

黒のエレクトラが、光に向かって黒い槍《やり》を放った。サラが構えた透明な楯《たて》にはじかれて、金属音と虹色の火花が散る。槍ではない、髪だ。まるで蛇の頭をもつゴーゴンのように、エレクトラの黒髪が立ち上がり、蛇のようによじれ、数十本の黒い槍と化してサラを襲う。

一方のサラは、防戦一方だった。武器はなく、透明なシールドだけで機関銃さながらの攻撃を防いでいる。丈夫な甲冑《かっちゅう》が重い弾《たま》をはじくような音はしだいに速さを増し、虹色の火花が花火のようにサラの眼前で弾《はじ》ける。

――夢の中の私は、防ぐことしかできない。

あらかじめきいていたとはいえ、明らかに不利だ。槍の威力に押されて、サラのからだはじりじりと後退し、槍に削られたシールドの破片が白いドレスを斬《き》り裂《さ》く。

――目的はあくまで、クラッカーの痕跡を探すこと。ウイルスを退治《バスター》してしまっては、元も子もないのよ。だから良大、あなたに手伝ってほしいの。

頼まれたときには、やはり無理だと尻込みした。サラの目に気圧《けお》されて承知してからも、自分にできるわけがないと、どこかで思っていた。けれどこうしてサラの窮地《きゅうち》を間近にして、はっきりとわかった。できるかどうか、迷っている暇《ひま》はない。彼女を助けられるのは、自分だけだ。

「早く、あれを探さないと」

良大に与えられた役割は、攻撃ではない。エレクトラに隙を作ることだ。彼女は燃えるヘリコプターの、機体の上に立っている。地面からでは手が届かず、うかつに近づけばこちらが攻撃される。河原にころがった小石を投げるくらいしか、最初は思いつかなかった。だが小石では軽すぎて、かといって拳大《こぶしだい》の石では重過ぎる。たった一度でいい、確実に彼女にヒットする投擲《とうてき》の道具が必要だった。

「あの日は一度、おれとキャッチボールして……たしか大夢は、少し離れた草むらに置きっ放しにしていたはずだ」

弟の大夢は、野球が好きだった。ただ、あまりセンスはなく、所属していたリトルリーグでも補欠《ほけつ》止まりだったが、それでも父や良大は、しばしばキャッチボールの相手をさせられていた。あの日も良大は、グローブとボールを河原に持参していた。野球ボールなら、良大にもヒットさせられるかもしれない——。

ボールを探そうと向きを変えたとたん、苦しむ家族の姿が、まともに目に入った。たぶんとっさに、母は弟を、父はふたりを庇《かば》ったのだろう。三人は折り重なるようにして、ヘリの尾の部分に潰され、髪や服にはすでに火がついていた。

からだ中の細胞が、恐怖に縮《ちぢ》こまる。目を閉じてしゃがみ込み、両手で頭を抱えた。

「やっぱり無理だ、おれにはできない……家族のあんな姿を直視するなんて、絶対に……」

ガイン！　と背中で、大きな音がした。はっとしてふり返る。がくりと地面に膝をつく、サラの姿があった。楯の破片が当たったのだろう、白い頬には、赤い筋が浮いていた。

彼女は、長くもたない。このままじゃ、駄目だ！

湧きあがった強い思いが、辛《かろ》うじて良大を立たせた。それでも怖くて顔が上げられない。

――お兄ちゃん、そのまま真《ま》っ直《す》ぐ！

ふいに耳許で、弟の声がした。その声に導かれるように、足が前に出る。石ころだらけの河原を一歩一歩前に進むと、やがて地面は草地に変わり、探していたものが視界に入った。ふたつのグローブの中に、ボールが三つ挟んであった。リトルリーグは、子供でもプロと同じ硬球を使う。これなら、当たれば相応の威力があるはずだ。ボールを握りしめ、手の中で硬い感触を確かめた。

――当たれ！

願いを込めて投げつけたが、力が入り過ぎたのか、ボールはとんでもない方向にカーブして、こちらに横顔を見せるエレクトラはふり向きもしない。二球目も失敗。三つ目のボールを握る手のひらが、急に汗ばんでくる。

――大丈夫、良大。できるぞ。

――お母さん、ここで見てるからね。

両親の声援が、良大の中でこだました。エレクトラを真っ直ぐに見詰め、ボールを握り、腕を後ろに大きく引いた。放った瞬間、指先から白い球に力が乗ったと感じた。白い軌道は一直線にエレクトラを目指し、彼女のこめかみを直撃した。

ごん、と鈍い音がして、一瞬ぐらりとからだが傾いた。サラへの攻撃が止まり、美しい顔がゆっくりと良大に向けられる。黒い槍が頭上に大きくふり上がり、方向を変えた。いっせいに良大をめがけて襲いかかる。金縛りに遭ったように、一歩も動けない。こちらを見詰める、サラと同じ黒い瞳に、ただ魅入《みい》られていた。と、サラが動いた。

正確には、サラの髪が音を立てて伸びた。しかしそれは、槍ではなく綱《つな》になった。絹《きぬ》でできたロープのようにしなやかな曲線を描き、良大に迫っていた髪の槍ごとエレクトラを縛り上げた。黒い少女が身をしならせてもがくが、幾重《いくえ》にもからだに巻きついた髪は、もがけばもがくほどその身を締めつける。

エレクトラが苦しそうに天を仰ぎ、そのとき青い空に亀裂が走った。青い紙を破いたような、ごく小さな裂け目だが、それは空の汚点《しみ》のように昏《くら》い中身をさらしている。

「サラ、あそこ！」

良大が指さした裂け目に向かい、サラが手にしていたシールドを高く投げ上げた。楯は金色の鷹《たか》に姿を変えて、黒い亀裂の中にとび込んだ。瞬間、音を立てて空が大きく裂け、その向こうからまぶしい光がさし込んだ。思わず腕で目をかばう。

「お兄ちゃん、すごい！　すごいね！」

明るい大夢の声がきこえ、そっと腕を下ろした。河原もヘリも炎も、サラやエレクトラの姿もない。辺り一面に温かい色の光があふれ、目の前に、生前の姿そのままに、にこにこと良大に笑いかける家族の姿があった。

「父さん、母さん、大夢……」

自分の本当の望みが何だったのか——三人を前にして、良大は初めて気がついた。

「おれも、本当はそっちへ行きたかったんだ……おれだけ置いてきぼりにされて、寂《さみ》しくて仕方なかったんだ。良大だけでも助かってよかった、おまえは運がいいってみんなに言われて……でも本当はひとりだけ助かったことが、辛くてたまらなかったんだ」

「わかってるよ。良ちゃんがどんなに苦しんでたか、母さん、ちゃんとわかってた」

「母さん……」

「でも、もう大丈夫だ。悩んで苦しんで、いちばん辛いところを抜けたんだ。良大はもう、自分の足で歩いていける」

「父さん、そんなことないよ。おれやっぱり、ひとりは嫌だよ」

「お兄ちゃんは、ひとりじゃないよ。僕もお父さんもお母さんも、ずうっとここにいるんだから」

「ここって、どこだよ？」

「良大の記憶の中だ。からだはなくなっても、良大が生きている限り、父さんたちはここに存在できる」

「おれの、記憶……？」

「忘れないで、良大。良大が願う姿のままで、私たちは生き続けるの。良大が願う、笑いが絶えない幸せな家族として、生きていけるの」

母の笑顔に釣り込まれるように、良大はうなずいていた。父と大夢も笑っている。

その幸せそうな景色は、目が覚めても、良大の目の中に残っていた。

＊＊＊

「お久しぶりです、会長」

「会長はよしてくれ。昔どおり、ウィルでいいよ、ハルカ」

ウィリアム・T・エルマーは、機嫌よく江波はるかを迎え入れた。

広いフロアに豪華な調度。良大がサラと会った、同じスイートルームだった。ルームサービスでコーヒーを頼み、江波の向かいに腰かける。短い白髪頭。細身で、わし鼻の勝《まさ》った鋭《するど》い顔だが、緑がかった瞳だけはユーモアにあふれていた。

「被害に遭ったユーザーへのケアは、ひとまず完了しました。千五百四名の被害者のうち、重篤《じゅうとく》な症状が現れたのは概《おおむ》ね四割。その五百八十二名に、新たなTL夢――NT夢《ナタ－ム》を施療しました。ひと月経ちましたが、いまのところ予後《よご》の問題は報告されておりません」

経過は引き続き見守っていくと告げられて、ティエルマ社のCEOは結構とうなずいた。

「あのNT夢の筋書きを書いたのは、君の部下だそうだね？」

「はい。武留・西本・サルバドル。非常に優秀な心理学者ですが、オタク趣味が玉に疵《きず》で……NT夢の内容がコミックに近いのもそのためです」

「いや、いくつか見せてもらったが、なかなかに楽しめたよ。彼は想像力が豊かなようだ」

「恐れ入ります」

「何よりも、孫のサラにまた会えた。私にとっても、たいそう慰《なぐさ》めになったよ」

鉄面皮《てつめんぴ》と評判の江波の顔が、かすかに曇《くも》った。

「お孫さんのことは、お気の毒です……現代の医学では治らない、進行性の難病だったそうですね。私はサラと、一度だけ会ったことがあります。イアン・ドーリーが、最初に逮捕された直後のころです」

「あれからまもなく発病してね。最後の一年は歩くことすらできなかったが、それでも死ぬ間際《まぎわ》まで、システムを構築し続けた……孫の死を公《おおやけ》にしなかったのは、私の一存だ。あの子が、サラが、そう望んでいるように思えてね」

「かもしれません。実際、彼女の開発したセキュリティーシステムは健在です」

「孫の名前を冠《かん》した、SALAか……」

SALAは、クラッカーの攻撃に対し、人の手を介さずに機械が考えるシステムだ。ウイルスを除去するワクチンの開発や、新たな防御壁の構築を、自動的に最速でプログラミングする。さらにはウイルスを放った端末を特定し、クラッカーの位置情報も瞬時につかむ。SALAは亡くなったサラの代わりに、イアン・ドーリーの居場所を突き止め、彼の二度目の逮捕に貢献した。

「その過程にユーザー自身を組み込むことで、彼らが自分の足で立ち直るきっかけを作る……それが武留・西本が考えたNT夢です」

エレクトラに侵食された夢は、上書きが不可能だった。武留・西本は、その代替《だいたい》として
NT夢を提案した。

自分がサラ・エルマーに協力し、共にイアン・ドーリーを追い詰める――。細部はユーザーによって異なるが、主軸はほぼ同じだ。エレクトラの姿をもつ少女に、サラ・エルマーに出会ったところから、NT夢はすでに始まっていた。

「君の部下が拵《こしら》えた夢の中のサラは、たぶんあの子自身が望んでいた姿だ。そんな気がしたよ。――外国に旅して、美味しいものを食べて、さまざまな人に会って……彼女が叶《かな》えられなかった夢が、たくさん詰まっていた――。彼らの中で、サラは生き続ける。闊達《かったつ》で自由で、責任感と勇気にあふれる女の子としてね。遺《のこ》された私たちにとっても、何よりの慰めになった」

NT夢を施された五百八十二名のユーザーの中で、サラ・エルマーは輝き続ける。それは虚構ではあるが、彼らの未来を切り拓くには、強い光を放つ道標《みちしるべ》が不可欠だった。ちょうど中世のジャンヌ・ダルクのように――。

武留・西本は、イアン・ドーリーが悪意をもって象《かたど》ったウイルスのアバター、エレクトラを逆手にとった。本物のサラと遭遇するというアクシデント、さらにサラのアバターとともにエレクトラと戦い、結果、自身の悪夢をユーザー自身が破る――。

蓮池良大が経験したことも、やはり同じ筋書きのNT夢の中のできごとだった。

サラ・エルマーがすでに故人だということも、彼らが現実だと信じていることが、一部虚構に過ぎないことも、いまは社の極秘事項として伏《ふ》せられている。しかし万一露見したとしても、ユーザーらに深刻な悪影響はないはずだ。武留・西本はそのように主張した。

――彼らは自分たちの意志で、悪夢と向き合うことを選択し、自分たちの力で試練を乗り越えました。その自信は、揺らぐことはありません。僕らがいくら夢を操作したところで、彼らの脳が納得しなければ、あの結末には至りませんから。

「今回の件では、思わぬ副産物もありましたし」

「というと？」

「NT夢は、TL夢への依存の、解決策になり得ます」

夢を見るたびに、薬物投与と同じ快感物質が、脳内に放出される。現実逃避の格好のツールとなり、依存の度合いが深くなれば、生活に支障をきたす。実は一部のユーザーの中には、すでにその兆候が表れていたと江波は告げた。

「無理に中断すると、麻薬と同じ重篤な禁断症状を起こす例もありました。早急に対応策を検討するつもりでいましたが、NT夢はこのようなユーザーへの治療にも効果を発揮するはずです」

「結構だ。TL夢については、引続き君のチームに一任する」

CEOが満足そうにうなずいたとき、ドアがノックされコーヒーが運ばれてきた。香り高いコーヒーに目を細め、ふたりがゆっくりとカップを傾ける。江波のカップが置かれるのを待って、会長はおもむろに切り出した。

「それでは、ハルカ、本題に入ろうか。何か私に、頼みたいことがあるのだろう？」

「さすがはウィル。やはり、お見通しでしたか」

「業務の報告だけなら、社内で済む話だからな。まさか孫の思い出話をするためだけに、ここに来るような君ではなかろう」

CEOの皮肉《ひにく》に、江波はるかは唇の片端だけで笑った。

「その前にひとつ、よろしいですか？　イアン・ドーリーは、南米のコロンビアに潜伏していたそうですね。その後の調べで、何かわかりましたか？」

「ドーリーは、ある人物から、TL夢システムを攻撃するよう唆《そそのか》されたと証言した」

「ある人物とは？」

「わからない、未だにX《エックス》のままだ」

イアン・ドーリーは、ネットを通じてXから話をもちかけられた。メールだけのやりとりで、Xについては性別も年齢も国籍もわからない。よけいな詮索《せんさく》はするな、それがXから提示された唯一の条件だったからだ。ただXの側は、ドーリーという男を熟知していた。充分《じゅうぶん》な報酬が前金で支払われたが、それだけで動く男ではない。サラ・エルマーへの復讐心と、ハッカーとしてのプライドを、Xは巧みにくすぐった。TL夢へのサイバーテロは、その両方を満足させる格好の標的であり、またXは、攻撃に必要なあらゆる情報をドーリーに与えた。

「しかし肝心のXとのやりとりは、一切残っていない。Xとドーリー自身の手で、ネット上からきれいに抹消されてしまった。Xは、ドーリーが拵えた架空の人物ではないかと、存在を疑問視する捜査官も多い」

「Xは、存在する……私は、そう思います」

「いったい、何を根拠に？」

「実は私がここに来たのも、同じ理由です。イアン・ドーリーは役者に過ぎず、陰で台本と演出を手掛けた人物がいる――その結論に達しました」

まったく別の方向から、その事実に行き着いたと、江波は慎重な口ぶりで述べた。

「エレクトラの目的は、侵入と破壊ではありません。こちらの技術データを盗むことです」

ＣＥＯの痩《や》せた喉が、ごくりと上下した。

「TL夢のデータが、盗まれたということか……」

個人情報の流出は、企業として大変な失態だ。エルマーはまずそれを懸念《けねん》したが、そのたぐいのものではないと、江波はひとまず杞憂《きゆう》を払った。

「では、盗まれたデータというのは？」

「0号の応用データです」

気づいたのは、ハッキングを受けてから一週間も経ってからだった。ユーザーのケアが最優先とされ、そちらの対応に追われていたためだが、壊されたデータを詳細に分析した邦貝が、その事実に気づいたのである。

「発見の遅れは、責任者としてお詫《わ》びします。もっと早く気づいて然《しか》るべきでした。そもそも、SALAに守られていたTL夢が、どうしてやすやすとエレクトラの侵入を許したか——TL夢が0号の応用だったからこそ、隙ができたんです」

0号の基本理念は、脳内にある人間の記憶だ。大量の遺伝子が解析された現代でさえ、脳にはまだまだ未知の部分が多い。正体のわからないものに、完璧な防御など施しようがなく、そこをエレクトラに突かれたのだ。

「0号について熟知していなければ、できない業《わざ》です。つまりドーリーを操ったXは、0号に少なからず携《たずさ》わった人物です」

「ハルカ、君は、最初から0号に携わり続けた唯一の人間だ。もしや、Xの正体に心当たりがあるのか？」

　過去に関わりのあった人物から、現在0号を手掛ける邦貝や西本まで、社の調査部にも依頼して、あらゆる人物を調べ上げた。少しでも怪しい人物が浮かび上がれば、江波は自ら会いにいった。

「ひとりひとり当たってみましたが、これと思われる人物はいませんでした……面会できなかった、ただひとりを除いては」

「誰だね？」

　江波はるかの無機質《むきしつ》な表情に、迷うような不確かな影がちらりとよぎった。

「0号の開発者、佐田洋介《さたようすけ》博士です」

　緑の宝石めいた瞳が、大きく見開かれた。しばし江波はるかを見詰め、ウィリアム・T・エルマーが、長いため息をもらす。

「その顔からすると、君はすでに佐田博士がXだと、確信しているようだね」

「データを盗んだ手際の良さと、痕跡の消し方は、0号によほど精通していないと不可能です。私以外にあんな真似ができるのは、佐田博士より他には考えられません」

「彼は何故、あのような真似を？　理由は何だね？」

そこまではわからないと、江波は首を横にふった。学界を追われた身とはいえ、ドーリーのように復讐やプライドに固執するような人物ではない。江波はそうこたえた。

「0号の応用データが、必要だったから……考えられる理由は、それだけです」

「クラッカーを使って盗むとは、いくら何でもやり過ぎだ。そういう常識に欠けた研究者だったのか、佐田博士は？」

「いいえ、私の百倍は常識人でした。こんな無茶は、らしくない……もしかすると博士は、とても急いでいるのかもしれません」

「急ぐとは、何を？」

「今回の件は、終わりではなく始まり――私にはそう思えます。だから、ウィル、あなたの人脈と情報網を駆使して、佐田博士を探してほしい。今日はそれを頼みにきました」

CEOはこたえるより前に、電話を手にした。

カップに残った冷めたコーヒーは、思いのほか苦く、江波は顔をしかめた。

NOVO0号

その夢はいつも、僕の顔で終わる。

一人目も、二人目も、三人目も、四人目も——。

＊

ティエルマ日本法人フロアの一角から、突如《とつじょ》、奇声があがった。

「ヤッター！　バンザーイ！　ブラボー！　マーベラス！　ファンタスティック！」

ちょうどカマクラと呼ばれる、かまくら形の白いミーティングブースにいた、邦貝《くにがい》と西《にし》本《もと》が、思わず顔を見合わせる。

「……あれって、動画か何かの音声ですかね？　誰かがボリュームを間違えたのかな」

「まさかとは思うが……あの声、江波《えなみ》じゃないか？」

「室長は、死んでもブラボーなんて言いません。僕の心理分析の限りでは」

興味にかられ、ふたりはカマクラから顔を出した。すでにフロア中の目が、江波はるかの室長デスクに向けられている。社員の机は、背の低いパーテーションに区切られているが、室長デスクだけは、大人の身長ほどの間仕切りにさえぎられている。ただ、声は間違いなく、その中からきこえる。

正直、怖すぎて、誰も近づけない。フロア中の目が、室長の右腕たるふたりに、行ってこいと催促《さいそく》していた。押し出されるようにして、技術責任者の邦貝素彦《もとひこ》と、カウンセリング責任者の武留《たける》・西本・サルバドルは、間仕切りの陰から室長ブースを覗《のぞ》いた。

果《は》たして、鉄面皮《てつめんぴ》、マッドサイエンティストと名高い女性室長は、両手を握りしめ、ブース内をとびはねていた。

「西本、分析は訂正した方がよさそうだ」

「オーマイガッ！」

西本は金色のソフトクリームのような頭を、両手で抱《かか》えた。

「0号《ゼロごう》を、もう一度試《ため》したいって、法務省から打診《だしん》があったのよ！」

ワンフロア上の会議室に移動して、江波はるかはふたりに狂乱の理由を語った。

「ワァオ！　それならブラボーも、うなずけます」

西本はすぐに納得したが、慎重派《しんちょうは》の邦貝は、即座に懸念《けねん》を口にした。

「法務省が、本当に？　国が過去に犯した轍《てつ》を、もう一度踏む気になるなんて、それこそあり得《え》ないように思えるが」

「まあ、正攻法《せいこうほう》じゃ、まず無理ね。だからこそ長年のあいだ、あちこちに根回しをしてきたんじゃない。それが実《みの》ったというわけよ」

「根回しって、何をしたんだ？」

「0号のもともとの目的は、何だったのか？　それを思い出せば、すぐにわかるわ」

「目的？　最初の目的は……『刑罰0号』だ。佐田《さた》教授が目指《めざ》していたのは、死刑に代わる新たな刑罰、それが0号だ」

「死刑、ですか……」

嚙《か》みしめるように呟《つぶや》いて、あ！　と西本が叫《さけ》んだ。

「わかりました！　室長がどこに根回ししていたか。人権擁護団体《じんけんようごだんたい》じゃありませんか？」

「ピンポーン、正解。さすがにサルは、察《さっ》しがいいわね」

「人権擁護団体って、つまりはNGO、非政府組織だろ？　一国の法務を動かすだけの力があるなんて、信じがたいな」

「邦貝先輩、NGOの力を、舐《な》めちゃいけませんよ。ことに世界的な人権擁護団体は、グローバル企業を凌《しの》ぐ、力と権限があるんです。なにせ人道《じんどう》という、至上《しじょう》最強の武器を所持《しょじ》していますからね」

「サルの言うとおりよ。国連との協議資格をもっていたり、各国代表が集まる国際会議のオブザーバーを務めたり、国をまたいで盛《さか》んに活動しているの。政府を監視し、人権侵害とみなせば圧力をかける」

「いかなる国、いかなる政府、いかなる宗派にも属さないというのが、大方《おおかた》の団体が掲《かか》げている信条《しんじょう》ですからね」

「そして、大方の人権擁護団体が、最初に掲げる目標が、死刑の廃止なのよ」

なるほどと、初めて邦貝が納得のいった顔をした。

「0号を、死刑に代わる刑罰として、そういう団体にアピールしたということか」

「もちろん、0号とはまったく関《かか》わりのない、一からティエルマ社が開発した、NOVO《ノボ》システムとしてね」

Novo Redeunt——。ラテン語で、再出発を意味するその言葉から名づけられた。

主《おも》だった人権団体だけでも、数十は下《くだ》らない。江波の発案のもと、ティエルマ社はそのひとつひとつに、システムの概要《がいよう》を説明し、死刑廃止の足掛かりとなると訴えた。

その中でも、もっとも大きな団体のひとつが興味を示し、他のいくつかの団体と手を携《たずさ》えて、日本の法務省の説得にあたった。

「『ガイア・インターナショナル』ならたしかに、この手の団体としては最大手《さいおおて》になりますね」

「うん、僕でも名前くらいは知っているよ」と、邦貝がうなずく。

「ガイアは、今回の0号——もといNOVOの臨床《りんしょう》試験を主導《しゅどう》して、立ち合いの上、結果を法務省に提出する役目を担《にな》っているの」

「表向き、法務省はあくまで協力の立場をとる。万一、試験が失敗すれば、責任はガイア側にあるというわけですか。相変《あいか》わらず、無責任ですねえ」

西本は呆《あき》れたが、政府の思惑《おもわく》など、江波には二の次のようだ。

「十五年——、この日のために続けてきたのよ」

「そうか、そんなになるか……江波、良かったな。江波の努力の賜物《たまもの》だよ」

「室長、おめでとうございます！」

「おめでとうは、まだ早いわ。まずは臨床試験をクリアしないと。あなたたちもNOVOシステムの責任者として、忙しくなるわよ。覚悟しといてね」

邦貝の感傷《かんしょう》も、西本の祝福《しゅくふく》もさえぎって、江波はてきぱきと作業内容を伝える。

「二日後、ガイアの代表と担当者が来社して、システムを見学してから、初回のミーティングを行《おこな》うことになったわ。ふたりにも同席してもらうから、そのつもりでいてね」

ひととおり作業内容を確認し終えると、足取りもかるく江波は会議室を出ていった。扉が閉《し》まると、ふたたび男ふたりが顔を見合わせる。

「いまの、ききました？　室長の鼻歌も、僕は初めてですよ」

「だろうな。社内の掲示板に、投稿したいくらいだ」

「誰も信じてくれないと思いますよ」

邦貝は苦笑《くしょう》しながら、西本に同意した。

「ガイア・インターナショナル日本支部理事長の、諸角笙子《もろずみしょうこ》と申します」

品のいいベージュのスーツに身を包み、甘すぎない整《ととの》った顔立ちに、ショートカットが似合っていた。年齢も、理事長にしては若い。たぶん江波より、少し上だろう。

約束どおり、理事長は担当職員を伴《ともな》って、二日後の午前十時に来訪したが、迎えた三人には予想外の事態がひとつあった。

理事長と挨拶《あいさつ》を交《か》わす江波は、辛《かろ》うじて諸角と視線を合わせているが、邦貝と西本の目は、そのとなりに釘《くぎ》づけだった。

諸角のとなりには、ひとりの青年が座っている。スーツではなく、ジーンズにパーカーというラフな格好《かっこう》だが、口許《くちもと》は生真面目《きまじめ》に引きしまっている。以前は色が白く、少年らしい面影《おもかげ》を留《とど》めていたが、日焼けしたためか、逞《たくま》しさの方が際立《きわだ》っていた。

諸角の後に、ガイアの職員である彼とも名刺を交わす。

名刺に書かれていたのは、やはり三人がよく知っている名前だった。

「久しぶりね、森田俊《もりたしゅん》くん。何年ぶりになるかしら？」

「たぶん、七年ですよね？　僕が日本に来て、すぐのころだから」

西本がかわりにこたえ、俊に向かって親しげな笑顔を浮かべる。邦貝と西本は、七年前、町田《まちだ》のファミリー・レストランでアルバイトをしていた彼と初めて会ったが、江波と森田俊とのつき合いは、さらに年月をさかのぼる。

はい、と俊は、西本にしっかりと目を合わせてうなずいた。七年前と違うのは、外見《がいけん》ばかりではなさそうだ。以前は江波に視線を向けられると、困ったようにうつむいて、どこかおどおどしていた。けれどいまの俊には、そのような怯《おび》えはどこにもない。気負いも緊張もなく、落ち着いた態度だった。

「彼とは、以前からのお知り合いだそうですね。三年前に採用されましたから、うちの職員の中では若手になりますが、メンバーの信頼も厚く、非常に有望な人材です」

俊の事情をどこまで知っているのか、紹介する諸角の表情からはわからなかった。

「いま、おいくつですか？」

「来月で、三十歳になります」

「いつまでも、くん呼ばわりでは失礼ね。今後は森田さんと呼ばせていただきます」

江波も、七年前にバイト先に通い、たびたび質問攻めにしたことなどおくびにも出さず、社交辞令に徹《てっ》する。雑談は軽めに切り上げて、本題に入った。

当然の礼儀と心得《こころえ》て、まずは理事長が述《の》べる、ガイアの人権擁護活動を熱心に拝聴《はいちょう》する。

「現在、世界の二百近い国々の中で、死刑が存続《そんぞく》しているのは、わずか五十数ヶ国に過ぎません。なのに日本では、死刑廃止が真剣に論《ろん》じられることすらない。先進国を謳《うた》っておきながら死刑制度が存置《そんち》されているようでは、人権に関する限り、日本は未《いま》だに後進国だと言わざるを得ません」

ガイアは、英国のロンドンに本部をおく。欧州は、EU加盟の条件に、死刑廃止を掲げているほどだ。例外の一、二ヶ国を除《のぞ》いて、ロシアやトルコを含めた、ほぼすべての国が死刑を排除《はいじょ》している。いわば欧州は、死刑廃止論の先鋒《せんぽう》であるのだが、南米とオセアニアも、社会主義国を除けば、事実上、死刑はほとんど行われていない。法律上の全廃はなされなくとも、軍法上やテロなどの特殊犯罪に限ったり、あるいは二十年以上、死刑が執行《しっこう》されていない国も多い。人権団体では、そのような例も評価していた。未だ開発途上とされるアフリカ諸国ですら、三分の二はすでに死刑を行っていない。

一九八九年、国連総会で、いわゆる死刑廃止議定書が採択《さいたく》され、そのころから廃止国の数は、少しずつ着実に増えていた。

「ですが残念ながら、その足を引っ張っているのは、アジアとアメリカ合衆国です」

「国の数で言えば、存続国は四分の一《クオーター》に過ぎませんが、人口比率からすると、半数以上を占める割合になるそうですね」

この方面に興味があるらしい西本が応じ、諸角が憂《うれ》えるように額《ひたい》にしわを一本刻《きざ》んだ。

「なにせ人口の上位十ヶ国中、七ヶ国が存置国ですから。それでも昨年、日本が少子高齢化に伴って、人口のトップテンから外《はず》れたおかげで、一ヶ国減ったことになるのですが」

形の良い唇に、皮肉な笑みを刻む。社会主義国家やイスラム国家は、執行についての公式発表はしていない。それでもガイアをはじめとする人権団体は、世界中に独自のネットワークを築《きず》いている。その情報網を駆使して、かなり正確な数を把握していた。

「執行数がとび抜けているのは、何といっても中国です。十年ほど前までは、少なくとも年間二千人は超えていました。たとえ十三億以上の人口を抱《かか》えていても、やはり行き過ぎだと言わざるを得ません。世界中から非難を浴《あ》びて、年々減少はしていますが、それでも毎年千人を超える人々が命を落としています」

彼らがカウントしているのは、いわゆる裁判所で極刑《きょっけい》が確定した数ではない。あくまで的《まと》となるのは、実際に執行された死刑の数、つまりは刑を下されて何人が死んだのか、ということだった。

「一方で影響力の大きいのは、アメリカ合衆国です。欧米諸国中、唯一《ゆいいつ》といっていいほどの強硬《きょうこう》な存置国で、数も五十からなかなか下がりません」

「USAは州によって、制度が違いますから。北部や東部には全廃している州もありますが、南部は人種問題も絡《から》んでいて犯罪件数も多い。もっとも悪名が高いのはテキサス州で、たぶん五十のうち十五はテキサスです」

自分の母国だと告《つ》げて、西本が語る。江波が諸角に向かってたずねた。

「アジアについては、どうなんでしょう？　アジアで極刑が多いのには、何か理由が？」

「一概《いちがい》には言えませんが、宗教は理由のひとつになると思います。イスラム法を順守《じゅんしゅ》する国々では、多くが極刑を認めていますし、また日本を含む仏教国も、廃止には積極的ではありません。キリスト教国であるフィリピンや、ヒンドゥー教徒の多いインドでは、廃止の方向に向かっています」

フィリピンでは四半世紀も前に、廃止法案が成立し、インドでも十五年ほど前に是非《ぜひ》を問う論議が活発化して以来、執行は停止されていると諸角が述べた。

「他の理由としては、貧困と政情不安があげられます。アジアにはテロや内戦など、政情不安を抱《かか》える国も多い。テロ撲滅のための見せしめという名分で、存置を主張する国もあります」

なるほどと、聞き手の三人が納得顔になる。食べ物に事欠いているようでは、刑法の見直しなど二の次になろうし、政情が安定しないうちは、人権云々《うんぬん》の話など誰も耳を貸さない。銃器や貧困で、バタバタと人が死んでゆく環境下では、死刑廃止論など、それこそ机《き》上《じょう》の空論にしかきこえないだろう。

「ただ、日本については、これといった理由が見当たりません。さきほど仏教国に多いと言いましたが、仏教徒がことさら残酷なわけではありません。アジア一の先進国を自負し、また犯罪件数もきわめて低い。なのに死刑制度にはあまりに無頓着《むとんちゃく》で、ある意味、私たち人権団体から見れば異質とも言えます」

ちなみに、日本によく似た環境の韓国では、死刑囚は存在するものの、二十一世紀に入るより前から、執行はなされていないと、諸角がつけ加えた。

「他国についてはわかりませんが……日本の場合は、報復感情を是《ぜ》とする考えが、根強いのかもしれませんね。いわゆる仇討《あだう》ちです」

発言したのは、邦貝だった。彼がこういう席で、口をはさむことはめずらしい。おそらく早瀬水央《はやせみお》の事件があったために、無関心ではいられなかったのだろう。

「忠臣蔵《ちゅうしんぐら》をはじめ、芝居などで語り継がれている仇討ちは、いくつもあります。いずれも仇《かたき》を討つ側が善で、討たれる側は悪とされ、仇討ちを成《な》し遂《と》げた者は、世間からやんやと喝采《かっさい》を浴びる」

「仇討ちって、いわば復讐《リベンジ》でしょう？　やんやはどうかと思いますよ」

「たしかに西本のいうとおりだが……。相応の罪を犯した者は、死をもってつぐなうべきだ——。日本人にはそういう考えが、しみついているのかもしれません」

しみついた感覚というものは、遺伝子に組み込まれているに等《ひと》しく、宗教以上に厄介《やっかい》だ。

諸角も、よく承知しているのだろう。かすかに顔をしかめた。

「それでもいつか、この国から死刑をなくしたい……それが、僕の夢です」

諸角のとなりで、相槌《あいづち》を打つだけだった俊が、ふいに言った。白衣姿の三人が、思わず彼をふり返った。

「『死刑は結局、誰も救わないようにも思えます』から」

江波の双眸《そうぼう》が、大きく広がった。まったく同じ台詞《せりふ》を、かつてきいたことがある。森田俊ではない。0号の開発者、佐田洋介《ようすけ》の言葉だ。

佐田教授から、直接きいたわけではない。佐田が抽出《ちゅうしゅつ》し、合成した、彼の父親の記憶の中で、まったく同じ台詞を父親に語っていた。あれは、現実に起きた出来事ではない。父親の記憶をプログラムとして整理し、合成する過程で書き加えた、いわばフィクションだ。

それでも江波の頭の中には、まるで焦《こ》げた跡のように、はっきりとそのシーンが焼きついている。やはり森田俊の中身は、別人なのだろうか――？　未知なるものへの探求心は、何よりも江波を興奮させる。ぶるっと武者震《むしゃぶる》いに似た電気が、江波のからだをたしかに駆け抜けた。

「ティエルマ社から、NOVOシステムの話がもち込まれたとき、真っ先に賛成したのは彼なんです」

「そう、でしたか……」

微笑《ほほえ》んだ諸角に、邦貝がとまどいぎみに応じる。七年前は、江波や邦貝を明らかに避け、またそれだけの理由もあった。それを思い出しているのだろう。

「たとえ犯罪者であろうと、人権は保障されなければなりません。命の剥奪《はくだつ》は、人間として以前に、生物としての根幹《こんかん》を否定する行為です。決して許されるべきではありません」

諸角が人権擁護団体の代表らしい言葉で結び、ひとまず最初の顔合わせは終了した。この後、システムを見学し、その後でもう一度、詳細を詰めるミーティングを行う。

極刑の廃止は、同時に終身刑という新たな刑を生むことに繋《つな》がる。

──人間を、一生狭い檻《おり》に閉じ込めるのは、人権を侵害しないということね。

浮かんだ皮肉は胸の内に押し込めて、江波は笑顔で案内に立った。


オフィスの上の階で、システムの見学と説明を終えたとき、ちょうどランチタイムになった。いったん先ほどの会議室に戻ると、見学中の説明は、部下のふたりに任せていた江波が、にこやかに告げた。

「実は、弊社《へいしゃ》の代表取締役が、ぜひ諸角理事長とランチをご一緒したいと申しておりまして。ビル内のレストランに席を設《もう》けてありますので、よろしければいかがでしょうか？」

管理職同士がランチの名目《めいもく》で会談する、いわゆるパワーランチの申し出だ。断る理由はなく、諸角も、喜んで、と受けた。

「レストランまでは、邦貝がご案内します。森田さんには、社内のカフェで昼食をとっていただきますので、ご心配なく」

システム見学のあいだに、江波自《みずか》ら会食のお膳立《ぜんだ》てをしたのだろう。邦貝はその意図《いと》に気づいたようだが口には出さず、理事長を促《うなが》して部屋を出ていった。西本は後片付けがあり、システムのフロアから戻っていない。

ふたりきりになると、江波は俊に向かい、それまでとは違う笑みを浮かべた。

「さて、森田俊さん。ランチの前に、少しお話があるの。なんなら、食事の後でもいいけど」

「構いませんよ」

と、さっきと同じ席に腰かける。やはり動揺はなく、落ち着いた物腰だった。さっきまで西本が座っていた、俊の正面にあたる席から江波はたずねた。

「本題に入る前に確認したいのだけれど、諸角理事長は、あなたについてどこまで知っているの？」

「十五年前の事件については、前の理事長にすべて話してありますから、たぶんおおよそはきいていると思います。彼女は一年前に、理事長に就任したんです」

「十三年前の事件については？」

「ネット内には噂がとび交っていましたが、少なくとも僕自身は、誰にも話していません。友人にも職場の仲間にも……知っているのは、僕を引き取った祖父母だけです」

案《あん》に相違《そうい》して、俊はすらすらとこたえた。いまの俊が拘泥《こうでい》しているとしたら、十五年前ではなく、その二年後に起きた事件のはずだ——。予想は外れたが、かえって面白い。江波は思わず身を乗り出した。

十五年前、当時は下沢《しもざわ》の名字だった俊は、仲間ふたりとともに高校生の少女を監禁・暴行し、結果的に死に至《いた》らしめた。その事件に、いわば巻き添えを食った形で、命を落とした者がもうひとりいる。佐田教授の父親、佐田行雄《ゆきお》である。

俊たち三人は、少年法に守られて軽微《けいび》な罰で済んだが、少女の父親と佐田教授には、それがやりきれなかった。ふたりは結託《けったく》し、江波ら研究室の者たちにも内緒で、ひそかに三人の少年に0号を施《ほどこ》した。十三年前の事件とは、そのことだ。

そしてその結果、下沢俊にだけ、奇妙な症状が残った。

下沢俊という少年は消え、記憶として注入された佐田行雄の人格にすり変わった——。少なくとも江波は、そう考えている。ただ七年前までは、彼の協力が得られなかったために、確証はとれなかった。江波はそれを、どうしても確かめたかった。

正面から向けられる好奇《こうき》が、あまりにもあからさまだったのだろう。俊はにわかに苦笑した。

「なんなら、さっきのシステムで、僕の頭を覗いてみますか?」

「頭を覗くわけじゃなく、記憶の抽出よ。でも、いいの？　やらせてくれるの？」

「了解しないと、前のように、いつまでもつきまとわれそうですし」

「……ひょっとして、罠のつもり？　あなたの記憶を抽出したとたん、あの理事長が人権侵害だとねじ込んできて、訴えられるとか……」

堪《こら》え切《き》れぬように俊がふき出して、喉《のど》の奥でくつくつと笑う。

「江波さんが、ユーモアのセンスにあふれているなんて、初めて知りました」

「私だって、初めてだわ……あなたが笑ったところ、初めて見た」

「言われてみれば、そうかもしれませんね」

と、俊が笑いを止める。江波は改めて、俊をながめた。

「ひとまず、記憶の抽出はおいといて、七年前からこれまでのことを話してくれる？　何があなたを、そこまで変えたの？」

「きっかけは、十五年前の事件がネットで流れたことです。江波さんなら、それも知ってますよね？」

ええ、と江波はうなずいた。十五歳だった俊は、二十三歳になっていた。ファミレスでアルバイトする姿を写した写真とともに、ほじくり返された事件の詳細《しょうさい》が、ネット内を駆けめぐった。騒ぎから身を隠すように、大学を休学し、ボランティアの目的で海外へ渡《と》航《こう》した——。そこまでは江波もつかんでいた。俊はその後の経緯《けいい》を、簡単に説明した。

ある難民キャンプで、ガイアの職員と知り合って、メンバーにならないかと誘われた。

祖父母の意向《いこう》もあり、大学に復学することを考えていたころだ。ひとまず日本に戻り、二年間は大学に通いながら、ガイアの活動に参加して、卒業と同時に職員として採用された。

「自分ではさほど自覚はないんですが……僕が変わったとしたら、やっぱり海外ボランティアの経験が、大きかったのだと思います」

と、俊の目が、江波ではなく遠くに向けられた。

「三年間で、六ヶ国ほどまわりました。ほとんどが難民キャンプで、さっきの諸角の話にもありましたが、本当に毎日のように人が死んでいくんです。ガリガリに痩《や》せた子供とか、足のない兵士とか、あなたくらいの女性も、僕みたいな青年も……あの感じは、何ていったらいいか……からからに乾《かわ》いた砂漠に放り込まれた感覚でした。人の死すら日常のあたりまえで、泣き叫ぶ家族をながめながら、終《しま》いには涙すら出なくなって……それが何よりも悲しかった」

訥々《とつとつ》と語る。口調も同様に乾いていたが、皮膚からしみ出すような悲しみは伝わってきた。

「もっと酷《ひど》い惨状《さんじょう》を、あなたは見たはずよ。原爆が投下された直後の広島《ひろしま》の風景は、あなたの中に残っている……違う？」

　それまで過去の記憶をただよっていた意識が、ふっと引き戻されたように、江波と目を合わせた。その顔が、ゆっくりと微笑する。

「僕の中には、その風景はありません……妹と一緒に、家の庭で被爆《ひばく》した瞬間のことは、たしかに記憶にあります。その妹を亡くして、とても悲しかったことや、腕のケロイドが広がる恐怖なんかも……ただ、原爆投下後の広島の惨状は、抜け落ちているんです」

「……どういうこと？」

「たぶん、合成された佐田行雄の記憶の中に、その景色が入っていなかったからだと思います」

　物事に滅多《めった》に驚かない江波が、目を見開いたまま森田を凝視《ぎょうし》する。しばしの沈黙は、彼女の頭の中で、さまざまな事物がめまぐるしく行き交《ゆか》っている証拠だった。

「それはつまり……認めるということ？　あなたの人格は、森田俊ではなく佐田行雄だと」

　日焼けした顔に、かすかに迷うような表情が横切った。

「少し、こたえづらいですね。その質問だと、イエスでもあり、ノーでもあります」

　曖昧《あいまい》にきこえるだろうが、それが正直なところだと、俊は告げた。

「理論上は、あなたの考えどおり、佐田行雄です。ただ、もともとの佐田行雄とは、まったく違う。少なくとも僕は、そう思っています」

たしかに目の前にいる彼は、七年前とも、そして十三年前に佐田行雄として目覚めたときとも、明らかに違う、別人だ。江波ははっきりと、それを意識した。

「下沢俊は、あなたの中にはいないの？　彼の記憶や自我《じが》は、消えてしまったの？」

「消えては、いないと思います……ごくたまに、彼の気配《けはい》を感じることがありますから」

最初は、彼のからだを乗っ取ってしまったような、罪悪感に苛《さいな》まれた。一生懸命呼びかけたが、何も返ってこない。あきらめかけたころ、その気配を感じた。

祖父母と一緒に、初めて母親の墓参りに行ったときだった。以前の俊は墓参りを拒《こば》んでいて、引き取られて二年のあいだは、祖父母もあえて墓参りに誘わなかった。けれど墓前で手を合わせたときに、からだの奥でわずかに身じろぎするような感触を覚えた。

「彼は、お母さん子だったようです。小学五年生のときに母親が亡くなって、だんだんと荒《すさ》んでいった。たぶん墓参りに行こうとしなかったのも、母親の死を受け入れられなかったためだと思います」

それからもたまに、彼の気配を感じることがあった。いまの彼自身が大きく動揺した折に、ふいに目を覚《さ》ますこともあれば、何がきっかけかわからないこともある。母親と同様、彼の琴線《きんせん》に触《ふ》れる何かを目にしたのだろうが、それが何なのかは判別できないことの方が多いと、俊は申し訳なさそうに肩を落とした。

「もともとの下沢俊の自我は、存在はしていても、半分眠っているような状態にある。一方で、十七歳より前の下沢俊の記憶は、あなたの中にはないということね？」

そのとおりだと、俊はうなずいた。

「僕にあるのは、佐田行雄からとり出して整理された、断片的な記憶だけです。それは江波さんもご覧になったはずです」

ええ、と江波も認めた。あの記憶データは、大事に保管してある。いまの俊の記憶を抽出しても、同じものしか出てこないということだ。どこかで落胆《らくたん》しながらも、江波はふと気がついた。

「いま、断片的と言ったわね？　十七までの下沢俊の記憶もなく、合成された記憶データしかなかったとしたら……生活に支障《ししょう》はなかったの？」

「……支障は、ありました。ことに最初のうちは、不安で仕方なかった……ふとした拍子《ひょうし》に、からだが止まるんです。誰もがあたりまえにこなす簡単な動作なのに、何をどうしていいか頭の中が混乱して……祖父母がいなければ、最初の数年を乗り越えられなかったと思います。祖父母は幼児をしつけるように、面倒がらずにひとつひとつていねいに教えてくれました」

江波はその事実に、改めて慄然《りつぜん》とした。彼が陥《おちい》った境遇は、記憶喪失の患者と同じだ。失う記憶は、人の顔や出来事などに限らない。食べることも排泄《はいせつ》も、経験に裏打ちされている。仮に一切《いっさい》の記憶を失えば、赤ん坊に逆戻りするに等しい。

ひとつだけ幸いだったのは、俊が十七歳であったことだ。若い脳は、新たな記憶と経験を存分《ぞんぶん》に吸収し、三、四年は遅れたものの大学進学まで果たした。

「あなたの言いたいことが、やっとわかったわ。祖父母に手塩《てしお》にかけて育てられて、十三年分の経験を積んだ。いまのあなたは、たしかに佐田行雄とは似ても似つかない別人だわ」

「七年前にお会いしたときは、僕はまだ迷っていました。借りものに過ぎないこのからだで、どう生きていけばいいのかと……とりあえず彼のためになることをしなければと、大学に進学したのもそのためです」

けれど海外援助の経験は、あらゆる価値観を根底《こんてい》から覆《くつがえ》した。それまでの悩みも思いも、急にちっぽけなものに見えてきた。

「だから僕は、いま自分にできることをしようと決めました。どういう結果に繋がるかはわかりませんが、もしも将来、彼の自我が目覚めたときに、きっと役に立つ。そう信じることにしました」

もうひとりの俊が目覚めれば、いまの俊は消えることになるかもしれない。

怖くはないのだろうか——？

無神経と言われる江波でさえ、その問いを発《はっ》することはできなかった。

代わりにひとつだけ、最後にたずねた。

「佐田行雄が目指していた核廃絶ではなく、死刑廃止に傾《かたむ》いたのは……佐田洋介教授の志《こころざし》を、継《つ》ごうとしたということ？」

「核兵器の廃絶も、ガイアの活動に入っていますが……それでも、そうではないとは言い切れません」

佐田行雄の記憶の中で、いちばん印象に残っているのが、佐田教授と酒を呑んだシーンだと、少し寂しそうに告げた。

「おかしいですよね……あれは、現実ではなかった。佐田洋介が仕掛けた悪戯《いたずら》だと、あなたにも言われたのに」

「悪戯ではなく、贖罪《しょくざい》かもしれない——。そう言ったわ」

「ええ、覚えています」

「なるほど、さすが親子ね……」

江波の言い方には、含みがあった。

「どういう、ことですか？」

「いいえ、なんでもないわ。さ、遅くなったけれど、ランチに行きましょう」

江波は俊を促して、社食のカフェテリアへと案内した。

「つまりは、僕らが合成した記憶データでは、経験は培《つちか》われない。そういうことですか」

西本が、金色ソフトをふりながら、もっともらしくうなずく。

午後のミーティングを終えて、ガイアのふたりが帰ると、江波は部下のふたりに、森田俊との会話の内容を告げた。

「ちょっとがっかりですが、それでいいのかもしれません。経験は、何よりの現実《リアル》ですから。過去である記憶は、現実にはかなわない。そうでなければ人は生きていけません」

「永遠の命が挫折《ざせつ》して、残念だったな、江波」

「何の話よ、邦貝」

「江波が言ったんだぞ。記憶こそが生きた証《あかし》だ。記憶データで経験の上乗せが可能なら、ある意味、人は永遠の命すら夢ではないって」

「忘れたわ。女より記憶力のいい男は、もてないわよ」

お手上げのポーズをする西本と、苦笑を交わし合い、邦貝がたずねた。

「現在の佐田教授については、彼には話さなかったのか？」

「話そうかと思ったけど、やめたわ。本人に確かめないうちは、何もわかっていないのと同じことだもの」

「会長は、いまも彼の行方《ゆくえ》を探してくれているんだろう？」

「すでに彼個人ではなく、CIAがね」

江波がティエルマ社の会長と面談《めんだん》してから、十ヶ月が過ぎていた。

「CIA？　アメリカ中央情報局がどうして？」

「それだけ、キナくさいということよ。詳《くわ》しいことは、私もわからないわ」

江波が話を切り上げて、三人で一緒に会議室を出た。江波は階下のオフィスに、ふたりは階上のシステム室に向かう。階段で別れぎわ、思いついたように西本が言った。

「そういえば、さっきの諸角さん、室長とタイプが似てますね」

「ああ、どうりで。気に入らない女だと思った」

言い捨てて、江波は靴音を響《ひび》かせながら、階段を下《お》りていった。

ガイアから極秘ファイルを受けとったのは、それからひと月後のことだった。

「強盗殺人で三人殺害。通り魔事件で同じく三人。放火により一家四人を殺害……何だか読むだけで気が滅入《めい》ってくるな」

パソコンの画面を確認した邦貝が、たちまちゲンナリする。

ネット内での漏《ろう》えいを危惧《きぐ》し、ファイルはメールでは送られず、森田俊がメモリーステイックを直接、江波に手渡した。あらかじめコピーガードがかかっていて、社内での閲覧《えつらん》は、実質的に試験に関わる、江波とふたりの部下だけに許されている。会議室にパソコンをもち込んで、扉の鍵まで閉めてから、ファイルを開いた。

およそ百五十人にのぼる死刑囚の中から、NOVOの被験者《ひけんしゃ》が選ばれたのだ。

場所はティエルマの八王子《はちおうじ》ラボ。護送の関係上、対象者は東京拘置所内《こうちしょない》の死刑囚に限られた。死刑囚を拘置所外に出すなど、前代未聞《ぜんだいみもん》だ。機材を拘置所内に運んで試験できないかと、法務省からは打診《だしん》されたが、これぱかりは無理だと回答した。

被験者をサポートするためには、邦貝が開発した疑似脳が欠かせない。そして疑似脳の作動《さどう》には、大型のサーバーが必要なのだ。邦貝主導のもと、専用の小型サーバーを開発中だが、未だ目処《めど》は立たなかった。

現在、東京拘置所内には、七十九人の死刑囚が収監《しゅうかん》されている。高齢者や精神的に不安定な者はあらかじめ除かれ、さらにテロをはじめとする特殊な犯罪者も同じく除外された。候補者として、法務省からガイアに通達された者は十八人。ガイアは死刑囚本人と、事件の被害者遺族に面談し、双方が了承《りょうしょう》した場合に限り、被験者とした。

被験者の数は、四人だった。四つ目のファイルを邦貝が開いたとき、後ろから覗き込んでいた西本が、あ！　と叫んだ。

「ハジトーじゃないですか！」

「ハジトーって、何だよ？」

「彼の名前ですよ。ほら、ハジトーマモルって」

「ああ、創遠葵《はじとおまもる》か……めずらしい名前だな。ていうか、おれすら覚えてないのに、よく西本は知っていたな」

「心理学者ですから、シリアルキラーはひととおり押さえてあります」

「シリアルキラー……殺人鬼か」と、邦貝が嫌そうに顔をしかめる。

「名前が、メキシコ料理のブリトーに似ているし」

「ブリトーでハジトーかよ」

「何より彼は、シリアルキラーとしては変わり種なんです」

「変わり種って？」

「多くのシリアルキラーは、殺人を犯すとき性的興奮を伴います。殺人と性衝動には、密接な関係があるんです、男の場合は特に。けれどハジトーは、一切そういう傾向《けいこう》がなく、なのに二年半のあいだに八人も殺している。逮捕されたときは、十九歳でした」

「十六歳から殺人を犯していたってことか。しかも八人とは……」

「おまけに被害者は、下は赤ん坊から、上は九十代のお年寄まで。性別もちょうど半々です。殺人の方法も、刺殺《しさつ》、扼殺《やくさつ》、薬殺《やくさつ》と、あ、首を絞めるのと毒殺ですよ。とにかく八人とも、殺害方法も違うんです」

「まるで殺人の見本市だな」と、邦貝の眉間《みけん》のしわが、さらに深くなる。

「動機や理由も、まったくわかりません。ハジトー本人も、わからないとくり返すばかりで」

創遠家は代々、頭の良い家系だったようだ。大学教授や学者、弁護士などを数多く輩《はい》出《しゅっ》していた。金銭的には中流家庭だが、そのぶん上品で穏《おだ》やかな家族に見えたという。創遠葵本人も、進学校から有名大学に進み、容姿にも態度にも難はなく、殺人鬼らしい片《へん》鱗《りん》は微塵《みじん》もなかった。

「マスコミは色々と憶測《おくそく》して、頭が良すぎたからだとか、学者一家のひずみとか、当時は書き立てられたようです。で、ついたあだ名が、マッドサイエンティスト」

つい、目玉が動いてしまったのだろう。邦貝が、ちらりと江波に視線を走らせる。

「あ、そういえば、うちにもいましたね。マッドサイエンティスト」

「西本、少しは遠慮しろよ。……江波はこの事件、覚えているか？」

話題を変えようと、邦貝が話をふった。少し離れた席で、別のパソコンのモニターをながめていた江波は、ふり返りもせずに、ええ、とこたえた。

「たしか私が小学二年生のころだから、邦貝は四年生じゃない？」

「四年生なら、覚えていてもいいのにな」

「邦貝先輩のことだから、ニュースそっちのけでメカばかりいじってたんじゃないですか？」

当たらずといえども遠からずだと、邦貝は頭をかいた。

NOVOの一回目の臨床試験は、それから半月後に行われた。

法務省からの達《たっ》しで、試験は秘密裏《ひみつり》に行われ、もちろんマスコミには一切知らされていない。ティエルマの社内でも、数人の取締役にしか伝えられず、そのためラボの休業日にあたる、日曜日に行われた。配線工事の名目で、その日はラボへの立ち入りも禁止された。

護送車では人目につく。東京拘置所からの移動には、配線業者のペイントを施した、窓のない特殊車両が使われた。二台の車に死刑囚がふたりずつ乗せられ、ひとりにつき五、六人の警官がつき添い、そのうち半数は特殊部隊並みの装備で身を固めていた。凶悪犯が四人も同時に拘置所外に出されるなど、異例中の異例だ。もちろん試験中も、鬱陶《うっとう》しいほどの数の警護が林立《りんりつ》している。死刑囚の逃亡や自殺防止はもとより、江波たち三人と、立ち合い人のガイアの職員を守る目的もあるのだろう。あまりの物々しさに囚人が怯えてしまい、試験開始が遅れるというトラブルもあったが、午後三時過ぎ、無事に最後の被験者の頭から、装置が外された。

江波が思わず、それまで溜《た》めていた緊張を排出するように、大きく息を吐《は》く。

恐れていた事態は、起こらなかった。

かつて九人の死刑囚に0号を施したときのように、精神に異常をきたしたり、植物状態に陥ったり、あるいは心停止する者もなかった。

四人はいずれも、長い夢から醒《さ》めたように、目を開けたときには少しぼんやりとしていたものの、西本の問いかけに支障なくこたえた。

「お疲れさまでした。どこか違和感はありませんか？」

西本がその日、四度目となる同じ台詞で、穏やかに声をかけた。

いいえ、と無機質《むきしつ》なこたえが返る。

年齢は五十歳だが、皺《しわ》や白髪が目立たず、歳よりも若く見えた。

最後の被験者は、八人を殺したという創遠葵だった。

「何か、感じるものはありますか？　悲しかったとか、辛《つら》かったとか」

「特には」

遠回しに西本がたずねても、やはり表情は動かない。

彼らがNOVOシステムを通して見たものは、被害者の生前の記憶だった。とはいえ、すでに亡くなっている被害者からは、記憶の抽出はできない。ガイアの職員を通して入手した、ビデオや写真と、遺族の話をもとに記憶を合成した。昔の0号では、一から記憶データを作るのは技術的に不可能だったが、疑似脳のおかげでそれが可能になった。人間が作ったデータだけでは、脳内で再生させたとき、どうしても歪《ゆが》みや齟齬《そご》が起きる。疑似脳はそれらを瞬時に補正して、脳がとり込みやすい最適の形にして送り込む。

それぞれが犯した事件の中から、ひとりないし二人の被害者をえらび、合成した記憶データを、四人の脳内で再生させたのである。

創遠葵だけは、遺族からの要望もあり、時間をかけて四人の被害者の記憶が再生された。彼が最後に見たのは、六人目の被害者、享年三十二の女性のデータだった。化粧品会社に勤めていて、夫と二歳の娘がいた。平凡という幸せが、ある日突然もぎとられるとは、夢にも思わなかったはずだ。死因は、水死だった——。

「本当に、何も？」

西本が念を押すと、小さくうなずいた。

「僕は、虫なんです」

「虫？」

自分を虫けらと卑下《ひげ》する意味ではないと、創遠は言い添えた。

「働き蜂《ばち》は、誰に命じられることもなく巣を造り、蜘蛛《くも》は親から教わったわけでもないのに網を張る。それと同じです」

人体への興味も、殺人への関心もなかった。西本が短い問いを重ねる合間に、そのように語った。

「では、あなたにとって、八人の命を奪ったことは……」

「僕にとっては仕事です。さまざまな人間を、さまざまな方法で殺害する。そのために僕は生まれてきた」

自己顕示欲《じこけんじよく》や、周囲や社会への不満も、特になかったという。

「僕は、そういう役目を与えられた。人間への警告か、社会への警鐘《けいしょう》か、現代の歪《ひずみ》の象徴か——目的はわかりません。あるいは意味などないのかもしれない。ただ僕は、与えられた役目をこなしただけです」

奇妙な空気が、部屋の中に満ちた。まるで本当に虫の羽で、頬《ほお》を撫《な》でられているような。乾いた、それでいて何ともいえず気味の悪い感触がただよっていた。

声も表情も、最後まで無機質なままだった。

ただ語りながら、いつしか創遠は、西本の肩越しに江波を見ていた。

「話は、そのくらいで。そろそろ時間です」

面会時間を計《はか》る看守のように、警察官が告げる。

警官とともに創遠葵の姿が消えると、自分のからだがこわばっていたことに、江波は気づいた。


「無事に終わったとはいえ、結果としては微妙ですね」

八王子ラボから帰る前に、三人は軽くミーティングを行った。

ペンの尻でソフト頭をぽりぽりやりながら、西本の表情は冴《さ》えない。

「だが、強盗殺人犯と通り魔は、施術《せじゅつ》の後、悔悟《かいご》の念に涙をこぼしていた。少なくとも、あのふたりには、効果があったってことじゃないか？」

「でも、あとのふたりには、効果がなかった。確率が半分では、たしかに成功とは言いがたいわね」

邦貝の反論に、江波が水をさす。創遠には悔悟どころか感情さえなさそうだし、三人目に施術した放火犯は、ベッドから起き上がると、唾《つば》を吐くように言ってのけた。

——けっ、あんな幸せな人生送りやがって。あんな暮らしができるなら、おれは殺されたって文句はねえよ。

「脳への負担を軽くしたぶん、与えるインパクトも少ないということかな……」

「被験者本人が、他人の記憶だと、再生中でも自覚できるシステムですからね。映画を見るのと同じで、たとえ感情が動いても他人事《ひとごと》に思えるのかもしれません」

「たしかに結果は微妙だが、結論は急がない方がいいんじゃないか？　長期にわたって経過観察すれば、何らかの変化が見られる可能性もある」

邦貝の意見に、そうですね、と西本が素直にうなずく。

「法務省やガイアが、それまで待ってくれるか。それだけは心配ですけどね」

「彼らの説得なら、私がやるわ。せっかく0号が再出発できたんだから、簡単に諦《あきら》めるつもりはないもの。今日はまだ、一回目の試験なのよ。これから何度でも修正を重ねて、0号はさらに進化する。前哨戦《ぜんしょうせん》で引き分けなら、そう悪い結果ではないわ」

「ガイアの森田さんも、応援してくれてますしね」

「そうだな、何もかもこれからだな」

すこぶる気合の入った江波に励《はげ》まされ、西本と邦貝も笑顔でエールを送り合う。

三人はにぎやかに帰り仕度《じたく》をはじめたが、その途中で、邦貝が思い出したように言った。

「ひとつだけ、妙に思えたんだが……創遠葵は、ずいぶんと江波を気にしていなかったか？」

「僕もそれ、気づいてました！」と、すかさず西本が食いついた。

「江波みたいのが、タイプだったのかな？」

「うーん、そういうのとは、少し違うような」

「じゃあ、江波が誰かに似てるとか？」

「そっちの方が、近いと思います。彼が部屋を出るとき、やっぱり室長をふり返って、口の中で何か呟いたんです」

「創遠は、何て言ったんだ？」

「それが、はっきりとはききとれなくて……ただ、ニュアンスとしては、人の名前だった……そんな気がします」

「やっぱり、江波が誰かに似ていたのかな……」

「似ているのではなく、当人よ」

ふたりのもやもやを、サクリと切るように、江波は告げた。

「当人って」

「何のことですか？」

「創遠葵は、私の実の兄なの」

未知の生物と遭遇《そうぐう》でもしたように、ふたりの目と口が、ぽっかりとあいた。

その姿があまりに間が抜けていて、江波はつい笑ってしまった。


兄が逮捕されたのは、江波が七歳のときだった。

十二歳、歳が離れた兄妹になる。

本当はそのあいだに、兄と四つ違いの姉がいたのだが、江波が生まれるより前、交通事故に遭《あ》い、六歳で亡くなっている。それが殺人鬼となった引鉄《ひきがね》であったとか、その事故に何らかの形で関わっていたとか、さまざまな憶測《おくそく》が流れたが、真相は江波も知らない。あの兄なら、たとえ十歳でも、何をしてもおかしくないとも言えるし、それより他に殺人鬼となり得る原因が見当たらなかったから、マスコミが無理やりこじつけたのかもしれない。

そのくらい、江波が育った家庭は、平凡だった。

天文学の教授であった父と、数学の博士号をもっていた母。とはいえ七歳の娘にとっては、あまり垢抜《あかぬ》けないがやさしい父と、ちょっとそそっかしく明るい母の印象しかなかった。ごくごく中流の、どこにでもある家庭という思い出しかない。

両親と兄の関係もいたって穏やかで、そろって呑気《のんき》な両親であったから、特に教育熱心だったという記憶もない。妹からすると、兄はすでに大人であり、歳の近い兄妹のような近しさはないものの、よくかわいがってもらった。

姉の死も、一緒にお墓参りをしたときに、母親が涙をこぼしていたのは覚えているが、決して家の中に、暗い影を落としていたわけではない。少なくとも七歳の江波が見た限り、稀代《きたい》の殺人鬼を育てあげるような要因は、家庭の中には見当たらなかった。

兄の事件が発覚すると、両親は娘を守るために全力を尽《つ》くした。すぐに親戚の家に預けられ、ひと月後、迎えに来た両親は、娘を連れて成田《なりた》に向かった。

「新しい名前は、ちゃんと覚えたかい？」

うん、と父に向かってうなずいた。

「江波はるか」

「そう、今日からおまえは、江波はるかだ。そのことを、忘れるんじゃないよ。そのかわり、お父さんとお母さんのことは忘れるんだ。むろん、お兄ちゃんのこともね。今日からは、江波さんがお父さんで、ジュリアさんがお母さんだ。わかったね？」

与えられたパスポートは、ちゃんと江波はるかの名で取得《しゅとく》されていた。理由があれば、改名は認められる。両親はすべての準備を整えた上で、娘を養子に出した。

空港で、何度も何度もくどいくらい念を押した父と、目を真っ赤にしながら抱きしめてくれた母。それが実の両親との、最後の思い出だった。

以来、ただの一度も両親とは会っていないし、手紙やメールのやりとりすらしていない。両親は、同じ大学の友人であった江波の養父《ちち》とのつき合いすら、絶ってしまったからだ。

養父はカナダのトロントにある製薬会社で研究職をしていて、現地でシェフをしていた妻と知り合った。結婚した当時、養母はすでに三十代後半であったし、あちらでは養子をとるのはめずらしくない。

たったひとりで飛行機に乗せられ、トロントの空港に着いた新たな娘を、ふたりは大喜びで出迎えてくれた。実の両親よりさらに陽性で、能天気とも言える明るさは、正直呆れるほどだったが、おかげで娘のはるかは、実の兄が作り出した闇から解放された。

正直、兄と会うのが怖くなかったと言えば、嘘《うそ》になる。それでも0号と関わると決めたときから、ある程度、覚悟はしていた。

「江波が0号にこだわっていたのは、お兄さんのためなのか？」

「ためというのは正確ではないけれど、多少の影響はあるかもね。言っておくけど、兄の命を助けたいとか、その手の感傷はまったくないわ」

カナダに移ってすぐのころは、腹を立てたり恨《うら》んだりもしたが、子供の常《つね》で、新しい環境になじむにつれて、そんな気持ちすら忘れてしまった。娘がハイスクールを卒業した年、夫婦が日本に移住したのも、仕事の関係からだ。父が日本の製薬会社にヘッドハンティングされ、日本料理に興味があった母も、喜んでついてきた。ただそれだけだ。

父の会社の研究所があった兵庫県《ひょうごけん》に移り住み、神戸の大学に進んだのも江波の意志だ。

そして0号と、佐田洋介教授に出会った。

一方で、兄の生死には、関心も興味もない。それも本心だった。

「殺人ロボットみたいな男でも、妹の顔は覚えていたのね」

それだけは驚いたものの、胸の中にわいたさざ波は、予想よりはるかに小さかった。

「とはいえ、兄妹そろってマッドサイエンティストと呼ばれたのだから、やはり血は争えないということかしら」

「室長と彼は、違いますよ。だってそのために、僕や邦貝先輩を傍《そば》においたんでしょう？」

「なによ、サル。私を分析するつもり？」

にらまれても、西本は嬉《うれ》しそうににこにこする。

「たとえば、ガイアの諸角さんのようなパートナーをえらんでいれば、もっと早く目標を達成し、次のステップへと突き進むことができたかもしれない。でも、室長はそうしなかった。むしろまったく逆のタイプを、仕事のパートナーにした」

速さや効率を追求するなら、たしかに江波と似たタイプが理想かもしれない。しかしいったん加速がつけば、止まらなくなる。だからこそストッパーとして、あえて邦貝と西本を呼んだ。朴訥《ぼくとつ》で良識のある邦貝と、人の心の闇を見続けながら、善意や良心を無邪気に信じているような西本。疾走する江波の目には留まらないものを、彼らは拾い続けてくれる。

「だから室長は、彼のようには決してなりません」

「それじゃあまるで、あなたたちあっての私ってことじゃない。何か腹立つわね」

「まあまあ、初回の臨床試験も終わったことだし、せっかくだから打ち上げでもしようよ」

「ナイス・アイディーアですね、邦貝先輩。八王子の駅前に、美味《お》しいスパニッシュがあるんです。前にラボに来たときに見つけました」

「スペイン料理か、悪くないな。どうだ、江波？」

ＯＫと伝えると、アヒージョだのパエリヤだの、さっそくふたりがメニューの検討をはじめる。

『いいかい、お兄ちゃんのことは、これから先、誰にも話してはいけないよ』

成田空港での、父の声がよみがえった。

江波の両親以外、恋人にも友人にも明かしたことはなかった。

兄と対面したことがきっかけとはいえ、どうして仕事仲間に過ぎないこのふたりに告げる気になったのだろう――。

自分でもはっきりとはわからないが、自身で意識している以上に、邦貝と西本を信頼しているのかもしれない。

「やっぱり、何か癪《しゃく》だわね」

愚痴《ぐち》をこぼしながら、ふたりの後から部屋を出ようとしたとき、江波の携帯が鳴った。

相手の名前を確認しただけで、用件は察しがついた。

応答ボタンを押して、耳に当てる。きこえてきた声は、緊張をはらんでいた。

「何か、あったのか？」

短いやりとりだったが、江波の気配《けはい》が変わったことに気づいたのだろう。電話を切ると、真っ先に邦貝がたずねた。

「ウィルからよ。佐田洋介教授が、見つかったわ」

「本当ですか？　いま、どこに？」

「アフリカよ。実をいうと、そこまではすでに摑《つか》めていたの。ただ、その組織は、アフリカから中東にまたがって活動しているから、これまで場所を特定できなかった」

江波が詳しく告げると、ふたりの顔色がみるみる青ざめた。

世界的に悪名を轟《とどろ》かせている、テロ組織。佐田洋介は、その組織の一員となっていた。

聖戦

乾いた大地に砂塵《さじん》が舞う。思い出したように、耳に馴染《なじ》んだビート音が届く。

パラララ、タムタムタムタム——。

時折、ズボン、と地面の底が抜けるような重低音とともに煙が上がる。

子守唄のようにきき慣れた音。ガウにとっては、日常だった。

頑丈《がんじょう》で砂に強いことだけが取《と》り柄《え》の自動小銃と、ガウのじいちゃんよりもっと前に生まれたというRPG——対戦車ロケット砲。ドローンとステルスを相手にするには、あまりに貧弱《ひんじゃく》な武器だ。

もちろん爆弾を載《の》せた小型無人機《ドローン》くらいなら、ガウにだって作れる。二十年も前に市販され、いまは安価で入手できる。わずかな改造を施《ほどこ》し、爆弾を搭載《とうさい》するだけでいい。ガウたちにとっては、機械仕掛けのペットほどに身近な存在で、手先が器用なガウは、何百もの爆弾ドローンを造ってきた。

「とても優秀な戦士」だと、大人たちは誰しも褒《ほ》めてくれたけれど、ガウも十三になった。十三といえば、リガワナ族では大人と見なされる。

大人として、本物の聖戦士《せいせんし》になりたい――。憧《あこが》れのようなその気持ちは、子供のころからあった。聖戦《ジハード》は、イスラム教徒たるムスリムには、とてもあたりまえの、そして特別な行為だからだ。

あたりまえで特別――。ムスリム以外には、まったく相反《あいはん》するようにきこえるそうだが、ガウたちには大好きなピーナッツスープと同じくらい、楽に喉《のど》を通る。

神のため、信仰のために戦うことは、聖典《クルアーン》にも記されているあたりまえの行為だ。一方で、天国に行くことのできる、もっとも確実な方法でもある。聖戦以外で死んだ者たちは、世界が終末を迎え、神が最後の審判《しんぱん》を下《くだ》すその日まで、うんと長いあいだ待たされることになる。「それはいつ?」と、幼いころにたずねてみたが、大人の誰も正確な日付をこたえてはくれなかったから、途方《とほう》もなく先のことなのだとガウは解釈《かいしゃく》した。

死者の魂《たましい》は、そのとてつもなく長い時間、遺体の中で眠り続けることになる。ずっと地の底にいるなんて、ものすごく退屈で、ちょっと怖いようにもガウには思えた。けれどジハードで死んだ、殉教者《じゅんきょうしゃ》の魂だけは違う。最後の審判を待つことなく、天国に直行し、天国で生き続けることができるのだ。それもちゃんと、聖典に書かれている。

つまりは天国までの、特別切符を手にするようなものだ。

ジハードがあたりまえで特別というのは、そういうことだった。

ただ、少し前までは、憧ればかりが先に立ち、肝心《かんじん》の殉教という行為はどこか薄ぼんやりとしていた。まだ子供だったから仕方がないが、はっきりと形を結んだのは、半年前のことだ。

ガウの七つ上の姉、ネネが、聖戦に赴《おもむ》いたのだ。

姉は、とてもきれいな人だった。夜を吸いこんだような漆黒《しっこく》の肌と、そこにまたたく黒い星のような瞳。黒豹《くろひょう》のようにしなやかなからだの中に、勇気と誇りを内包《ないほう》した自慢の姉だった。

姉が聖戦に行くと宣言したときには、誇らしさに胸がはち切れそうになった。そのふた月前、恋人のイエデを亡くしたからだ。イエデとネネは、一ヶ月後に結婚式を控えていた。

イエデは敵のドローンに攻撃されて、九人の仲間とともに命を落とした。

敵のドローンは、ガウが日頃手にするものとは、まったく違う。小型無人機のはずが、人ひとりくらい乗れそうな大きさで、あれにくらべれば、ガウたちのドローンは玩具《おもちゃ》か模型のようなものだ。銀色の飛行機型で、矢のように速く、気づいたときには爆弾が落とされている。屋内にいたイエデは、その姿さえ見えなかったに違いない。ばらばらに吹きとばされて、イエデのからだは、泥でできた日干しレンガとともに、ばらばらに吹きとばされた右手だけだった。

ネネは布にくるまれたその右手を抱きしめて、離そうとしなかった。

「ここにはもう、イエデの魂はない。彼の魂は、すでに天国にあるからな」

リガワナの部族長は、ネネにそう告《つ》げた。

本当を言うと、それをきいたとき、ガウは少し不満だった。

イエデは決して聖戦を、自《みずか》ら望んではいなかったからだ。イエデはやさしい男だったが、争いを好まなかった。聖戦を拒否することは、この土地では軟弱《なんじゃく》という以上に、裏切者に値《あたい》する。口にこそしなかったが、積極的に戦いに加担《かたん》することを、どこかで避《さ》けていた。ガウは敏感《びんかん》にそれを察《さっ》し、一度など正面からイエデを非難したことがある。

イエデはとても悲しそうな顔をして、言った。

「戦いは、戦いしか生まない……戦いの向こうには、無限の戦《いくさ》しか広がっていないんだ。ガウが幼いころは、この村にはまだ平和があった。ガウも覚えているだろう？　早くあのころの平和な村に、戻ってほしいよ」

「そんなことわかってるよ。平和のために、戦っているんじゃないか！　聖戦に勝てば、平和な世界になる。そのための聖戦じゃないか」

けれど実を言うと、平和がどういうものか、ガウにはよくわからなかった。ガウが六歳のころから、ここは戦場だったからだ。イエデは二十九歳。ガウよりも姉よりも、ずっと年上だった。

そうだな、とイエデは、やっぱり悲しそうな目をした。

「ガウ、おまえが大人になって、いまのガウくらいの子供を持つようになるころには、戦のない平和な世になっていればいいね」

ガウが望んだとおりの結論を引き出せたはずが、何だか釈然《しゃくぜん》としないものが残った。

イエデは最後まで、そうだった。勇ましく聖戦に参加したわけではなく、仲間と指令室にいたところを、爆撃されたのだ。たとえ聖戦に赴かなくとも、敵の攻撃で命を落とした者はすべて、殉教者と見なされて、やはり天国へ行くことができる。

幸《さいわ》い、司令官も側近たちも不在で、難を免《まぬか》れた。もともと指令室でも何でもなく、事務所のひとつに過ぎなかったのに、敵が誤爆したのだ。

イエデの右手を埋葬《まいそう》した後、まもなくネネは、自ら聖戦に赴くことを志願した。

黒い星のような瞳は、ひときわ強く輝き、サバンナを疾走《しっそう》する獣に似たからだに、ブルーの衣をまとった姿は、それまででいちばん美しかった。

「ガウ、イエデが待っているから、私はひと足先にいくわ」

迷いも怯《おび》えもないその表情は、イエデなどよりよほど立派に見えた。

姉の行く先は、ここから百キロも離れた大きな町だったが、姉が目指《めざ》していたのは恋人の待つ天国だ。イエデを認めてはいなかったが、姉の志《こころざし》に水をさすつもりはない。作戦が首尾《しゅび》よく運べば、姉は天国に行き、イエデと再会できる。ガウは姉を見送りながら、それだけを祈った。

なのにネネは、天国に辿《たど》り着《つ》けなかった。からだに巻きつけた爆弾が不発であったために、敵の捕虜《ほりょ》となってしまったのだ。姉の不運を、ガウは自分のことのように嘆《なげ》いた。恋人の待つ天国にも行けず、捕虜として敵の辱《はずかし》めを受ける。誇り高い姉にとって、どんなに屈辱的《くつじょくてき》だったか、想像するだけで胸が潰《つぶ》れそうになる。

だからこそガウは、自分も聖戦に志願した。姉のかわりに、姉の成《な》し得《え》なかった任務を成し遂《と》げることを望んだ。半年待たされたけれど、ガウの願いはかなった。司令官は、姉と同様の任務を、ガウに与えてくれた。攻撃の目標だけは違い、大きな町に行くこともなかったが、とても大事な作戦だと、司令官はていねいに説いてくれた。

「この作戦が成功すれば、敵の攻撃から村を守るだけでなく、やつらに大きな脅威《きょうい》を与えることができる。敵のロボット兵器は精巧だが、我々はそれ以上の武器をもっている。君たちのような聖戦士だ」

　脅威という言葉が、ガウには難《むずか》しかったが、わかったようなふりでうなずいた。司令官といっても、田舎に配属《はいぞく》された一司令に過ぎず、もっとえらい司令官がいることは知っていたが、少なくともリガワナの部族長と同等の地位にいるのは、この男だけだ。そんな人が言葉をかけてくれ、聖戦に出る前の三日間は、王様のように大事にあつかわれた。

　見たこともないようなごちそうをたらふく食べて、真新しい服を与えられ、家族や親類はもちろん、村中の人が訪ねてきて祝《いわ》ってくれた。

「ネネがいなくなったばかりなのに、こんなに早くおまえまで……」

　母さんだけは寂《さび》しそうだったが、姉の屈辱を晴らすためなのだから、仕方がないとわきまえてもいた。

　ただ、他にひとりだけ、祝福してくれない者がいた。

　ジープに乗って、月に数度、村に顔を出す医者《ドクター》だった。リガワナを含め、四つの部族にまたがる広い地域をまわっている。

　ガウのおじいさんくらいの歳《とし》だそうだが、見かけはずっと若い。たぶん、東洋人のせいかもしれない。肌の色も顔の造りも違う、ガウが知る唯一《ゆいいつ》の外国人だ。

「ガウ、君は……聖戦に行くには、少し早過ぎるんじゃないか？」

向けられた悲しそうな眼差《まなざ》しは、イエデによく似ていた。思えば村でいちばんこの医者と仲がよかったのは、イエデだった。彼が村を訪れるたびに、診療所代わりにしていた小さな家に、欠かさずイエデは通っていた。思い出すと、ちょっと癪《しゃく》にさわった。

「早くなんか、あるもんか。去年行ったシャンカは、十二だったんだぞ。しかも女の子だ。大人の男のおれが行くのは、当然だ！」

鼻息も荒く言い返すと、医者は疲れた顔で口をつぐんだ。穏《おだ》やかでやさしい人だけど、いつも重い荷物を背負っているみたいに、少し疲れて見える。何か言いたそうな、もどかしい顔をしたが、うまく説明できないのかもしれない。ドクターはリガワナ族の言葉はもちろん、フランス語も流暢《りゅうちょう》とは言えない。この国はかつて仏領であったから、公用語はフランス語だが、多くの民族が使ういくつかの言語が国語とされていた。

「ガウ……君に幸運を」

大きくて温《あたた》かい手が、ガウの両手を包みこみ、強く握った。

その温《ぬく》もりは、何故《なぜ》だかいつまでも消えずに残っていた。

＊

「また、見ていたのか？」

気づくと、ギムザが上から覗《のぞ》き込んでいた。

「物好きだな、ドクターも。そんなに辛《つら》いなら、やめればいいのに」

「……辛いと、どうしてわかる？」

「いつも、泣いてる」

目尻から垂《た》れた涙が、耳に流れ込んでいた。拭《ぬぐ》いながら、仰向《あおむ》けになったからだを起こす。佐田洋介《さたようすけ》が見ていたのは、ガウの記憶だった。

八日前、ガウは死んだ。からだに爆弾を巻きつけて、敵の戦車に突っ込んでいったのだ。遺体とすら呼べない、ばらばらに吹きとんだ残骸《ざんがい》から、記憶の抽《ちゅう》出《しゅつ》ができたのは奇跡だった。イエデの右手と同様、頭の一部が遠くにとんで、記憶《きおく》野《や》が残っていたのだ。

「ガウは、あの子は……作戦までの数日のあいだ、懸命《けんめい》に心にふたをしていた。それでも不安や恐れを閉じ込めた壺《つぼ》のふたが、何かの拍子《ひょうし》にもち上がる……そのたびにまわりの大人たちが、聖戦をことさら鼓《こ》舞《ぶ》して封《ふう》じ込めた。あれではまるで洗脳《せんのう》だ」

この手の繰《く》り言《ごと》は、いつものことだ。またかと言いたげに、ギムザはかるいため息をついた。

ギムザ・ジャニュは、隣国の富裕層《ふゆうそう》の生まれで、スイスの大学で機械工学の博士号を取《しゅ》得《と》くした。百九十センチはある長身に長い手足、黒光りする肌に、やや上を向いた鼻先。今年三十二歳のこの青年は、外見はアフリカ人だが、西欧人のドライな個人主義も兼《か》ね備《そな》えている。

ただ、そんな彼が、どうしてテロリストの仲間になったのか。佐田には未《いま》だに呑《の》み込めないが、ギムザに言わせると、佐田の方がよほど理解に苦しむらしい。

「百四十八人だ」佐田が呟《つぶや》いた。

「何、その数？」

「おれが見た、記憶の数だ。これほど見ても、おれにはやっぱりわからない……聖戦というものの正体が……まだ、たった十三なのに、どうしてあんな酷《むご》い死に方をするのか……」

「それを理解するために、彼の記憶を見ていたんじゃないのか？」

「彼の側の話じゃない。無人の戦車に体当たりさせるなんて……あれでは、自爆テロにすらならない！」

怒りに任《まか》せた慟哭《どうこく》だが、ひどい矛盾《むじゅん》をはらんでいる。それは佐田自身も気づいていた。

自爆テロとは本来、騒ぎを起こし人の注目を集め、敵の命を奪《うば》うものではないのか――。

大使館、ホテル、繁華街。外国人をはじめとする敵側の人間が多くいる場所で行われ、味方の命と引き換えに、同等かそれ以上の相手の犠牲を目的とする。

だが、この作戦には、ガウより他の犠牲者は出なかった。ガウが突っ込んでいったのは、この辺《あた》りにまで進行してきたロボット戦車だったからだ。ガウ自身も承知していて、それがいっそう佐田をやりきれなくさせた。

たとえば姉のネネの作戦同様、首都のホテルで自爆して、多くの命を奪ったとしたら、ガウの命の対価として妥当《だとう》と思えたろうか――。佐田の矛盾はそこにある。佐田はただ、ネネのときのように不発で終わることを願ったが、ガウの爆弾はきっちりとその役目を果《は》たした。

「無人戦車にぶつけるなら、こちらもドローンでいいじゃないか」

「あの作戦は、そもそも目的が違う。質、量ともに劣るこちらの兵器の脆弱《ぜいじゃく》さを、世界に向けてアピールするのが狙いだからね」

大国の最新兵器にもっとも有効な武器は、自分で考えて、呼吸する爆弾なのだ。第二次世界大戦中、連合国を震《ふる》え上がらせた日本の神風特攻隊《かみかぜとっこうたい》と同じ。あれから八十五年も経《た》っているのに、何も変わらない。戦争にすら格差《かくさ》があり、人の命の軽重は現実に存在する。

「あの少年が戦車に突っ込む姿は、世界中の人の目にふれた。少なくとも、あの作戦の本当の目的は達成《たっせい》された。そういう意味では、彼は聖戦に勝利したんだ」

「勝っただと? いったい何に! 誰に、どこに!」

「ロボット兵器は、あまりに非人道的だ。それを強烈に印象づける、一助《いちじょ》にはなった。現に国連人権理事会が、改めてロボット攻撃を非難した」

国連の非難は、いまにはじまったことではない。二十年以上も前から、くり返し議題にあがり、非難声明《せいめい》も出されているが、肝心の殺人兵器は増えこそすれ減ることはない。

相手国が守りたいのは、自国の兵士だ。命の危険はもちろん、たとえ無事に帰還しても、兵士たちには深刻《しんこく》な症状が残る。人の命を奪うという行為は、狂気にふれるのと同じ危うさを伴う。

その負担《ふたん》を除くために、AIに殺人を肩代わりさせる。

いまはAIそのものに判断させることも少なくないが、かつては兵士が操作《そうさ》していた。ロボットに搭載《とうさい》されたカメラに映《うつ》る映像が、衛星を通して本国に送られる。遠い異国で冷暖房完備の基地にいて、ゆったりとした椅子《いす》に座りながらその映像をながめ、目標を決めてロボットを操作して爆撃する。

ゲームの感覚に、非常に近い——。そう証言した兵士は、ひとりやふたりではない。

その爆撃で、何十何百の人命《じんめい》が奪われる。あくまでテロリストを攻撃したと言うが、市民が巻き添えを食らうのは周知《しゅうち》の事実だ。

兵器の格差、ひいては人の命の格差が、あからさまなほど端的《たんてき》に示される。まるで人のからだからえぐり出した心臓を、つきつけられたような心地《ここち》がする。ドクドクと脈打つ剝《む》き出しの心臓は、顔を背《そむ》けたくなるほどの血なまぐささで、たしかに人の一部のはずが、意志とは別のところにある鼓動《こどう》は、その生命力は、得体《えたい》の知れない不気味さをともなう。同等の兵器を作る資金も技術もないゲリラにとって、その不気味な敵に対抗する唯一の方法が、自分で考えて、呼吸する爆弾なのだ。

腸《はらわた》が、煮えくりかえる。

たかがそんなことのために、ガウの命は費《つい》やされた。

AI兵器反対のシュプレヒコールをあげるためだけに、彼の未来は奪われた。

思わず両の拳《こぶし》を、ベッドに打ちつけた。薄いマット越しに、パイプベッドが硬いきしみをあげた。記憶の再生の後、佐田がこうして苛立《いらだ》つのもまた、いつものことだ。ギムザはやれやれと、西洋人のように肩をすくめた。

「たとえ千の記憶を見たところで、ドクターは納得しやしないよ。というよりむしろ、記憶の再生を重《かさ》ねるごとに、悪化しているじゃないか。ムスリムにとって、聖戦はあたりまえ。あたりまえだからこそ、口で説明するのは難しい」

「おれもいまは、イスラム教徒だ」

「形ばかりのね。義務的に毎日お祈りを五回するだけじゃ、僕らのような生まれながらのムスリムの感覚は、たぶん一生わからないよ。まあ、僕も決して、褒められた信者とは言えないけどね」

と、そこだけ白さが目立つ歯を見せて、にやっとした。佐田とギムザは、ちょうど倍、歳が離れている。世代《せだい》の差と言ってしまえばそれまでだろうが、頭のいい若者にありがちな、軽薄《けいはく》なまでの柔軟《じゅうなん》さに触《ふ》れると、自分がすでに年寄《としより》と呼ばれる年齢であることを痛《つう》感《かん》させられる。

それでもギムザは英語も堪能《たんのう》で、仏語が得意ではない佐田には、貴重《きちょう》な話し相手だ。日本人のように、よけいな察しや腹にためない率直《そっちょく》さも、いまの佐田にはかえってありがたい。研究のパートナーとしてだけではなく、いまの環境下で本音《ほんね》を言える。ギムザは唯一無二《むに》の友人でもあった。

「どのみち、千人は無理そうだよ、ドクター。0号《ゼロごう》はすでに完成したのに、どうして未《いま》だに実験が必要なのかと、司令官殿が怪しんでいる」

「ザカールか」

この辺りのゲリラを統率《とうそつ》する司令官の名を、佐田は忌々《いまいま》しげに吐《は》き捨てた。

「あいつは、くそったれだ！」

「いくら英語だからって、気をつけた方がいいよ。司令官の側近には、英語を話せる者もいるし……まあ、くそったれは誰がきいてもわかるしね」

「あいつはイエデたちを、自分の身代わりにした」

司令官のザカールは、すでに西側から指名手配されていた。居場所もほぼ特定され、それを逆手《さかて》にとって、偽《にせ》の情報を流したのだ。イエデも、一緒に亡くなった八人も、ザカールのやり方には納得していなかった。反抗的とみなされた九人を、ザカールはわざわざ一ヶ所に集め、必要のない事務仕事を与え、それを指令室だと偽《いつわ》った。その偽の情報に踊らされ、敵は無人機で爆撃したのだ。

その指令室がダミーだなんて、ガウもネネも知らなかった。

それはごく一部の人間しか知らない極秘事項《ごくひじこう》であり、佐田がよけいなことを言えば、その場にいたガウの家族までもが口封《くちふう》じに殺されかねない。

わかってはいたが、佐田は詮無《せんな》い呟きを、口にせずにはいられなかった。

「本当のことを話していれば、ガウはやめてくれただろうか……」

口からこぼれたとたん、佐田の目にまた涙がにじんだ。

佐田が刑務所を出所したのは、九年前の夏の盛りだった。

刑期は二年十ヶ月。下沢俊《しもざわしゅん》ら、三人の少年に対する、監禁《かんきん》、暴行、および傷害《しょうがい》の罪だ。少年たちにはそれぞれ、深刻《しんこく》な後遺症《こういしょう》が残ったが、そのわりには、予想よりはるかに軽い刑だった。彼ら自身が、過去に同様の罪を犯し、被害者の少女は結果的に命を落とした。しかし少年法に阻《はば》まれて、たいした罰も受けず、まもなく社会に復帰した。少女の父親は、それがどうしても許せなかった。

佐田と共謀《きょうぼう》し、三人の少年に私刑を行ったのは、その父親だ。

世間はこれを美談と受けとり、減刑を嘆願《たんがん》する声は、当時メディアを席巻《せっけん》していた。

もうひとつ、理由がある。佐田が行った暴行の実態が、表には出なかったからだ。佐田は三人に、当時はまだ試験中だった0号を施した。それより二年前、法務省肝煎《きもいり》ではじめた0号の実験は、惨憺《さんたん》たる結果に終わった。もともと公《おおやけ》にはせず、実験は秘密《ひみつ》裏に行われたが、死刑囚を対象とした人体実験の末に、とり返しのつかない事態を招《まね》いた。政府は徹底的にこの事実を隠匿《いんとく》し、関係者および各方面に根回しした。よって佐田の裁判でも、事実は歪《ゆが》められている。

少年たちに悔悟《かいご》の念を抱《いだ》かせるために、監禁の上、強い催眠療法《さいみんりょうほう》を行った。その恐怖と、洗脳に近い明らかに行き過ぎた方法により、少年たちは大きな心の傷を負った――。佐田らの暴行と傷害罪は、そのように裁判所で読み上げられた。

三人の少年は、被害者である前に加害者だった。マスコミの風当たりも、むしろそちらの方が強く、その親たちも被害者として声をあげられる立場にいなかった。裁判は滞《とどこお》りなく、むしろ早過ぎるほどに進み、一年ほどで刑が確定したのは、やはりできるだけ早く0号を葬《ほうむ》りたいという政府の意志が働いたのかもしれない。

塀の中の暮らしは、佐田にとっては悪くなかった。朝から晩まで行動を縛《しば》られていると、何も考えなくてすむ。佐田はただ、逃げたかった。0号の失敗という恐ろしい罪から、目を背《そむ》けていたかった。

死刑囚が、あれほどすさまじい反応を示《しめ》すとは、想像すらしなかった。彼ら自身の罪が、これほどの恐怖をともなうことを、うかつにも見過ごしていた。はからずも、自分が罪を犯してみて、初めてわかった。犯した間違いを、誰より悔《く》やんでいるのは当人だ。たとえ態度や口ぶりに表れていなくとも、意識の底では、失意と後悔が暗く淀《よど》んでいる。己の罪を片時も忘れず、一生背負って生きていくことを、被害者や遺族は望むだろう。それもあたりまえのことだ。被害者側が受けた傷は、生涯、消えることがないからだ。

一方で、自分の罪を直視し続けることは、不可能に近い。それは拷問《ごうもん》に等《ひと》しく、よほど意志の強固《きょうこ》な者でない限り、正気を保《たも》つことさえ難しい。もとよりそんな精神力があるなら、犯罪に手を染めることもない。犯した過ちを見詰め、消化するにも、忘却《ぼうきゃく》の助けが要《い》る。彼らが生きて、暮らしていくためには、それしか方法がないのだが、被害者と遺族にしてみれば、許せるはずもない。

被害者と加害者の思いは、どこまでいっても嚙《か》み合うことがなく、平行線をたどる——。

両者を経験した佐田は、その結論に行き着いた。

０号の開発を、存在意義すらも、根底《こんてい》から否定する結論でもあった。

打ちのめされた佐田は、殻《から》に籠《こ》もるようにして、外部との接触《せっしょく》も絶《た》った。服役中《ふくえきちゅう》、面会を申し出た者は多かったが——友人、知人、マスコミや支援者団体等々——妹の芳美《よしみ》を除いて、誰とも会おうとはせず、実際には仮釈放により五ヶ月早く、二年五ヶ月で社会復帰した。共犯者たる少女の父親は、娘を亡くした無念が情状酌量《じょうじょうしゃくりょう》されて、佐田より早く刑期を終えていた。少年たちが、佐田の父親、佐田行雄《ゆきお》の死にも関わり、下沢俊にだけ、その記憶を辿らせたことは、やはり隠蔽《いんぺい》されており、佐田自身も一切口外しなかった。広島《ひろしま》に戻ってこいとの、妹夫婦の誘いは断り、仮釈放期間の五ヶ月のあいだは、受刑者の社会復帰を促《うなが》すための施設で世話になり、刑が満期になると、逃げるように日本を離れた。

人生を傾《かたむ》けたと言っても過言《かごん》ではない。０号はすでに、子供に等しい存在だった。その我が子が、とんでもない殺人鬼と化した。親として世間に顔向けができず、どのみち０号の研究は、完全に頓挫《とんざ》した。法務省から打ち切りを命じられ、研究チームは解散し、大学側はまるで最初からそんなチームなどなかったかのように沈黙を貫《つらぬ》いた。

誰も手を触れてはいけない、0号はまさに禁忌《きんき》となった。

けれどその禁忌に、平然と手を伸ばそうとする者がいた。

佐田の助手を務《つと》めていた、江波《えなみ》はるかである。

逮捕後、佐田は、一度も江波はるかと顔を合わせていない。

ただ、手紙は二度、受けとった。最初の手紙は拘置所《こうちしょ》に届いたから、たしか逮捕されて三ヶ月ほど、まだ裁判中のころだった。

実を言えば手紙のたぐいも、ほとんど目を通していなかったが、この学生からの一通だけは、何故か無視できなかった。佐田が逮捕されたころは、江波はまだ大学院生だった。

パソコンで打たれた文面は、手紙というよりレポートに近いものだった。0号の最後の被験者《ひけんしゃ》となった三人の少年の、予後について書かれていた。リーダー格であった少年は、精神を病《や》んで入院したが、さきごろ退院し回復に向かっている。別のひとりは、二ヶ月もの昏睡《こんすい》から目覚《めざ》めたものの、やはり社会復帰には至《いた》っていない。けれど江波はるかがもっとも熱心に報告したのは、下沢俊についてだった。

彼だけは、佐田の父親、佐田行雄の記憶を辿らされた。

その結果、下沢俊という人格は消え、佐田行雄の人格にすり変わり、少なくとも江波が彼を追った三ヶ月のあいだは、彼の人格は佐田行雄のままだったと推測《すいそく》できる。その後は、保護者側のガードがきつく、彼とは会えなくなったと、残念そうに書かれていた。

興味がわかなかったと言えば、嘘《うそ》になる。けれどあのころは、どんな怪奇小説よりもおぞましく思えた。

手紙の最後に書かれていた一文が、佐田をいっそう戦慄《せんりつ》させた。

大学院を卒業した江波は、さる大学のひと隅《すみ》を間借りして、数名のチームを組んだ。田舎にある三流大学だが、最低限の設備は整《ととの》っているから、ひとまず研究は続けられる——。

0号とは、どこにも書かれていない。それでも江波は、0号をあきらめてはいないのだと、佐田はすぐに察した。

一体に学者というものは、世事《せじ》に疎《うと》い研究馬鹿と思われがちだが、この世界は他人が思う以上に、密度の濃《こ》い重苦しい人間関係で成り立っている。目を見張るような研究成果をあげられる者はごくひと握りで、その他大勢は、狭《せま》い学界の中で少ないポジションを争《あらそ》うことになる。上に気に入られなければ、限られた数の椅子に座ることもできず、他の職につきながら、無給や薄給で研究を続ける者すらいる。いわば官僚並みの縦社会であり、教授陣への追従《ついじゅう》はもちろん、研究はチームで行うものだから、同僚や目下の者への気遣《きづか》いも欠かせない。

そんな中、江波はるかだけは、おもねりとも配慮《はいりょ》とも無縁《むえん》だった。

非常に優秀だが、決して天才タイプというわけではない。ただ、「この子はいずれ化ける」、そう思わせる何かがあった。周囲の思惑《おもわく》など、まるで頓着《とんちゃく》しないように見えるのは、帰国子女であることも一因《いちいん》だろうが、それだけではない。過去に数多《あまた》の学者が座った、使い古されたポジションなど見向きもせず、まったく新しい場所に奇抜《きばつ》な椅子を拵《こしら》える。たとえて言えば、そういうことだ。

しがらみから解き放たれた姿は、うらやましいほど自由だが、重力に制御されない分、どこに心臓があるかわからない、見慣れぬ生き物のような不安も覚える。

佐田は正直、江波はるかに対しては、どこか苦手意識があった。一方で、学術的な理論についても、存在意義たる理念についても、研究チームの中でもっとも0号を理解していたのは、間違いなくこの学生だ。佐田のチームには、もっと経験豊かな研究者もいたが、0号の進展《しんてん》に誰より貢献《こうけん》したのは、江波はるかだった。

その江波が、0号研究の地盤を再度整え、佐田を待ち構えている。

——教授が復帰されるころには、もう少しましな環境を整えておきます。

一通目の手紙は、そのように結ばれていて、それが嘘ではなかったことが、二通目で証明された。江波は中国系の製薬会社に移り、研究を続けていた。ポジションはすでに用意してあるから、ぜひ佐田にも来てほしいとの、熱心な勧誘《かんゆう》だった。仮出所まで、あとひと月というころだ。計《はか》ったようなタイミングのよさに、寒気を覚えた。

冷静沈着な、肉食獣を連想させる。捕えられれば、否応《いやおう》なく0号に首まで浸《つ》かり、二度と抜けられなくなる——。

恐れていたのは、それがとても魅力的だったからだ。0号はまさに麻薬だった。中毒に陥《おちい》れば、人としての大事な何かを踏《ふ》み外《はず》す——。そう思えてならなかったからだ。

返事を書くこともなく、0号と江波に背を向けて、佐田は刑の満期を迎えると、ただちに日本を出国した。世界中から医師が集まるNGOに所属して、海外で医療ボランティアをすることにしたのだ。

脳科学者であった佐田は、医師免許を持っていた。あんな事件を起こしたのだから、免許を剝奪《はくだつ》されてもおかしくない。しかし佐田は裁判中から、刑期を終えたあかつきには、医者として途上国を援助したいと強く希望した。決して見せかけではなく、それが自分にできる唯一の贖罪《しょくざい》だと、考えていたからだ。この願いが通ったかどうかはわからないが、二年間の免許停止処分だけで済んだ。

江波はるかが森田《もりた》俊に向かって、「さすが親子」だと言ったのは、佐田の行動を知っていたからだ。互《たが》いのことを知らないはずが、どちらも同じ海外ボランティアに従事《じゅうじ》した。二年のあいだ、中東やアフリカに派遣《はけん》され、七年前、西アフリカのこの国に来たのも、当時、爆発的に流行《はや》った熱病の鎮圧《ちんあつ》のためだった。

一年近くかかったものの病気は鎮静し、佐田を含めた数名のスタッフだけが、経過を見守るために最後まで残った。その期限もあとひと月に迫《せま》ったころ、予想外の事態が起きた。内乱である。この国は二十以上の民族を擁《よう》しているが、アフリカの中では比較的治安《ちあん》の良い国だった。しかしここ数年、大国の資本が急激に入ってきたことで、部族間に貧富の差が広がった。感染症の蔓延《まんえん》が、その不満に火をつけ、北部で銃撃戦があったのを皮切りに、内乱はまたたく間に国中に広がった。

残っていた医療スタッフも、すぐに避難するようにと本部から要請《ようせい》が来たが、次々に運ばれてくる怪我人《けがにん》を残して現地を離れることが、佐田にはどうしてもできなかった。同じ考えに至《いた》ったメキシコ人とアメリカ人の医師とともに、佐田はこの国に留《とど》まった。一年半ほどのあいだ、状況は悪くなる一方だった。本部から補給《ほきゅう》される医薬品は輸送途中に奪われ、インフラが寸断《すんだん》され、電力はわずかな自家発電が頼みとなった。終《しま》いには病院すら破壊され、佐田たちは小さな建物を診療所にして治療を続けたものの、すでに医薬品は底をついていた。

さすがにこれでは医療活動すらままならず、治安は悪化の一途《いっと》を辿っている。本部と連絡をとり合って、出国の準備をととのえていた最中、ふいに砲撃の音がやんだ。すでに耳に馴染むほどだった小銃や砲弾の音がしなくなり、その静寂《せいじゃく》がかえって不気味に思えた。

やがて佐田らのもとにも、情報が届いた。内乱の要《かなめ》となっていた、主《おも》だった部族長たちが停戦に合意したのだ。人々は久方ぶりの平和に歓喜《かんき》したが、佐田とふたりの医師を含めたNPOスタッフは、突然現れた兵士たちに拘束《こうそく》された。

彼らは、この国の者たちではなかった。見馴れたチョコレート色の皮膚も、ちぢれた髪も、上を向いた愛嬌《あいきょう》のある鼻ももっていない。明らかにアジア人だが、日本人より浅黒く、彫《ほ》りが深い。いずれも髭《ひげ》を蓄《たくわ》えて、アラビア語を話した。

『黎明《れいめい》を迎えるための自由軍』

そう名乗る、イスラム過激派だった。

アラビア語では、恐ろしく長い綴《つづ》りになるが、黎明を意味する言葉から、『アル・ファラク』と呼ばれていた。

もともとはアフガニスタンから生まれた、国際テロ組織の一派であったが、五年ほど前、最高指導者が代わってから、急激に大きくなった。アラビア半島南部から、紅海《こうかい》をはさんだエジプトやスーダンが活動拠点であったが、その勢力は西アフリカにまで伸びていた。

いわゆるゲリラである以上、武力行使は当然なのだが、急速な勢力拡大には、それ以外の要因が大きいとされる。いまのアル・ファラクの指導者は、力で押し切るばかりでなく、国や土地に応じた柔軟《じゅうなん》な対応をとる。いわば政治力と呼べるもので、この国の内乱を治めたのも、彼の政治力がものを言った。

この国を含めたアフリカ大陸の北半分は、もともとイスラム教徒だ。民族は違えど、同じイスラム教徒である以上、仲違いは不毛だと説得した。いわばアル・ファラクは、第三者として仲介役を担《にな》い、国内の富や利権を、できるだけ各部族間で公平に分配し、代わりに警察や軍に近い組織として、アル・ファラクがこの地に留まることを承知させた。

彼らは同様のやり方で、周辺諸国も掌握《しょうあく》しつつあった。

ただ、イスラム過激派が共通の敵とする西側、ことにアメリカ合衆国には容赦《ようしゃ》がない。数々のテロ活動の中心人物として、アル・ファラクの指導者は、ＣＩＡによる指名手配の筆頭《ひっとう》に挙《あ》げられていた。

佐田にもそのくらいの知識はあったから、拘束されたときには、殺されることを覚悟した。しかしまもなく、佐田はふたりの医師やスタッフから引き離され、リガワナ族の多いこの地に移されて、医療活動に従事《じゅうじ》するよう命じられた。

佐田が唯々諾々《いいだくだく》と従ったのは、この地に派遣された理由がわかったからだ。当時この辺りには、小規模だが熱病が流行《はや》っていた。以前、西アフリカ一帯にはびこった感染症にくらべれば、感染力も弱く、病状も深刻ではなかったが、年寄や子供には死者も出た。田舎のことだから、最新の医療設備は皆無《かいむ》だが、一方で、どうやって運んできたのかと驚くほどに、医薬品や医療用の備品は、要求した分だけ手にはいった。

ちょうど乾季に入ったこともあり、熱病は三月《みつき》ほどで収束《しゅうそく》し、またこのころには、内戦のころにくらべて、治安は目に見えてよくなっていた。

アル・ファラクが警察組織として、にらみをきかせていたからだ。彼らは非常に統率がとれていて、またゲリラとは思えないほどに行儀がよかった。罪人への刑だけは厳《きび》しかったが、部族長たちへは敬意を払った。これもいまの指導者の政治力の賜物《たまもの》かと、佐田も内心で舌を巻いた。

熱病が治まっても、佐田を待つ患者は多い。乾季になると、サハラ砂漠からハルマッタンと呼ばれる熱風が吹く。この風が大量の砂をはこび、空は曇《くも》り、太陽の光さえさえぎられる。乾燥と埃《ほこり》で、目や呼吸器官をやられる者が増えてくる。護衛か監視か、ゲリラが運転するジープに乗って、リガワナと、他に三つの小部族が住まうこの地で診療を続けた。

助手として、リガワナ族の青年がつけられ、それがイエデだった。

ただ、医薬品と違い、情報だけは制限された。出国を打診《だしん》すると、「もう少し待ってほしい」とだけ返され、同じＮＰＯの仲間たちの消息をたずねると、「いまはまだわからない」と告げられた。運転手の顔ぶれは、日によって違ったが、返事はいつも同じだった。

後から思い返すと、束《つか》の間《ま》ではあったが、もっとも平穏な時期だった。しかし長くは続かず、ふたたび砲弾の音が響《ひび》くようになった。やってきたのは兵士ではなく、無人の戦闘機や戦車だった。

イスラム・ゲリラに占領されたこの国を、救わねばならない――。米国軍の攻撃理由だったが、拡大し続けるアル・ファラクが脅威となったためだろう。

リガワナ族の土地は首都からは遠いが、隣国の国境に近い。米軍がそちら側からやってくるために、たちまち前線となった。アル・ファラクの兵士だけでは太刀打《たちう》ちできず、リガワナ族をはじめとするいくつかの部族の男たちも戦闘に駆り出された。佐田が感じた限りでは、強制ではなく自発的なものだった。もともとリガワナは、勇猛《ゆうもう》で知られる部族だ。自分たちの土地を攻撃されて、泣き寝入りするのは恥とされ、何より部族長の命は絶対だ。部族長は単なる村長ではなく、リガワナという大家族を背負って立つ、支柱《しちゅう》に他ならない。

男たちは迷うことなく、内乱終結後、一度手放した銃をふたたびとった。

一方で、イエデのような者には、辛い戦いの幕開けとなった。思慮《しりょ》深く、世界を見通す目をもち、心やさしい青年だった。

「ドクター、どうしたら、この戦いは終わるのでしょうか？　僕に何か、できることはないのでしょうか？」

佐田にはその問いに、こたえる術《すべ》がなかった。若いイエデの悲嘆《ひたん》には、希望がある。けれど還暦《かんれき》に届く歳になった佐田には、この戦闘はあまりに不毛《ふもう》だった。

せめて人対人であってくれたらと、思わずにはいられない。

もちろん、人命《じんめい》は何より大事だ。決して米国兵に死んでほしいわけではない。ただ、人対ＡＩという構図《こうず》は、あまりに残酷《ざんこく》で不公平だった。米国兵は前線どころか、アフリカに上陸した者さえごくわずかだ。ほとんどの兵士は、本国で快適に暮らしながら、ライブ映像で他人事《ひとごと》のように戦場をながめている。一方のこの土地では、毎日のように死傷者が出て、失われる命は兵士だけに留《とど》まらない。米軍は無人機の性能を誇示《こじ》し、あくまでゲリラ基地を狙ったと主張したが、亡くなった者の半数は、巻き添えを食らった非戦闘員だ。ガウのような子供や、ネネのような女性までもが兵士に志願したのは、ゲリラ側の甘言《かんげん》ばかりでなく、その理由も大きかった。

イエデの疑問は、同じところでぐるぐるとまわっていたが、かき回される佐田の中では、形容しがたい怒りが、しだいにふくれ上がっていた。

監視兼護衛の運転手が、いつもと違う行先《いきさき》に向かったのは、そんなころだった。その日は助手の必要はないと、イエデは診療所に残された。ジープはリガワナの土地を外《はず》れ、山に向かってゆく。運転手はジープを山裾《やますそ》に止めて、ここからは歩けと告げた。

山だというのに、草木がまったくない。やはり水がないから育たないのだ。灰色の岩ばかりで、斜面にはやたらと洞穴《ほらあな》が多い。よく見ると、人の手が加えられたと思える洞穴もあり、中に人の気配《けはい》もする。

そういえば、と佐田は思い出した。洞窟《どうくつ》を住居とする少数民族がいると、イエデからきいたことがあった。

「たしか……ティンガといったか。この辺りは、ティンガ族の村なのか？」

運転手は、初めて見る顔だ。英語も苦手なようで、黙《だま》ってうなずいた。

この辺りは、リガワナの北東にあたる。ここもまた国境の一部だが、接している国が違う上に、山々にさえぎられている。海のないこの国は、七つもの国に囲まれていた。

やがて運転手は、山の中腹《ちゅうふく》にある洞穴のひとつに向かった。

足音がきこえたのか、洞窟の中から、四、五人の男たちが姿を現した。いずれも見事な髭をたくわえ、小銃を肩から下げている。アル・ファラクのメンバーに違いない。彼らはティンガの村を、基地のひとつとしていたようだ。

運転手と男たちのあいだで、アラビア語が交《か》わされる。ドクター・サタという単語以外、まったくわからなかった。ボディ・チェックをされて、洞穴に入るよう促《うなが》される。中が見通せぬ暗い口の前で、漠然《ばくぜん》としていた恐怖が、形となって押し寄せた。二度と生きてこの穴を出られないのではないか——。

死刑台に送られるような気持ちで、佐田は人の背丈《せたけ》ほどの入口をくぐった。

意外にも、中に入ると視界が利《き》いた。灯《あか》りがあるわけではなく、洞窟の壁や天井に、ちょうど軽石のように小さな孔《あな》が無数にあいていて、明かりとりになっていた。おまけに涼《すず》しい。リガワナでは日中、四十度をかるく超えるが、山岳部という地の利《り》に加え、あちこちに穿《うが》たれた小さな孔が、風の通り道になっていた。孔はおそらく天然のものだろうが、ここを住処《すみか》にしたのはティンガ族の知恵だ。

奥は案外深く、いくつかあいた横穴が、小部屋のように並んでいる。佐田はそのひとつに案内された。たぶん椅子の代わりだろう。上が平らな石が、いくつか散らばっていて、佐田はそのひとつに腰かけて、待つように言われた。

案内人が出ていき、五分ほど待たされたろうか。

ひとりの男が部屋に入ってきた。

入口よりは多少天井が高いが、せいぜい二メートル強といったところだろう。男はその天井に頭をこすりそうなほど、背が高かった。細身だが痩《や》せぎすではなく、面長《おもなが》の顔に、黒い羊の毛のような髭が、喉仏《のどぼとけ》のあたりまでを覆《おお》っている。彼が入《い》ってきたとたん、急に部屋が狭《せま》くなったような、圧迫感《あっぱくかん》のある外見だが、そのわりには威圧感《いあっかん》がない。たぶん、この男のもつゆったりとした雰囲気《ふんいき》と、眼差《まなざ》しのせいだろう。アル・ファラクの者たちは、おおむね眼光が鋭《するど》く、無機質《むきしつ》で剣呑《けんのん》な光を放っているが、青いターバンの下に開かれた男の目には、それがなかった。

襟《えり》が詰まり裾はたっぷりとした、足先まで隠す白いワンピースのようなアラブ人の伝統服を身につけている。埃よけか、その上から色の醒《さ》めた青い上着を羽織《はお》り、赤と白の縞《しま》模様の布をかぶっていた。常に埃まみれに等しい他のゲリラたちにくらべて、多少こざっぱりとはしているものの、服装自体は彼らと変わらない地味な出立《いでた》ちである。ただ、まとう雰囲気は、明らかに違う。穏《おだ》やかで、どことなく品がいいのは、たぶんこの男のもつ知性のためだ。

アル・ファラクの、司令官クラスだろうと踏んだが、その正体は、佐田の想像をはるかに超《こ》えていた。

「はじめまして、ドクター・サタ。サイード・アリ・アフマドゥールと申します」

きれいなイギリス英語で伝えられた名を、佐田は口の中で呟いた。その名を、たしかに知っている。けれど想像していた人物像とはあまりにかけ離れていて、すぐには信じ難《がた》かった。

「……アル・ファラクの、最高指導者か？」

佐田の問いに、相手はゆったりとうなずいた。

「我々の都合で、ドクターを半年以上もこの国に留め置いた上に、こんな辺鄙《へんぴ》な場所にお連れして申し訳ない」

向かい合って腰を下《お》ろすと、ゲリラの最高指導者は、まずそう詫《わ》びた。最初は偽者《にせもの》か、せいぜい影武者かもしれないと疑っていたが、話をするうち、やはり本物のような気がしてきた。

サイード・アリ・アフマドゥールは、四十一歳。サウジアラビアの名家の出で、十代のころには三年間イギリスに留学していた。達者な英語もそのためだ。アラブの金持ちは、日本人とは桁《けた》が違う。王様のように何不自由ない暮らしのはずが、どうしてわざわざゲリラなんかに――。口にはしなかったが、佐田の表情から読みとったのだろう。髭に覆《おお》われた顔に、ふっと笑いを浮かべた。

「兄弟姉妹が、五十二人もいるからな。ひとりくらい、変わり種がいても不思議ではない。

一族はむしろ誇りにしてくれて、私を後押ししてくれる」

一夫多妻制の為《な》せる業《わざ》だが、さすがに五十人以上ときくと、あいた口がふさがらない。親類縁者を加えれば、一族は数百人か、千人に届くかもしれない。さらにその知己《ちき》となれば、果てしなく裾野は広がり、何割かはオイルマネーに裏打ちされた大富豪だ。アル・ファラクが数年で急激に勢力を広げたのには、豊富な資金も理由とされる。中東の油田、アフリカの鉱山。欧米をはじめとする外資を排除し、貴重な資源を現地の民の手に取り戻す――。アル・ファラクが掲《かか》げる政策のひとつであり、ゲリラと知りつつも援助する金持ちが多いのもそのためだ。

戦争とは結局、限られた富の奪い合いだ。だからこそ、火種《ひだね》は尽きることがない。

アルミカップと粗末《そまつ》なポットが運ばれて、サイードは手ずからコーヒーを注《つ》いで佐田に勧《すす》めた。中東はコーヒー発祥《はっしょう》の地と言われ、アフリカはその一大生産地となっている。この国でも手に入りやすく、味もよかった。ひと口飲んで、佐田はたずねた。

「私以外の者たちは、どこにいる?」

同じNPOのふたりの医師と、看護師を含めたスタッフたちの消息をたずねた。他にも同じように出国できずにいた外国人は多くいて、アル・ファラクの人質にされたと海外メディアは報じていた。しかしサイードは、そのつもりはなかったと弁解した。

「内戦で疲弊《ひへい》したこの国には、あちこちで感染症の流行が認められ、現地の医師だけでは間に合わなかった。インフラもひどい状態で、やはり技術のある者が必要だったのでね」

医療スタッフは佐田同様に治療に駆り出され、技術者は電気や水道のインフラ整備に従事《じゅうじ》させられていたようだ。やり方は強引《ごういん》だが、現地の人々の役には立った。この指導者の狡猾《こうかつ》さに、佐田は密かに感心していた。

「乾季を迎えて、病気も一応の落ち着きを見たし、ほとんどの者は、すでに出国させた」

その言い方が、気になった。

「ほとんどとは……全員ではないということか？　私のように、国内に残っている者がいるのか？」

「いいや、残っている者はいない」

低い声とともに、沈黙が落ちた。わずか二、三秒だったが、佐田が正確な答えにたどり着くには、充分《じゅうぶん》な時間だった。

「医師にひとり、看護師にひとり、米国人がいた。彼らは、どうなった？」

「死んだ。半年以上、前だ。我々は、人質をとり身代金を稼ぐという、姑息《こそく》な手段を使うつもりはないのでね」

ということは、佐田が彼らから引き離されて、まもなくということだ。簡潔明瞭《かんけつめいりょう》で無機質なこたえに、怒りよりむしろ、やるせないほどの悲しみに襲われた。

「どうして……彼らは善良で、各地で君らの同胞《どうほう》のために、命を賭《と》して治療に当たった。そんな彼らを、ただ米国人というだけで、殺したというのか！」

「米国は、我らの最大の敵だ。これだけは譲《ゆず》れない」

「米国人をひとり殺せば、報復《ほうふく》として百人のムスリムが殺される。その恰好《かっこう》の理由を、与えたことになるんだぞ！」

サイードがかすかに目を細め、佐田は自分が口にしたことの矛盾に気がついた。ひとりと百人。決してあってはいけないはずの、明確《めいかく》な命の格差が、ここにはある。

医師と看護師が殺されたことは、すでに世界中に報道されているはずだ。そしてその報復として、中東やアフリカが爆撃を受け、数百人が命を落とす。その半数は、おそらくは市民だ。現実には見ていないはずの映像が、佐田の脳裡《のうり》にありありと浮かんだ。

テロリストの憎むべき犯罪として、米国人の悲報はくり返しメディアに流され、対して数多の命が失われた空爆は、ほんの一、二度報じられるだけに留《とど》まる。当事者たる米国はもちろん、日本にいても、報道には明らかな偏《かたよ》りが存在する。

インターネットが発達し、とれない情報など何もない。誰もがそう勘違いしているが、実際は、八十五年前と何も変わらない。第二次大戦中、欧米人は鬼畜米英と称され、日本人から恐れられていた。軍部による規制だけでなく、そこには相手を見ようとしない、恐れに支配された怠惰《たいだ》がある。現代はさしずめ、米英の代わりにムスリムが恐怖の対象とされている。そこには西側の、とりわけ米国の、悪意といっていいほどの意図が働いていた。

「すでに経済では、中国やインドに抜かれているというのに、未だに世界のリーダーという幻想から脱することができない。そもそも一国がリーダーを名乗るのは、不公平であり、矛盾してもいる。そうは思わないか？」

静かな口調でたずねられ、佐田は何も返せなかった。

「イスラム教は、決して不寛容《ふかんよう》な宗教ではない。だからこそ、アフリカから東南アジアまで、広範囲に広がったのだ。キリスト教、ユダヤ教、仏教、ヒンドゥー教からゾロアスター教にいたるまで、千年以上も他の宗教と共存してきた。むしろ不寛容であったのは、キリスト教だ」

血で血を洗う宗教戦争をくり広げてきたのは、キリスト教徒だと、サイードは断言した。他宗教に対してのみならず、同じキリスト教内でも、過去のカトリックとプロテスタントの争いは熾烈《しれつ》だった。イスラムにもシーア派やスンニ派をはじめとする派閥はあるが、それにくらべれば、よほど温厚な間柄だと語る。

「もっと我慢がならないのは、西洋のやり方を押しつけることだ。我々がイスラム原理主義なら、彼らは西洋原理主義だ」

冷静沈着な彼の口ぶりが、初めてかすかな熱を帯びた。

「彼らは決して、異文化を受け入れようとしない。一夫多妻制も割礼《かつれい》も女性のベールも、長い長い時を経《へ》て培《つちか》われた、いわば生活の知恵だ。それが現代にそぐわないとしても、変えていくのは我々自身だ。西洋文化と相容《あいい》れないと、ただその理由だけですべてを否定する。その傲慢《ごうまん》さが、私には許せない」

相手は残虐《ざんぎゃく》極《きわ》まりないゲリラの頭目《とうもく》だというのに、うっかりうなずきそうになる、自分がいた。おそらく、日本を出てからの経験が、影響しているのかもしれない。

医師として佐田が派遣された場所のほとんどが、イスラム教徒の土地だった。今回のアフリカを除けば、すべて東洋人だ。どこか遠い存在に思えていたが、つき合ってみると、日本人に近い感覚が、たしかにあった。

終戦以来、日本人は、サイードが言うところの西洋原理主義に飼い慣らされてきたが、どうしても相容れない部分もある。

徹底的な個人主義だ。

日本にいたころは、あまり意識してはいなかった。海に囲まれた単一民族に等しい日本人には、比較対象が乏《とぼ》しいからだ。けれど各地をまわった結果、ぼんやりとわかりはじめていた。

日本人が和を大切にするのは、個人よりもむしろ、家族や周囲との協調に重きをおくからだ。国や土地によって違いはあるが、多くのムスリムを抱《かか》えるアジア圏には、同じ考えが根強く息づいていた。

西洋的な個人優先主義は、能力主義に繋《つな》がる。能力のある者は良いが、競争からこぼれる者も必ずいる。そういう者たちを東洋では、家族や周囲が面倒を見る。西洋のボランティア精神とは違う仕組みで、どちらが良いかといった優劣などつけられない。

佐田でさえ理解に苦しむ部分もあるが、一夫多妻制や割礼もいわば、個ではなく家を守るためのムスリムのしきたりでもあった。

「一夫一婦制はやめろとか、女性のあつかいにはもっと気を遣《つか》えとか、一度でも我々が西洋人に強要《きょうよう》したことがあったか？　我々には我々の礼節《れいせつ》があり、文化があり、伝統がある」

郷《ごう》に入っては郷に従え——。西洋には、この格言は存在しないのかもしれない。

仮に日本人が、畳《たたみ》は土足で歩け、挨拶に頭を下げるなと言われれば、やはり納得がいくまい。長年、西洋原理主義を押しつけられ、その反動がイスラム原理主義として表れた。所詮《しょせん》、過激派の言い訳に過ぎないが、妙に説得力はあった。

一方で、アル・ファラクのような組織には、強い反感がある。朗《ほが》らかで情に厚く、親切で義理がたい。佐田が出会ったイスラム教徒は、そういう人々だった。ほんの一部に過ぎない過激派ゲリラのために、一緒くたにみなされて、肩身の狭い思いをしている。彼らのためにも、ゲリラ行為は決して認められない。佐田はそう言いたかったが、サイードは滔々《とうとう》と語り続ける。

「イスラム教徒は決して、危険でも幼稚でもない。きちんと自分の足で立ち、考えることのできる成熟した民族だ。なのにまるで幼い子供をしつけるように、くり返し干渉《かんしょう》する。政教を分離しろ、独裁をするな、核をもつな……仮にも国として対等の立場にあるはずが、いちいち嘴《くちばし》をはさむのは行き過ぎだ」

「核……」

思わず日本語で呟いていた。

「仮に我らが原油を独占し、さらに核をもてば、世界の勢力図は逆転する。彼らはそれを恐れているだけだ。世界のリーダーを自称する米国は、ことに許せないのだろうが……」

と、それまで熱心に語っていたサイードが、ふと口をつぐんだ。佐田の表情の変化に、気づいたようだ。

「ドクター、何か気に障《さわ》ったか？」

「いや、核ときいて、ちょっとな……おれは広島の出身だから」

「ヒロシマ……そうか、ドクターはヒロシマ生まれだったな。配慮《はいりょ》が足《た》りず失礼した」

サイードは素直に詫びたが、この男が自分の出身地《しゅっしんち》まで知っているという事実に、佐田はにわかに眉をひそめ、探りを入れてみた。

「君たちの本拠地は、アラビア半島だろう？　どうして、こんな辺鄙な場所に？」

「なにせ欧米での人気が高過ぎてね、ひと月以上、同じ場所に留《とど》まれない」

相手は冗談めかしたが、さもありなんと、少しばかり同情した。彼の懸賞金《けんしょうきん》は、二千万ドルとも三千万ドルともきく。そんな男と同席していると知れば、米国中央情報局はどんな顔をするだろう。想像すると、笑いが込み上げた。

そんな悠長《ゆうちょう》な気分でいられるのも、この状況に現実感が伴《ともな》わないからだ。いつからだろうか——0号を失ってからか、あるいは日本を出てからか。はっきりとしないが、どこで何をしていても、別の世界に迷い込んでしまったような、現実から切り離されて、自分だけがぽかりと浮かんでいるような、そんな感覚が佐田にはあった。いまもその延長にあり、危険人物と会っている認識が薄いのも、そのためかもしれない。

「もうひとつ、この地へ来た理由がある。ドクター・サタ、あなたに会うためだ」

「おれに？」

「あなたのことを、調べさせてもらった。医師である前に、あなたは脳科学者だった。特に記憶分野のスペシャリストだそうだな？　人の記憶を、外部にとり出す研究をしていたと……」

ここに呼ばれた理由が、おぼろげながら見えてきて、ぞくりと悪寒《おかん》がした。

0号の詳細《しょうさい》は、ごく限られた者しか知らないはずだ。しかし人の記憶をデータ化、あるいは画像化する試《こころ》みは、世界中の研究者が着手していた。佐田は当時、その第一人者とされていたが、しかしそれは十五年近くも前の話だ。記憶の抽出は、すでに技術的には可能だろうが、プライバシーの侵害《しんがい》という壁があるために、人クローン同様《どうよう》、表立っての研究が難《むずか》しいこともある。抽出した記憶を、別の脳内で再生するところに、0号の独自性があったのだが、法務省がひた隠しにするほどに結果は散々《さんざん》だった。

「公《おおやけ》にはされていないが、私の研究は完全に失敗した。自棄《やけ》になった挙句《あげく》に、犯罪にまで手を染めたのだ。私は研究者失格だ。もう二度と、脳科学の分野に戻るつもりはない」

「犯罪ではなく報復だろう？　少なくとも我らアル・ファラクの考えにおいては、罪にはならない」

「おだてられても、君たちに協力するつもりはない。だいたい、何に使うつもりだ？　洗脳か？　自白《じはく》の強要か？」

「研究の詳細がわからない以上、いまはまだ、明確な目的はない。だからあなたは、好きに研究を続けてくれて構わない。日本の研究所にはおよばないかもしれないが、でき得る限りの環境は、この地に整える」

「この地……このティンガの村にということか？」

そうだ、とサイードはうなずいた。国境沿いにあり、首都からも前線からも遠く、山と洞窟は、衛星からも見つけ辛い。

「しかし、装置だけでは研究は捗《はかど》らないし、何より私ひとりでは無理だ。少なくとも機械に強い専門家が必要だ」

「そちらも当てがある。まだ若いが、スイスの工科大を出た優秀な男だ」

嘘ではなく、後に引き合わされたのが、ギムザだった。どこかぼんやりとしていた自分の存在が、急速に輪郭《りんかく》を成《な》していく――。佐田はそれを感じ、流されるまいと焦《あせ》った。彼らの協力には、大きな見返りが必要とされることは確かだ。それは決して、平和利用ではあるまい――。

わかってはいたが、頼りない佐田の魂は、少しずつこの男に引きつけられてゆく。最後の楔《くさび》のつもりで、佐田は告げた。

「あとひとつ、必要なものがある……記憶を抽出するための死体だ。いまの環境下なら死体には事欠《ことか》かないが……同胞の死体を蹂躙《じゅうりん》する行為を、君たちは容認できるのか？」

イスラム教は、死体損壊《そんかい》を厳しく禁じている。火葬はもちろん、厳密には臓器移植も反対の立場をとっている。国によっては禁止していない場合もあるが、原理主義者のアル・ファラクならまず無理な相談だと思っていた。しかしサイードは、意外なことを言った。

「病気や事故で亡くなった者たちは駄目《だめ》だ。彼らの魂は死んだ後も存在し、土の中で最後の審判の日を待っているからな……だが、聖戦士なら、その限りではない。彼らの魂はすでに天国にあり、遺体は抜《ぬ》け殻《がら》に過ぎぬからな」

最後の審判は、イスラム教における終末思想である。突然の天変地異により、すべての生命は死を迎え、神による裁きが行われる。それ以前に亡くなった者たちもまた、同様に最後の審判を待たなければならない。

ただ、ひとつだけ例外がある。聖戦で死んだ者――つまり殉教者だけは、死んで直《ただ》ちに天国へと導かれる。そのため遺体の扱いもまったく違う。沐浴《もくよく》を施して、白い布で包むのが慣習だが、殉教者だけは死んだときの服装のまま埋められる。傍《はた》からすると、ぞんざいに扱われているようにも見えるのだが、そうではなく、すでに魂が天国にある殉教者だけに許されるやり方だった。

「異教徒と戦って死んだ者、あるいは爆撃に遭《あ》って亡くなった場合も、殉教者とみなされる。つまり、そういう者たちなら、遺体にはすでに魂はなく、冒瀆《ぼうとく》にはあたらない」

こじつけにも思え、この男がひねり出した苦肉《くにく》の策かもしれないが、一応、理《り》は通っている。断る術を失って、佐田は考え込んだ。

「ドクター。さきほど、明確な目的はないと言ったが……我々が求めるものは、米国の、西洋原理主義者の、心からの贖罪だ」

はっとして、顔を上げた。髭に覆われた面長の顔が、別の人物へと重なってゆく。

父親の、佐田行雄だった。

その顔を見詰めながら、佐田は承諾を告げていた。

＊

二〇三〇年、七月二十七日――。

ネット上に、衝撃的な動画が配信された。

アル・ファラクと呼ばれる、イスラム過激派組織の最高指導者による犯行予告である。

一般にこの手の声明は、事件の後に告知されることが多いが、事前に公表されたことから犯行予告と言える。

アラブ人の正装に身を包んだ、背の高い男で、顔の下半分は髭に覆われていた。

「我々は近々、世界一、平和的な核を、米国に落とす。作戦名は、『グラウンド・ゼロ』だ。何人《なんぴと》も、この作戦を止めることはできない」

サイード・アリ・アフマドゥールは、流暢な英語で、そう宣言した。米国はもちろん、世界中がこのニュースを大々的に報じた。

江波はるかは、同僚の邦貝素彦《くにがいもとひこ》と、武留《たける》・西本《にしもと》・サルバドルとともに、この動画を見ていた。場所はティエルマの八王子《はちおうじ》ラボ。0号を四人の被験者に施し、その直後、ティエルマのCEOであるウィリアム・T・エルマーから、電話が来た。

動画がネットに載ったのは、ワシントン・NY時間で、前日の午後五時。日本とは十三時間の時差があるから、日本時間では、今朝の午前六時となる。動画の中の男が、間違いなくアル・ファラクの最高指導者であり、動画に信憑性《しんぴょうせい》があると確認されたのは、日本時間で午後になってからだ。CEOは何度か江波の携帯にかけたようだが、実験中は電源を切っていたために、繋がったときは夜の八時を過ぎていた。

ウィル・エルマーから詳細をきくと、江波は当の動画を画面に映《うつ》した。

「この中に、本当に佐田教授がいるのか?」と、邦貝がたずねた。

サイード・アリ・アフマドゥールの後ろには、六人の男が並んでいる。右端にいるひとりを、江波は示した。

「ええ、これよ。たしかに、佐田教授だと言われれば、そうかもしれない」

最高指導者だけは顔をさらしていたが、背後の六人は、いずれもターバンで顔を覆い、目だけを出している。それでも最先端の顔認識システムが、人物を特定するには十分だ。右端のひとりが、佐田洋介であると、米国の諜報機関が断定したという。

「どうしよう……僕、やっぱり、アメリカの家族のもとに帰ります！」

「落ち着け、西本。原子物理学は、佐田教授の専門じゃない。向こうも、平和的など言ってるんだ。たぶん、本物の原水爆じゃない」

いまにも泣き出しそうな西本を、邦貝がなだめる。どういう方法かはわからないが、自分の国が危機に直面しているのだ。動揺するのも無理はない。

しかし江波はるかは、不敵な顔をふたりに向けた。

「言ったはずよ、サル。ここからが本当の勝負。佐田教授を止められるのは、私たちだけなのよ」

興奮が、抑えられない。自分がこの日を待ち焦《こ》がれていたことを、江波は自覚した。

グラウンド・ゼロ

「佐田《さた》博士が、CIAに逮捕されたんですか！」

武留《たける》・西本《にしもと》・サルバドルの声が、会議室の白い壁に反響する。金色のソフトクリームに似た独特の髪形も、ここ数日は、心なしか勢いがなかった。

「動画の配信から、約一週間か……思ったより早かったな」と、邦貝素彦《くにがいもとひこ》が応じる。

「どうやらCIAは、以前から博士に目をつけていたようなの。研究施設と思われる場所も含めてね」

情報源は、このティエルマ社のCEO、ウィリアム・T・エルマーだ。室長の江波《えなみ》はるかは、さきほど電話できいた詳細《しょうさい》を、ふたりの部下に語った。

「CIAの最終目的は、過激派組織アル・ファラクの最高指導者だった。接触を期待して、研究施設は監視だけに留《とど》めていたようね」

「アル・ファラクから犯行声明《せいめい》が出て、それどころではなくなったということか」

ネット上に、イスラム過激派の犯行予告が出たのは、七月二十七日だった。

作戦名は『グラウンド・ゼロ』。標的は、西本の故国である米国である。

ただ、肝心《かんじん》なことがわからない。「世界一、平和な核を落とす」と、彼らは述べた。それが何を意味するのか、皆目摑《かいもくつか》めていなかった。

「それでも研究施設と、その要《かなめ》となる佐田博士が見つかったなら、ひと安心だ。よかったな、西本。これできっと、事態《じたい》は好転《こうてん》するよ」

邦貝は、西本を励《はげ》ますように肩に手を置いたが、江波は難しい表情を変えなかった。

「それが、ひと筋縄《すじなわ》ではいきそうにないのよ。肝心の研究施設は、爆破されて木《こ》っ端《ぱ》微塵《みじん》だし……」

「爆破って……CIAじゃありませんよね？　軍が介入《かいにゅう》したんですか？」

「いいえ、サル。施設を爆破したのは、米国側じゃない。アル・ファラクよ。つまりは自爆ってことね。佐田博士と数名の研究員だけは、施設から離れたところで逮捕されたそうよ」

ＣＩＡの情報を受けて、佐田博士の留守を狙い、米国陸軍が施設を襲った。しかし突入するより前に、過激派側が施設を自《みずか》ら破壊し、ほとんどの研究員は施設と共に命を落とした。江波は顔色ひとつ変えず、そう告《つ》げた。

「アル・ファラクは、作戦をあきらめたんでしょうか？」

「爆破した研究施設が、ダミーってことも考えられる。あるいはすでに、中身を別の場所に移し替えていたか……」

「邦貝の言うとおりかもしれないけど……もうひとつ、可能性があるわ」

「可能性って、何だ？　江波」

こたえるより前に、江波の携帯が鳴った。この会社には固定電話はなく、代わりにすべての社員に携帯電話が支給される。ベルの音からすると、内線電話のようだ。

「はい……ああ、そう。四階の第一会議室にいるから、こちらまでご案内して」

「客の予定か？　じゃあ、ひとまず僕らは……」

退室しようとした邦貝を、江波が留《と》める。まもなくドアがノックされ、邦貝や西本もよく知った男が入ってきた。いつも落ち着いた印象のこの青年にしては、めずらしく慌《あわ》てている。江波の顔を見るなり、挨拶《あいさつ》をすっ飛ばして、いきなり叫《さけ》んだ。

「洋介《ようすけ》が捕《つか》まったというのは、本当ですか！　いま、どこに？　あいつは、何をやったんですか！」

「洋介って……佐田博士のことかい？」

邦貝に言われ、初めて気づいたように顔を伏《ふ》せる。人権擁護《ようご》団体ガイア・インターナシヨナルの、森田俊《もりたしゅん》だった。西本もポカンとし、しかし江波だけは、ことのほか嬉《うれ》しそうだ。

「森田さん、あなたはこの前、私に言いましたよね？　自分はもとの下沢俊《しもざわ》ではなく、佐田博士の父親、佐田行雄《ゆきお》でもないと……なのにどうして、私の電話一本でここに駆《か》けつけてくるほど、佐田博士を心配なさるんですか？」

江波のあてこすりに、きゅっと唇を噛《か》みしめ、それから口を開いた。

「この前、江波さんに言ったことに嘘《うそ》はありません。基盤《ベース》にある佐田行雄の記憶も、断片的なものだし、その後に積んだ十三年の経験だけが、いまの僕のすべてです……ただ、ひとつを除いては……」

「もしかして、佐田行雄さんが、息子さんを思う親心《おやごころ》……ですか？」

西本の問いに、森田はこくりとうなずいた。

「どうしようもなく感情が動くというか、衝動に近いものです。洋介の……佐田博士のことだけは……」

理性の勝った冷静な性質なのに、佐田洋介の名前にだけは過敏に反応する。しかし森田俊と佐田洋介は、互いに加害者と被害者の関係にある。自分が関《かか》われば、かえって息子は苦しむことになる。距離を置きながら、それでも洋介がどうしているか気にかかる。

「出所してから、医者として海外で活動していたことも知ってました。最後に行ったアフリカで、内戦に巻き込まれて行方不明になっていたことも……ずっと安否が気がかりで、ようやくそれらしき人物の噂《うわさ》をきいたのは、一年ほど前です」

「もしや佐田博士がアル・ファラクにいることを、前々からご存じだったんですか？」

驚く邦貝に向かって、森田は重そうに首をうなずかせた。

「ガイアには、独自の情報網と伝手《つて》がありますから……」

人権擁護団体が、ゲリラとの交渉役を務めることもめずらしくない。確証《かくしょう》こそとれなかったものの、アル・ファラクに日本人の医者がおり、年恰好《としかっこう》などから可能性が高いと考えていたという。確信したのは、江波と同様、犯行予告動画に映《うつ》っていた佐田洋介を認めたときだ。

「何とかして、洋介を止めなければ……ガイアの本部に要請《ようせい》して、相手側とのコンタクトを試《こころ》みようとしましたが、その矢先に、今朝、江波さんから連絡をもらって……」

「息子さんに、会いたいですか？」

「それは、もちろん……ですが、逮捕されたとなると、面会は当分かなわないでしょうし……何より洋介は、会いたがらないでしょうね」

「明日、佐田博士が、日本に移送されるときいても？」

「洋介が？　本当ですか！」

森田はもちろん、ふたりの部下も、驚いて目を見張る。

「どういうことだ、江波？」

「米国が逮捕した犯罪者を、ただちに他国へ送るなんて考えられません」

三人の驚愕《きょうがく》に充分《じゅうぶん》満足したように、江波はおもむろに口を開いた。

「ただちに、ではないの、正確にはね。博士がＣＩＡに身柄《みがら》を拘束《こうそく》されたのは三日前。その日のうちに米国バージニア州に運ばれて、特殊な方法で取り調べを受けた」

「特殊って、まさか……拷問《ごうもん》ですか？」

震《ふる》える声で絞《しぼ》り出した森田の言葉を、江波は一笑《いっしょう》した。

「いやね、世界一の民主主義を標榜《ひょうぼう》する国なのよ。いまどきそんな非人道的《ひじんどうてき》な方法を、とるはずがないでしょう？　……表向きはね」

「特殊な方法とは、何だ、江波？　自白剤とかポリグラフとか、そのたぐいか？」

「ポリグラフだなんて、いつの時代の話よ。あなたがそれを言うなんて、呆《あき》れるわね、邦貝。私たちが、これまで何をやってきたと思っているの？」

「まさか……０号《ゼロごう》を使ったんですか？」

「正解よ、サル。よくできました」

部下たちには初耳だった。ふたりの研究者が、とまどい顔を見合わせる。邦貝が、用心深く口を開いた。

「0号を犯罪捜査に役立てる……その案は早くから出ていたことは、僕も知っている。だが、容疑者のプライバシーを侵害《しんがい》する上に、被験者の安全も保証できない。二重の壁に阻《はば》まれて、実現はまず無理だろうと言われていたはずだ」

人権の第一歩は、プライバシーの保護である。0号による記憶の抽出《ちゅうしゅつ》は、黙秘権《もくひけん》という容疑者に認められた権利を、剝奪《はくだつ》する行為にあたる。

何より0号の本来の特性は、個人の記憶を、第三者の脳内で再生するという点にある。抽出した記憶は、画面に映してもデータに置き換えても、甚《はなは》だ不鮮明《ふせんめい》で、容易には判断しかねる状態だからだ。しかしある程度の処理をした上で脳内で再生させると、非常に明確なビジョンとして立ち上がる。ただし脳にかかる負荷《ふか》は相当なもので、個人の性格や体質に大きく左右され、たとえ疑似脳で補助しても、何らかの後遺症が残る恐れは拭《ぬぐ》えない。犯罪容疑者の記憶となればなおさらで、邦貝が殺人犯たる野末眞《のずえまこと》の記憶を辿《たど》ったことも、あくまで試験であり特殊なケースだ。いまは疑似脳内での再生を試みてはいるが、完璧と言える人間の脳には、未《いま》だに遠くおよばない。

それ故《ゆえ》、犯罪捜査への転用という議論は、棚上げにされたまま埃《ほこり》をかぶっている。少なくとも邦貝や西本は、そう信じていた。この前、四人の死刑囚が見せられた記憶も、実際の被害者の記憶ではなく、合成された記憶データだ。抽出された記憶では、法に抵触《ていしょく》し、許可は下りなかったろう。ＴＬ夢をはじめとする応用システムも、原則、本人の記憶を、本人の許可を得《え》て、本人が見る。その領域《りょういき》を逸脱《いつだつ》してはいない。

「背に腹はかえられない。つまりは、そういうことよ。米国だけじゃない、いまや世界中の国々が、対岸《たいがん》の火事をながめていられるほど、悠長《ゆうちょう》な立場にないと自覚してるのよ」

「……ティエルマ社は、秘密裏にＣＩＡに協力していたということか？　０号を使って、容疑者から記憶を抽出していたというのか？」

「そうでなければ、どうしてウィルのもとに、ＣＩＡから情報が入るのよ……ただし、していたわけではなく、今回が初めてだけれどね」

二年前から、ＣＩＡとティエルマの米国本社のあいだで研究が進められてきたが、バージニア州のＣＩＡ本部に装置が運び込まれたのは、つい先頃のことだと、江波は告げた。

「僕らの研究が表なら、向こうは裏ってことですよね……何だか、裏切られた気分です」

西本も、あからさまに肩を落とす。ただ森田の関心だけは、別の方向に向いていた。

「洋介もあれを……０号を施《ほどこ》されたというんですか？　洋介はどうなったんです！　僕と同様、何か深刻な副作用は……」

「落ち着いてください、森田さん。記憶の抽出だけなら、すでにノウハウは確立していますから、危険はありません。リスクがあるのは、再生される側で……」

「どのみち記憶の抽出には、失敗したそうよ」

邦貝の懸命《けんめい》の説明を、江波がさえぎった。

「……失敗？　洋介は……洋介はどうなったんだ！」

失敗という言葉が、よけいに不安をあおったのだろう。森田の顔に、さらに焦《あせ》りが増す。

「博士本人には、特に悪影響はないわ。意識もしっかりしているそうよ」

「システムに、何か問題が？」と、西本がたずね、江波が首を横にふる。

実用は初めてだが、すでに何例かの試験は終えている。原因はシステムではないと江波は告げた。

「厳密に言えば、記憶の抽出には成功した。ただし三度試みて、そのどれもが博士自身の記憶ではなく、別の誰かの記憶だった」

「……どういうことですか、室長？」

「どうやら博士は、自身を被験体にしていたようなの。百五十以上の死者の記憶を、自分の脳内で再生した……一緒に拘束された研究所員のひとりが、そう証言したそうよ」

「百五十だと……何て無茶なことを……」

自身も被験者である邦貝が、呆然《ぼうぜん》とする。その負荷を知っているだけに、他人事《ひとごと》とは思えないのだ。

「たぶん、大量の他人の記憶に阻《はば》まれて、博士自身の記憶まで辿《たど》りつけないのね」

「それでよく、正気《しょうき》を保《たも》っていられますね」

「本人の意志の強さもあるでしょうけど、私たちと同様、脳の負担を大幅に軽減する装置は確立していたようよ」

ただ、研究施設が爆破されたいまとなっては、システムの詳細はわからないと、江波は残念そうな顔をする。

「ということは……『グラウンド・ゼロ』の詳細は、未だに何もわからない。そういうことですか？」

「そうよ、サル。だからCIAは、ウィルを通して私たちに頼ることにした。0号のスペシャリストたる私たちなら、何層にも積もった他者の記憶の壁を、突破できるかもしれない。明日、日本に着いて、まっすぐ八王子《はちおうじ》に移送されることになったわ」

「明日だと？　ずいぶん急だな」邦貝が、にわかにとまどう。

「私から、向こうに頼んだのよ。なにせ、時間がないから」

「時間……て、あと一ヶ月はありますよね？　作戦名からすると、彼らは二十九年前の同時多発テロを――9・11を、再度起こそうとしている。メディアではもっぱら、そのように……」
「佐田博士にとっての『グラウンド・ゼロ』は、9・11ではないわ……あなたにとっても
そうよね、森田俊さん？」
ふり向いた三人の視線を受けとめて、森田俊は、ゆっくりとうなずいた。
「広島《ひろしま》と長崎《ながさき》にとっては、『グラウンド・ゼロ』は爆心地――つまり、原爆が投下された
場所を意味します。おそらく、洋介にとっても同じでしょう」
「そうか……NYのあの場所が『グラウンド・ゼロ』と呼ばれるようになったのも、攻撃
を受けたワールドトレードセンターが、まるでヒロシマの原爆ドームのように見えたから
だって、ききました！」
「ちょっと待て……それなら、今回の『グラウンド・ゼロ』の実行日も、一ヶ月先の九月
十一日ではなく、広島に原爆が投下された、八月六日ってことに……」
「六日って、明後日ですよ、邦貝先輩！」
移送を急がせた、その理由は察《さっ》したものの、事態のあまりの深刻《しんこく》さに誰もが息を呑《の》む。
「決行日が六日として、時間は？　やはり投下時間に合わせるなら……」
「午前八時十五分です」
携帯で確認しようとした西本をさえぎって、森田が告げた。

「それって、日本時間ですよね？　それとも、米国時間で考えるべきなのかな……だいたいハワイやアラスカを含めれば、米国だけで六つも時差がありますよ」

「その辺は除外してもいいと思うが……どのみち早い方で考えるのが安全だろうな」

「てことは、東部時間ですか……ＮＹもワシントンＤＣもあるし」

「いや、シベリアを除けば、どこよりも早く八月六日の朝を迎えるのは日本だよ。少なくとも北半球ではな」

日付変更線は太平洋の真ん中を通っており、東から西に向かって日の出を迎える。

「そうね。私も邦貝の案に賛成よ」めずらしく江波が、素直にうなずいた。

「明日、佐田博士は何時に着くんだ？」と、邦貝が自分の左腕に目を落とす。

「八王子ラボへの到着は、午後一時の予定よ」

「タイムリミットは、たったの半日か……間に合うのか、江波？」

「わからないわ。とりあえず、やってみるより仕方ないわね。私たちに不可能なら、他の誰にもできないしね」

ふいに切羽詰《せっぱつ》まった声で、森田が叫んだ。

「江波さん、お願いです！　僕も同席させてください。同席が無理なら、モニター越しでも構いません……洋介とひと目、会わせてください！」

「もちろんよ、森田さん。ぜひ佐田博士と、親子の再会を果《は》たしてあげて」

「……いいんですか？」

「ええ。あなたは私たちの、切り札《ジョーカー》だもの」

江波はにんまりと、人の悪い笑みを森田に返した。その傍《かたわ》らで、携帯を操作していた西本が、心配そうに呟《つぶや》いた。

「明日の天気、大丈夫かな……強い温帯低気圧が、近づいてるって予報で。たぶん、ＣＩＡのプライベート・ジェットだろうけど、時間どおり到着するのかな……」

西本の不安は的中した。翌日、台風並みの温帯低気圧が通過して、東京は朝から強い風雨に見舞われた。昼を過ぎても勢いは収まらず、待ち受けていた八王子ラボの面々にも焦りが募《つの》る。すでに準備作業も終えて、待つことしかできない。

午後六時を過ぎても到着の連絡は入らず、武留・西本は一時間も前から、一心に祈っている。両手に握り締めているのは、チェーンで首からぶら下げた、掌《てのひら》ほどもある十字架《クロス》だった。

「それ、わざわざ持ってきたのか、西本？」

「苦しいときの神頼みって、科学者としてどうなのよ」

「だって他に、することないじゃないですか。明日には僕の母国が、なくなってしまうかもしれないんですよ！　室長には期待しませんけど、邦貝先輩も少しは協力してください。こういうとき仏教徒《ブディスト》は、何に祈るんですか？」

「えーと、アイテムとしては数珠《じゅず》になるのかな……だけど葬式みたいで、かえって縁起が悪い気もするな」

不安と焦りを紛《まぎ》らわせるためか、軽口をたたき合う三人の傍らで、森田俊だけは終始《しゅうし》無言だった。

「昼にくらべれば、だいぶ雨風が収まってきた。きっともうすぐ到着するよ、西本」

邦貝が慰《なぐさ》めを口にしたとき、ふいに江波の携帯が鳴った。ワンコールで応答し、短いやりとりが交《か》わされる。江波が電話を切りながら、部下と森田に告げた。

「佐田博士を乗せた飛行機が、いま横田《よこた》に到着したわ。遅くとも一時間以内に、八王子ラボに着くそうよ」

乗客を秘密裏に移送する必要と、また地理的にもっとも近いこともあり、空港は成田《なりた》でも羽田《はねだ》でもなく、横田飛行場が使われた。米国空軍と航空自衛隊が駐留《ちゅうりゅう》する横田基地は、東京都福生《ふっさ》市にある。八王子にあるティエルマ社のラボまでは、車で三十分の距離だ。

部下のふたりは慌ただしく、システムの最終確認のために部屋を出ていったが、森田だけは微動《びどう》だにしない。

「怖いの？」

いえ、と、森田は硬い表情のまま、椅子《いす》から立ち上がった。江波はその顔に目を留めた。

「懐《なつ》かしいわね……十三年前、あなたが佐田行雄の記憶から目覚めたとき、ちょうどそんな顔をしていたわ……まるであのころに、戻ったみたいね」

ちらりと江波に視線を走らせたものの、やはり無言で森田俊は部屋を出ていく。江波も彼を追った。


一時間後、江波が施術《せじゅつ》室に入ると、すべての準備は整《ととの》っていた。

飛行機から降ろされて、ただちに車に乗せられたのだろう。佐田洋介を乗せた車は、四十分後に八王子ラボに到着した。邦貝と西本が迅速《じんそく》に動き、佐田洋介をベッドに拘束し、システムを繫《つな》いだ。

『では、ドクター江波、お願いします』

同行した三人のCIA捜査官の中で、責任者の立場にあるようだ。五十代と思《おぼ》しき捜査官は、ハワード・リードと名乗った。英語ではじめてくれと促《うなが》したが、江波はわざとらしく両手を広げてみせた。

『こんな大勢のギャラリーの前で、施術しろと言うの？　このシステムの繊細《せんさい》さを、何もわかっていないようね』

ここは先日、四人の死刑囚に0号を施したのと同じ場所だ。この前も見張りの警官は鬱《うっ》陶《とう》しいほどに多かったが、今日はそれ以上に物々しい。三人の捜査官に加え、銃を構えた軍の兵士が、五人も部屋におり、建物の入口から廊下にも連なっていた。

今日は月曜日、平日にあたるが、研究所内に社員の姿はない。今日と明日の二日間は、急遽《きゅうきょ》社員全員に、豊洲《とよす》本社への出社が命じられていた。

しん、とした研究所内に、銃を構えた米国兵が点在《てんざい》するようすは、否《いや》が応《おう》にも危機感をあおる。傍らでシステムを操作する邦貝と西本も、緊張した面持《おもも》ちで成り行きを見守っていた。

『施術の前に、被験者にはリラックスしてもらわないと』

『彼は充分、リラックスしているように見えるがね』

と、リード捜査官がベッドを見下ろす。両手・両足、さらに胴にも、革の拘束具が巻かれている。犯罪容疑者という理由だけでなく、施術中に錯乱《さくらん》を起こした際に、被験者を守る目的もある。しかし厳《いか》めしい拘束姿にもかかわらず、仰《あお》向《む》けに横たわり目を閉じた姿は、ことのほか静かだった。捕《とら》えられてから支給されたのか、Yシャツにノーネクタイ、チャコールグレーのズボン。髭《ひげ》もきれいに剃《そ》られており、頭にかぶせられた半円形の脳波計さえなければ、まるで健康診断を受けにきた会社員のようだ。江波と捜査官とのやりとりにも、無反応だった。

『拘束されてから、ずっとこんな調子でね。口すらほとんどきかない。断っておくが、我々の施した記憶の抽出で、何ら障害は出ていない』

意識にも運動機能にも問題はないと告げた。

『三十分でいいわ、警備を外《はず》して。あなたたち捜査官もよ。私と彼を、ふたりきりにして』

当然のようにリードが渋《しぶ》る。万一のことがあれば責任問題になることに加え、江波が佐田を逃がすのではないか――どうやらその心配をしているようだ。江波が以前、佐田の助手を務めていたことは、彼らも承知している。

『私のことを調査済みなら、わかるはずよ。情に駆られて行動する人間じゃないと』

『情ではなく、興味や好奇心で突発的に動く。甚だ予測のつきづらい思考・行動パターンだ』

『それだけわかっていれば、充分よ』

江波は笑い、それからおもむろに表情を引き締めた。

『もう、時間がないの。きいているでしょ？　計画の発動がヒロシマなら、リミットは明日の朝、八月六日、午前八時十五分……あと十三時間を切ったわ』

『まるで脅迫《きょうはく》だな』

『いいえ。私たちの目的は、同じはずよ。あなたたちはこの向こう側で待機して。不測の事態が起きたときは、ただちに対応できるわ』

江波が示したのは、部屋の東側の壁にはめ込まれた、巨大なディスプレイだった。深い青の水槽に、色とりどりの魚が泳いでいる。ディスプレイはマジックミラーになっており、隣室からこの部屋のようすが見通せる。もちろんマイクもついており、音声もクリアだ。

躊躇《ためら》いを色濃く残しながらも、捜査官が結局、江波に従ったのは、自分たちにはすでに打つ手がないと認めているからに他ならない。

「三十分はやれない。十五分だ」

リードが了承《りょうしょう》すると、江波は西本に指示して、ベッドを操作させた。介護《かいご》用ベッドと同様に、背と膝《ひざ》にあたる部分がマットごと稼働する。マットにとりつけられた拘束具ごと、佐田の上半身が起き上がり、膝の部分がゆるい「く」の字に曲がった。

「あなたたちも、退室して」

邦貝と西本はしばし逡巡《しゅんじゅん》していたが、江波に促《うなが》され、何度もふり返りながら部屋を出ていった。江波はひとつため息をつき、折りたたみのパイプ椅子をベッドの脇に運んだ。

ここは三階にあたるが、窓は南側に細長く天窓が切られているだけだ。そちら側を背にして、江波は椅子に腰かけた。となりのモニター室からは、江波の横顔と、佐田の正面の顔が見えているはずだ。

「お久しぶりです、教授」

江波の声に操《あやつ》られてでもいるように、佐田がゆっくりと目を開《あ》けた。

「君は、変わらないな」

しばし江波をながめ、佐田は言った。わずかにかすれてはいたが、江波が覚えている穏《おだ》やかな声音《こわね》のままだった。江波は彼の顔に近い側ではなく、ベッドの足元の辺《あた》りに腰かけている。拘束されたままの佐田が、さほど首を回さずに済むようにとの配慮だった。

「教授は、老《ふ》けましたね」

「そういうところも、相変わらずだ」

目だけでかすかに微笑《ほほえ》んだ。

「さっそくですが、教授……」

「もう、教授ではないよ」

「ああ、そうでしたね。顔を見たら、つい……では、佐田博士。ハッカーのイアン・ドーリーが、TL夢に侵入《しんにゅう》したのは、あなたの差し金ですか？」

「せっかちも、昔のままだな」

CIAの尋問と度重《たびかさ》なる移送で、ここ数日、ろくに眠っていないのは明らかだ。疲れきって、まぶたは重そうなのに、眼差しは優しい。最先端を走る科学者から、テロリストに変貌《へんぼう》したはずが、危険な雰囲気《ふんいき》はどこにもない。昔から、こういう目をしていた。

生意気な江波に面と向かっては何も言わず、それでも遠くから娘を絶えず気遣《きづか》っているような——その達観《たっかん》に磨《みが》きがかかり、こうして向かい合うと、娘を通り越して孫になった気分だ。

江波の質問を、佐田は素直に肯定《こうてい》した。

「他人の研究成果を盗用するなんて、研究者としてあるまじき行為だが……私が使っていた施設では、色々と不足があってね。機材や設備以上に、人材が足りなかった……。しかし君たちには、済まないことをした。改めて、お詫《わ》びする」

「構いません。博士が0号を続けていたことは、私にとっては喜ばしいことですし……それに、博士の配慮《はいりょ》を差し引くと、功罪《こうざい》はプラマイゼロです」

「配慮、とは？」

「博士はわざと、TL夢に侵入した……違いますか？」

データの盗難は、いわば行きがけの駄賃《だちん》。本当の目的は、江波に佐田の存在を、佐田が0号に関わっていて、0号を使って何かをはじめようとしていると気づかせるため、いわば警告ではないか。江波はそのように説《と》いた。

「仲間とはいえ、ゲリラの監視下に置かれていたあなたが、かつての教え子に連絡をとる方法はそれしかなかった。私に警告し、止めてほしかった……違いますか」

「うがち過ぎだよ」

今度は否定も肯定もしない。やはり目元だけが微笑んで、江波は自分の仮定が間違ってはいないと確信した。すぐに次の質問に移る。

「『米国に、平和的な核を落とす』とは、博士の発案ですか？」

「そう思ってくれて、構わない」

「志　半《こころざしなか》ばで亡くなられた、お父さまの遺志を継いだ——そういうことですか？　核の廃絶《はいぜつ》を促すための、まさに起爆剤になり得ると？」

「……そうだ」

曖昧《あいまい》な影がよぎったが、佐田はいままでになく、はっきりとこたえた。

「争いの種は、決して尽きることがない。いやこの先、何百年経《た》っても、人はやはり争い続けるだろう。戦いが続く限り、世界が核を手放さないというなら、多少の荒療治《あらりょうじ》はやむを得ない」

富や領土、資源のとり合い以上に、そこには人の本質が関わっている。同じ感情の、表が愛情なら、その裏は憎悪だ。嫌悪、差別、排他……人が人を愛する限り、表裏一体に憎しみも存在し続ける。脳の深い部分に刻まれた、いわば本能から生まれる感情である以上、人が人である限り、争いはくり返される――。死者の記憶を見続けた佐田が、行きついた結論だった。

「未だに核のバランスを主導しているのは、米国だ。本気で核の廃絶に向かうには、原水爆の悲惨《ひさん》さを、身をもって体験するしか方法はない」

「平和的な核とは、やはり0号を応用したシステムですね？　……おそらくは、米国全土を覆《おお》うほどの広範囲にわたって、そこにいる人々に同じ記憶を見せる……たとえて言えば、そんな方法です」

江波たちは、被験者への副作用をとり除くための研究を進めてきた。脳への負担を軽減し、個々人の気質に鑑《かんが》みて、細心《さいしん》の注意を払う。いわばマイクロ化に腐心《ふしん》した。逆に佐田が進めたのはマクロ化――巨大化ではないだろうか。江波はそう予想した。

ただ、肝心《かんじん》の方法については、皆目《かいもく》わからない。メディアにネット、それを繋ぐ海底ケーブルと人工衛星。あらゆる可能性を考えてみたが、三億もの人間の脳内で、一度に同じ記憶を再生させる――そんな方法は、どうしても思いつかない。

教え子の苦悩に同情するような、佐田の目にはそんな色が浮かんでいたが、こたえははぐらかした。

「これ以上、何も言うつもりはないよ。私もそこまで、親切ではないのでね。あとは好きに、私の記憶を抽出すればいい……無駄だとは思うがね」

「百五十を超《こ》える記憶をはがすのに、たった半日では足りませんからね」

江波は言って、佐田の反応を見る。

「否定しないということは、やはり決行日は明朝ですか」

「ノーコメントだよ」

「別に期待はしてません。ただ博士の無茶に、驚いているだけです。脳への負荷をいくら軽減しても、百五十はやり過ぎです。私と違って良識《りょうしき》あふれる人物だと、上司には話していたのに撤回《てっかい》しないと」

「それは済まなかった」

「まさかこうなることを予想して、せっせと他人の記憶を溜め込んでいたなんてことは」

「そこまで先読みはしていない……必要だった、それだけだ。研究のためにも、私自身のためにもな」

目をつぶると、自動的に彼らの記憶が浮かび上がる。イエデの苦悩も、ガウの決意も、その陰で震《ふる》えていた怯《おび》えや恐怖も、次々と意識の表層に現れ、佐田の脳内いっぱいにとびまわり渦《うず》を巻く。それが記憶の抽出を阻《はば》むことになるとは皮肉なことだ。けれどくり返し再生される彼らの人生が、最後まで残っていた理性や道徳に留まることを許さなかった。怨念《おんねん》ではなく、海の底よりも昏《くら》い悲しみとなって、佐田の心に降り積もる。

何層、何十層にも重なり、張り合わされたものは、いまや硬い殻《から》となって佐田自身の記憶を覆い隠していた。

江波の白衣のポケットの中で、携帯が震える。音は切っていたが、画面の色からするとラボの内線だ。相手は隣室にいる捜査官だった。

「残念ですが、時間切れです。施術をはじめます」

ハワード・リードが、明らかに苛立《いらだ》ちながら左腕の時計を覗《のぞ》く。

『まだか？　まだ彼の記憶に辿り着かないのか！』

時計の針は、午前三時をまわっている。記憶の抽出は、すでに二十回を超えていたが、何度くり返しても、サルベージできるのは他人の記憶ばかりだ。実際の作業を行う邦貝と西本の顔にも、疲れが滲《にじ》んでいた。

『やはり、この方法では無理みたいね』

『無理……だと？　やはりだと？　本気で協力するつもりなぞ、最初からなかったということか！』

『怒鳴《どな》らないで。私たちも精一杯やっているわ。ただ、0号を熟知《じゅくち》しているからこそ、最悪こういう事態になるかもしれないと、想定はしていたの』

記憶というものは、一枚ずつ確実に剝《は》がせるものではない。表層に上《のぼ》るのは一瞬で、しかもランダムだ。カードが減ることのない神経衰弱《しんけいすいじゃく》をしているようなもので、実際、二十数回にわたる抽出の結果、同じ誰かの記憶を引き当てることもある。仮に千回くり返したとしても、たった一枚の佐田の記憶に辿り着く確率は、一パーセントにも満たない。

江波はそのように説明したが、他人事のような淡々《たんたん》とした口調《くちょう》は、かえって相手の怒りを助長《じょちょう》した。

『ふざけるな！　日本人には高みの見物かもしれないが、我々にとっては祖国の命運がかかっているんだぞ！　あと数時間で、米国に核が落ちるかもしれない……食い止められるのは、我々だけだ。いわば国の未来を背負っている立場で、何もできなかったでは許されない！』

『どうか落ち着いてください、リード捜査官。0号の性格から言って、本物の核ではないことは明らかですし……』

あまりうまくない英語で、邦貝が懸命《けんめい》になだめたが効《き》き目はない。

『あたりまえだ！　もしも本当に核攻撃にさらされれば、ただちに米国からも核が発射される。世界は終わりだ！』

機材が震えるほどの大声が響《ひび》きわたり、捜査官の荒い息だけが、静寂《せいじゃく》の膜《まく》に刻《きざ》まれた。

『仮にアル・ファラクの言う核が、仮想現実だとしても、我々は楽観視はできない。精神へのダメージは、癌細胞と同じだ。大勢の市民が何らかの精神汚染を受けることになれば、その脅威《きょうい》は計《はか》り知れない。何度治療しても、安心したころに再発するかもしれない。未来永劫《えいごう》、その恐怖にさらされるんだぞ！　何年、何十年にもわたって、国力に響くようなことになれば、米国はおしまいだ！』

精神医学においては、米国は先端を行く。かつて経験したことのない精神攻撃という災《さい》厄《やく》を、決して軽視してはいないようだ。ハワード・リードが、それまでとは違う目で、仰向けに横たわる佐田を見下《みお》ろした。

『どうやら、これ以上続けても無駄なようだな。作業は中止だ。後は我々が尋問する』

不穏《ふおん》な気配は、その場の誰もが感じとった。正義にあふれた人間から、ふいににょっきりと角でも生《は》えたような、危うい感覚だった。

『尋問って、何をするつもり？　あなたたちも、すでに手は尽くしたはずよ』

『本国で行われたのは、あくまでセオリーに則《のっと》った尋問の方法だ。上は未だに、決行日が九月十一日だとの見方が、大勢を占めるからな。だが、我々は違う。タイム・リミットがあと数時間というなら、手段を選んではいられない』

致死量《ちしりょう》の自白剤でも、打つつもり？　それとも拷問かしら？

『この男はすでに、自分の身など何とも思ってない……ただし、たったひとり残された、家族となれば別ではないか？』

それまで眠っているように見えた佐田が、目を開いた。見下ろすリードの顔に、初めて勝ち誇《ほこ》ったような冷たい笑みが浮かんだ。

『家族とは……広島に住む、佐田博士の妹ね？』

『そうだ。すでに妹とその一家の身柄は、我々が押さえた』

何人かの捜査官は、横田基地からまっすぐ隣県にある航空自衛隊の基地へと向かい、広島に入ったとリードが告げた。

『ドクター佐田、我々は本気だ。これ以上だんまりを続けるつもりなら、妹とその家族を殺す……四人家族で、残された時間は四時間強だから、一時間にひとりずつだ……最初は夫、次にふたりの子供、最後におまえの妹……』

『ばかな！　彼ら自身は何の罪もない、一般市民なんだぞ！　そんな非道《ひどう》が、許されるはずがない！』

思わず叫《さけ》んだ邦貝の白衣の袖《そで》を、西本が摑んだ。

『僕はこれまで、米国人であることを誇りにしてきました……民主主義を旗印に、自由と平等を謳《うた》う……たとえ現実には差別や不平等があっても、掲《かか》げた信念は間違っていないって……だから、米国人としても精神科医としても、彼らの暴挙《ぼうきょ》を許しちゃいけない……星条旗に泥を塗《ぬ》る行為を容認してはいけない……わかってはいるのに……』

ぎゅっと瞑《つぶ》られた眼鏡の奥の目から、ぽろぽろと涙をこぼす。

『理性では、前頭葉《ぜんとうよう》ではわかってるのに、なのに脳幹《のうかん》の辺りから声がするんです……もうそれしか方法がないなら、それですべての米国人が助かるのなら……悪魔に魂《たましい》を売り渡しても仕方ないって！』

「西本……」

『僕は、最低です……他人にカウンセリングする資格なんてない……自分たちのためなら、他者はどうなってもいい……そんなふうに考える、あさましい人間です』

「もういいよ、西本。誰もおまえのこと、そんなふうに思っちゃいない。立場が逆転すれば、おれもきっと同じだ」

日本語で話しかけ、自分の袖にかけられた手を、ぽんぽんと叩《たた》いた。

西本の言葉に、誰よりも痛い思いをしたのは捜査官だったようだ。リードは辛そうに顔をしかめたが、決意を固めるように口元を引き結び、腕時計を見た。

『いまは、午前三時二十六分だ。ドクター佐田、最初のリミットは四時。あと三十四分で白状しなければ、最初の犠牲者が……』

ドン！　と大きな音がした。部屋中の者がびくりとして、音の方角をふり返った。のんびりと熱帯魚が漂《ただよ》うディスプレイ。音はその向こうから響いてくる。ドンドンと壁を叩く音は長く続き、一瞬やんだが、またすぐにはじまった。

画面の向こう側、モニター室で何が起きているのか。察《さっ》した江波はリードに告げた。

『最終手段の前に、もうひとつだけ試《ため》させて。カンフル剤を打ってみるわ』

『カンフル剤だと？』

『さっきあなたも、モニター室で会ったでしょ。あの青年よ』

『彼は、君の部下だろう？』

そう紹介されたリードが、怪訝《けげん》な顔をする。構わず江波は、画面に向かって声をかけた。

「どうぞ、森田さん。こちらの部屋に来てもらって構わないわ」

ほどなく扉を開けて入ってきた姿に、佐田洋介の顔色が変わった。

「これが私への切り札か……君らしいよ、江波くん」

部屋に入ってきた森田俊をじっと見て、皮肉な調子で唇を歪《ゆが》めた。

江波はふたたび佐田のベッドをリクライニングさせて、森田と入れ替わりに強引に他の者を部屋から追い出した。捜査官のリードが、難色《なんしょく》を示しながらも結局は従ったのは、容疑者のようすが明らかに変わったからだ。すべてを達観し、挙句《あげく》にあきらめ放棄《ほうき》したかのような、倦怠《けんたい》と無表情に、わずかながら能動的な気配が見える。

三人を残し、部屋のドアが閉まると、それまで泣きそうな顔で佐田を見詰《みつ》めていた青年が、口を開いた。

「洋介……」

とたんに佐田の表情が険《けわ》しくなった。麻薬患者のような、とろりと濁《にご》った目に、怒りとも憎しみともとれる強い光が初めて宿《やど》った。

「いったい、何の茶番だ？　彼の中に、いっとき親父の人格が残ったことは、君の手紙で読んだ。まさか佐田行雄のまま、十年以上も経過したなどと、世迷言《よまいごと》を言い張るつもりか？」

「それはあの当時の、私の推論に過ぎません。未だにオリジナル……仮に下沢俊としましょうか……十七歳までの下沢俊の記憶も人格も失ったままですが、その後の経過は、少し違います」

佐田によって植えつけられた父親の記憶データの上に、十三年分の経験を上乗せした、森田俊というまったく別の人格だと、江波はこれまでの経緯を語った。

「いわば彼自身が、森田俊という人間を育ててきた。道徳観や行動基準にベースとしては残っていても、佐田行雄だとの自覚はすでにない……本人からはそうきいていますが、どうやら息子のことだけは、別みたいね」と、ちらりと森田をながめる。

「息子だと？　馬鹿馬鹿しい。私に何かしゃべらせようと、下手《へた》な芝居をさせているなら……」

「自分でも、よくわからないんです……記憶の断片は残っていても、僕はもう佐田行雄じゃない……そう思っていたのに」

混乱する頭をなだめるように、森田は片手を額《ひたい》に当てた。

「なのに、洋介の、佐田博士のことだけは、感情があふれてきてどうしようもないんです……ずっと会いたくて、どこでどうしているか心配でならなくて……こんな形の再会を、望んでいたわけじゃない。息子が犯罪者になって、胸が潰《つぶ》れるほど悲しいのに……でもやっぱり、こうして顔を見られたことが、嬉しくてならなくて……」

「やめろ！　その顔で、親父を騙《かた》るな！」

びくん、と震え、口を閉ざしたが、行き場を失った感情が、両目からあふれ出す。

「すまない、洋介……この顔が、どんなにおまえを苦しめているか、頭ではわかっているのに……」

「だから、その口調をやめろと……」

「佐田博士、これはあなた自身が招いた結果です。演技でも何でもない、もちろん私や捜査官が、指示したわけでもない。十三年前、彼に0号を施した、その結果です。博士には、科学者として見届ける義務がある。逃げないで、彼の話をきいてあげて」

ひとたび江波をにらみつけたが、この教え子に正論を吐《は》かれては太刀打《たちう》ちできない。

「どうぞ、森田さん。いいえ、佐田行雄さん。あなたの言いたいことを、あなたの言葉で話してください」

こくりとうなずいて、日に焼けた腕で涙を拭《ぬぐ》う。真っ赤な目を、佐田に据《す》えた。

「洋介、覚えているか？　おまえが家に来てくれて、一緒にビールを呑《の》んだ。0号が刑法を変えるかもしれないと、抱負《ほうふ》を語ってくれた」

「あれは、おれが書き加えた仮想データだ。現実の出来事じゃない」

いつのまにか、佐田の口調も変わっていた。奇妙な親子の会話が、父親の死後十五年も経って、成立していた。

「うん、わかっている……それでもおれは、嬉《うれ》しかったんだ。おれの死《し》に際《ぎわ》に、おまえがわざわざ父親との語らいを加えてくれた。それがとても嬉しかった。あの記憶だけは、何度も何度も思い返したから、いまも鮮明に覚えている。……『遺族がいちばん望んでいることが何か、父さんならわかるだろう?』と、おまえにきかれた。おれがそのとき何とこたえたか、覚えているか」

「……加害者の贖罪《しょくざい》だ」

森田の顔が、ぱっと輝いて、嬉しそうにうなずいた。

「ただな、洋介。あれは、おれの言葉じゃない」

「え?」

「あれは、おまえの言葉、おまえの望みだ。おれが本当に望んだものは、贖罪じゃない」

あ、と江波が、初めて気づいた顔になった。たしかに、そのとおりだ。迂闊《うかつ》にも、いままで見過ごしていた。あれは佐田が合成した記憶データ、佐田が父親の記憶から予想した、台詞《せりふ》に過ぎない。

あの場面より前に、原爆開発計画に関わった米国人科学者が来日した。しかし被爆者が期待した謝罪の言葉はなく、父はともに活動していた被爆者団体の仲間とともに、無念の酒を酌《く》み交《か》わした。これらは父の記憶に残されていた、現実の出来事だ。

だからこそ、贖罪という言葉を仮想データに組み込んだ。父の無念を、あの台詞に凝《ぎょう》縮《しゅく》させたつもりだった。しかし当の父親は、違うという。先刻の森田以上の困惑が、佐田の表情に斑《まだら》の影を落とした。

「戦争は狂気だ。狂った世界だ。本当の意味の贖罪なんて、誰にもできない。米国人に核の悲惨さを体験しろというなら、真珠湾《パール・ハーバー》攻撃も、再現させるのか？　かつての日本人がアジアで犯した数々の戦争犯罪を、いまの日本人に体験しろというのか？　過去の者たちが犯した罪を、未来になすりつけるつもりか？」

熱弁をふるう姿は、すでに森田俊ではない。声は彼のはずなのに、佐田行雄の声を直にきいているような、江波ですらそんな錯覚《さっかく》に陥った。息子の目にはさらに強く、父親の残像が映《うつ》っているに違いない。

「おれの願いは、ひとつだけだ。二度と被爆者など、出したくない。おれたちが経験した苦しみを、もう誰にも味わってほしくない。それだけだ！　どうしてそれが、わからないんだ！」

佐田の両目が、大きく広がった。たしかに、そのとおりだ――。

父が何のために、核廃絶運動にあれほど打ち込んだのか、家族すら顧《かえり》みず、生涯を費やして、ひたすら訴えてきたのは、そのためだ。その言葉がニュースで流れるたびに、心底悔《くや》しそうにテレビの画面を見詰めていた。核軍縮会議が不調に終わったときも、どこかの国で核実験が行われたと報道されたときも。核爆弾だけではない、チェルノブイリの原発事故に動揺し、東日本大震災の折の放射能漏れには、誰よりも胸を痛めていたと、これは妹の芳美《よしみ》が話してくれた。

きっとそのたびに、フラッシュバックを起こしていたのだろう。懸命に逃《のが》れようとしていた過去に、八月六日の広島に、引き戻されていたのだろう。

この先、未来永劫、世界中の誰にも、放射能という恐ろしい魔物にとらわれてほしくない――。父が、佐田行雄が願っていたのは、ただそれだけだった。

「おれはやっぱり、親父のことを何もわかっていなかったのか……」

ぽつりと、佐田は呟《つぶや》いた。ベッドの両脇に立つふたりに、ぼんやりとした横顔を見せる。

「洋介、頼むからやめてくれ。計画を中止してくれ。いまならまだ、間に合うんだろう？　おまえが計画を明かしてくれれば、捕らわれている芳美や家族も解放され……」

「もう、遅いんだ、父さん」

「遅いって……どういうことだ？」

「『グラウンド・ゼロ』は、もう誰にも止められない。おれにも、アル・ファラクの最高指導者にも」

ふたりに横顔を向けていた佐田が、ゆっくりと森田をふり返った。

「でも、父さん。父さんの願いは、これで叶《かな》うかもしれない」

「洋介、何を言っている？」

「いくら父さんたちが訴《うった》えても、無駄なんだ。人間は、自分の身にふりかからない限り、本気にはならないからね。でも、世界中の人間が、核の悲惨《ひさん》さを思い知れば、父さんが望んでいたとおり、核を放棄するかもしれない」

「世界中？……って、どういうことですか、佐田博士。0号は、グラウンド・ゼロの標的は、米国だけじゃないんですか？」

思わず江波は、佐田の肩を揺《ゆ》さぶった。たいした力ではないはずが、酔っぱらいのようにゆらゆらと、佐田の首が揺れる。これまでの睡眠不足に、施術の疲労も重なって、限界に達しているのだろう。ぼんやりとした横顔のまま、それでも独り言を呟くようにこたえる。

「米国だけではない。欧州、南米、アフリカ、アジア、もちろん日本も例外じゃない……たぶん君たちも、アル・ファラクの同志たちも免《まぬか》れないだろう……これはサイードにも、明かしていない」

アル・ファラクの最高指導者すら、知らない事実だった。知っているのは佐田とギムザ、イアン・ドーリーの三人きりだ。ハッカーとして計画に加担したイアンは、回避する対策を講じたようだが、研究仲間であったギムザは、かえって面白がり、もちろん佐田も避《さ》けるつもりはない。

ギムザは研究施設とともに爆風で吹きとばされ、遺体の判別すらまだついていない。自分が体験できないことを、さぞかし残念がっているだろう。ギムザの笑顔と声が、頭の中に明滅する。強烈な睡魔《すいま》に似た感覚が襲ってきた。父と江波の声が、ふくらんだり縮《ちぢ》んだりしながら懸命に佐田を呼ぶが、それもしだいに遠ざかる。

「博士! 教えてください。八十億もの人間に、いったいどんな方法を? こたえてください、博士!」

いまや両の肩をつかみ、懸命に声をかけたが、佐田の反応は鈍くなる一方だ。となりのモニター室からは、スピーカーを通してリードの怒鳴り声がする。思わず舌打ちし、そのときようやくベッドの向こう側の異変に気がついた。

「森田さん、どうしました?」

森田は背中を丸め、呻《うめ》いていた。強烈な頭痛に見舞われてでもいるように、両手を頭に押しつけている。

「う……待って、待ってくれ……おれは、洋介を……」

「森田さん？　しっかりして、森田さん！」

「俊くん、頼むから、もう少しだけ……」

一時的に現れた佐田行雄の人格が、従来の森田俊に戻ろうとしているのか――。江波は最初、そう思った。ただ、あまりにようすがおかしい。短い葛藤《かっとう》が収まると、彼の肩が震え出した。

「ふ……ふふ、ふふふ……」

「……森田さん？」

ふいに、けたたましい笑い声が、部屋中に響きわたった。耳障《みみざわ》り極《きわ》まりないその声は、笑いというより、ヒステリックな叫びに近い。それが森田から発せられていることにも、天を仰《あお》いで高笑いする姿も、江波にはとうてい信じがたいものだった。

「はーっ、やーっと出られた。ったく、こんなに手こずるとは思わなかったよ。あー、せいせいした」

口調は子供っぽく、抑制《よくせい》がきいていない。さっきまでぴしりと張っていた頬《ほお》は、だらしなく弛緩《しかん》して、目つきだけが剣呑《けんのん》なまでに鋭い。ごくりと唾を呑み、江波はその目と対峙《たいじ》した。

「あなた、もしかして……オリジナルの、下沢俊？」

「そ、おばさんとは、はじめましてだね。でも、おれは知ってるよ。あんたを初めて見たのは、十何年前だっけ？　あのころにくらべると、やっぱ老けたねー。ま、十年以上経ってるから無理ないか」

「つまり、あなたは最初から、彼の中ですべてを見ていた……そういうこと？」

「そゆこと」

「どうして十年以上も、引きこもっていたの？」

「面倒くさいからに、決まってんじゃん。あの事件で捕《つか》まってから、ずーっと犯罪者あつかいされてさ、いいかげん疲れてたの。あの女子高生が死んだのは事故だろ、おれたちが殺したわけでもないのにさ」

　思わず怒鳴りつけそうになるのを、懸命にこらえた。江波は彼とは初対面だ。それでも、十三年前、いや、最初の事件が起きた十五年前から、おそらく彼は少しも成長していない。

「このまま一生後ろ指さされてくのもムカつくし、かと言って死ぬのも面倒だし、いっそその辺の奴殺して、本当の殺人犯になってやろうかって思ってたところにさ、そこのおじさんが、面白いことしてくれてさ」

　俊と一緒にふり返ると、佐田はかっきりと目をあけていた。さっきの笑い声が、佐田を正気《しょうき》に返したのか。すでに限界を超えているだろうに、血走った両目は、じっと彼をにらんでいた。

「そう怖い顔すんなよ。おれは感謝してんだから。言っとくけど、あんたの親父が死んだのも、おれには関係ないからね」

「親父は発作《ほっさ》を起こして倒れて、ひと晩中、雨に打たれていたんだぞ！　せめて救急車を呼んでいれば、助かったかもしれないのに……」

「この子には、何を言っても無駄です。十五歳のまま、何の成長もしていないようですから」

いまにも殴りかかりそうな形相の佐田を、江波が押しとどめる。

「そうそ、大人は寛容《かんよう》にならないと。けど、あのじいさんが、おれん中に入ってきたときは、ちょっと驚いたよ。最初はわけわかんなくて焦ったけど、そのうち気がついたんだ。後はじいさんに任しちゃえばいいやって。おかげですっかり楽になったよ」

「ひとつ、きいていい？　あなたは四六時中、覚醒《かくせい》していたの？」

いや、と薄ら笑いを一瞬引っ込めて、口をとがらした。

「最初の何年かは、ほとんど眠ってた。別に見たいもんもなかったし、世間の冷たさに疲れきってたし。休養してた」

彼の話からすると、森田俊の人格が確立されたころから、少しずつ下沢俊の自我も目覚めはじめたようだ。起きている時間が伸びたというより、外の景色が映る隙間《すきま》が開いていく感覚だという。彼が完全に覚醒したのは、ほんの一、二年前のことだとも言った。

「寝てるのも飽《あ》きたし、そろそろチェンジしてもらおうかなと思ったら、今度は出らんなくてさ、参《まい》ったよ」

佐田行雄の記憶を土台に、少しずつ根を張って、途方もない努力の果てに、幹と枝を形成した。それは温室でしか生きられないひ弱な植物を、荒れ地で育てるのに似ている。過《か》酷《こく》な環境下で、頼りない記憶の断片を地道に育てた。それが森田俊という、豊かな葉を茂らせる若木になり、確固《かっこ》たるひとつの人格として、このからだに根付いたのだ。

オリジナルとはいえ、何の信念も希望もなく、あたりまえの道徳観すら欠如《けつじょ》したこの少年では、敵《かな》うはずがない。

「でもさ、あんたたちのおかげで出られたよ。そこのおじさんに会ったとたん、あいつがぐらぐらし出してさ。とっくに消えたと思ってた、じいさんまでとび出してきて。何ていうの、壁が崩れた感じ？　おかげでおれも、こうして表に出てこられたってわけ」

佐田博士に引き合わせたことで、土台となっていた佐田行雄の人格が現れた。土台が揺らいだことで、しっかりと立っていた森田俊という幹が傾いて、下沢俊が這《は》い出る隙間ができたのだ。

「ああ、せいせいした。あいつがずっと、頭の上に乗ってたからさ。けっこう鬱陶《うっとう》しかったんだ。これで好きなことができる」

「好きなことって、何がしたいの？」

「別に、これと言ってないけど……したいってより、やめたいかな。ボランティアとか人権活動とかはなしだな。面倒くさいし嘘くさいし、おれああいうの、いちばん嫌いなんだよね」

「でも彼は、森田俊は、続けるつもりじゃない？」

「無理だね。だってこのからだは、今日からおれのものだから」

上目遣いに、にっ、と笑った。背筋が凍《こお》るほど、冷たい笑みだった。

「おれが望んだら、あいつも反対しないよ。だってあいつはずっと、おれに申し訳ないって思ってたんだから。いままでは出る方法がわからなかったけど、こうして出てこれた以上、このからだはおれのもの」

「あなたが望めば、彼は、森田俊は、事実上消滅する？」

「そ」

この少年と、会ってみたい。話をしたい。長いあいだ、江波は切望していた。それが叶《かな》い、佐田行雄を含めるなら、彼の中には三人もの人格が共存していることも確認できた。まさに最高のギニーピッグだ。江波の好奇心は、小躍《こおど》りせんばかりに喜んでいる。

なのに、どうしてだろう。悔しくてたまらない。まるで自分の中にも、別の人格が現れたかのようだ。もうひとりの江波は、深い後悔に苛《さいな》まれている。こんな感覚は初めてだ。

森田俊の、血の滲むような努力を——下沢俊の罪をすべて引き受けて、わずかな記憶データを足場にして、ひとりでは抱《かか》えきれないような重い荷物を背負いながら、それでもあきらめずに一歩一歩進み続けたその道が、何の前触れもなく崩れ去り、消えてゆく。

本当なら、このまま森田俊として、生涯を全《まっと》うできたかもしれない。さまざまな人を助け、その力になりながら、数多《あまた》の人間を救ったかもしれない。

その道は、永久に閉ざされた。彼とはもう、二度と会えない。

この結果を招いたのは、彼の消滅を後押ししたのは、他ならぬ江波自身だ。好奇心だけに衝《つ》き動かされ、ひたすら突っ走る。自分という竜巻が駆け抜けた後に、どんな被害が起ころうと、ふり向くことさえしなかった。

けれど森田俊の消滅は、ひとりの人間を殺したのと同じことだ。

生まれて初めて、江波は後悔という苦い水を、飲まされていた。

ベッドの上の佐田も、似たような心境かもしれない。最初は反発していたが、図《はか》らずも死んだ父親と再会できた。それが突然、幼稚な凶悪犯にすり替わったのだ。素直に受けとめられるはずもない。

しかし下沢俊は、ふたりの思いにはまったく気づかぬようすで話を続けた。

「でもさ、ホント、いま出てきてよかったよ。さっそくこんな、面白いものが見れそうだし」

「面白いもの？」

「そこのおじさんが、世界を破滅させようとしてるんだろ？　世界同時多発テロなんて、ワクワクするよ。おれは賛成だよ。だって、こんなクソつまんない世界、一回壊しちゃった方が絶対いいし」

「違う！　おれは、そんなつもりじゃ……」

「つもりがなくても、実際そうだよね？　何か色々言い訳してたけど、全部壊したいって叫んでるようにきこえた、おれにはね。成功すれば、被害者は何十億にもなるんだろ？おれなんかより、よっぽど凶悪犯じゃん」

佐田が歯を食いしばり、ハの字に拘束された両の拳を握る。悔しいのは、俊の言葉が真実だからだ。どんな理想を掲げても、テロリズムは破壊でしかない。残酷で無邪気な少年は、その心髄を容赦なく暴き立てた。

天井近くに設置されたスピーカーから、リードの声がする。これ以上、待ってはいられない、尋問の主導権をこちらに譲れと主張する。「あと五分!」と、ディスプレイに向かって叫び返し、江波は佐田に向き直った。

「博士、もう時間がありません。CIAが主導権を握れば、妹さん一家の身も危うくなります。だから、教えてください。どのような方法で、八十億を超える人間に、いっせいに0号を施すのか」

アジアやアフリカの人口増加に伴い、世界人口は八十億を突破した。そのすべての脳内で、同じ記憶を再生させるなど、すでにSF映画の域《いき》だ。

「さっきも言ったろう。きいたところで、誰にも止められない」

「仕組みさえわかれば、手段はあるかもしれません。止められるとすれば、それを可能にできるのは私のチームだけです!」

「すげー自信」俊がぴゅーっと口笛を吹く。「でもおばさんは黙《だま》っててよ。せっかく面白いショーが見れるってのに」

「邪魔するつもりなら、この部屋からつまみ出してもらうわよ」

にらみつけると、「おーこわ」と首をすくめ、それでもとりあえずおとなしくなった。

「佐田博士、お願いします!」

いつになく真剣な江波の訴えが届いたのか、佐田は顔を上げた。

「一国だけに仕掛ける方が、難しかったんだ。なにせネットは、世界中に隙間なく広がっているからね。ひとつの動画を、世界中が共有する」

「動画……。今度の計画は、ネット動画を媒体にしている……そういうことですか？」

佐田がうなずき、それがスイッチになった。江波の脳が、トップスピードでまわり出した。

たかがネット動画で、0号を発動させることができるだろうか？

最初に浮かんだのは、その疑問だった。

動画とはいまや、3D動画をさす。もちろん二次元動画も健在だが、映画はすでに3Dが主流になった。3Dと言っても、ひと昔前とは質が違う。平面画面から、とび出して見えるといった子供だましではなく、三百六十度、見渡す限り異世界が広がり、観客のすぐ目の前で、さまざまなアクションが展開される。この特性を存分に発揮して、3Dの普及に何より貢献《こうけん》したのはゲームである。

フィクションに留まらず、家にいながら世界中の観光地を探訪でき、南極もヒマラヤの山々の頂上も、画面でながめていたころとは、比較にならない臨場感で体験できる。おかげで若い層に留まらず、シニア層にも広く浸透《しんとう》した。

たとえば、ランニングひとつとっても、さまざまな手法で活用できる。３Ｄグラスをつけながら走ると、道に沿って三百年前の街並みが再現される、ＧＰＳを利用したソフトが人気となり、石畳《いしだたみ》や砂漠など、映像に合わせて足の裏の感触が変わるランニングマシーンも、スポーツジムに導入された。

さまざまな形で商品化される一方で、ネットに出回る素人《しろうと》動画も、３Ｄが大勢を占《し》めるようになった。携帯や家庭用ビデオで、手軽に撮影し配信できる。加工や編集用のソフトも大量に出回っており、一方で端末も進化した。初期にはごついゴーグル形であったのが、年を追うごとに軽量化が図られ、いまでは普通のサングラスと変わらない重さになった。いまでは外出先でも気軽に楽しめ、一時期は誰もが携帯を手にしていた電車内の風景も、
３Ｄグラスをかけた姿が一般的になった。

ただ、たとえフル３Ｄでも、仮想現実であることは、誰もが承知している。この認識の壁は、容易には破れない。どんな悲惨な映像を見せたとしても、科学文明を享受《きょうじゅ》している現代人なら、現実ととり違えたりしない。仮に、同じ時間に発動するウイルスを仕掛けたとしても、多少のショックは受けるにせよ、せいぜい刺激の強いアトラクション程度だろう。テロというには、あまりにお粗末《そまつ》すぎる。

また世界中の人間に、同時に映像を見せることは不可能だ。眠っていたり仕事中だったり、3Dグラスをつけていない者も多く、この時間は使用するなと前もって忠告すれば事態は防げる。そんな簡単な方法ではないはずだと、江波は首をひねった。

これを解く鍵は、0号だ。0号の本質が、深く関わっている——それだけは確信できる。

——0号……他者の記憶の再生……再生した記憶を、現実と錯覚させるには……。

考えながら、森田俊をながめた。彼はまさに、その被害者だ。移植されたデータしか頼るものがなく、仮想と知りつつも、息子との最後の語らいを、大事にあたため続けてきた。くり返しくり返し、思い出し再生し、レコードやテープなら擦り切れてしまうが、記憶は逆にくり返す数が多いほどしっかりと脳に刻まれる。認知症患者が昔のことだけ覚えているのも、反復がもっとも単純かつ効果的な学習法であることも、同じ理由だ。

脳が事実と認識するのは、必ずしも現実とは限らない。脳が現実と思い込んでいるだけで、再生の回数が、年月が増えるにつれて、細部どころか大本すらも改変される例も少なくない。

——仮想現実……再生頻度……記憶の改変……。

江波が実際に思考していたのは、ほんの三十秒ほどだ。しかしそのわずかなあいだに、脳という桁外《けたはず》れの性能を有する器官は、どんなスーパーコンピューターにも真似ができない方法でこたえを導き出す。光を超える速さで、決まったルートを辿るのが電子頭脳なら、人の脳は記憶野を自在にワープする。ルートを持たない瞬間移動こそが、発想という起爆剤になり得る。

猛烈な勢いで、頭の中をぐるぐるとまわっていたキーワードが、しだいに集約され、その三つが残ったとき、江波の脳内がスパークした。

「動画の中に、何らかの方法で、当人に気づかれないようデータを侵入させる。一瞬の映像とか、効果音に隠された声とか、いわゆるサブリミナル効果です。一時は効果のほども怪しいとされた古い理論ですが、洗脳や過剰《かじょう》な宣伝に繋がるとして、世界的に禁止されています」

サブリミナルが取り締まりの対象になったのは、人の無意識に作用するからだ。だからこそ立証《りっしょう》が難しい。積極的に研究する者は多くはないが、それでも条件によっては何らかの効果は認められる、との報告は耳にする。

たとえば二時間の映画に、一分の映像を組み込むとする。一分を数百の静止画に分断し、二時間の中にフラッシュのようにさし挟めば、その場で認識することは不可能だ。しかし無意識はちゃんと、それを記憶している。何十、何百回とくり返し見せられれば、無意識がそれを現実だと錯覚することもあり得るかもしれない。

0号で抽出した記憶の断片も、脳が勝手に補足し、意識が満足するだけの整合性を与える。それもまた無意識の働きだ。保存期間が長ければ、断片に過ぎないものが意味をもって立ち上がる。脳の高い機能が、仮想を現実に変えるのだ。

可能性は充分に考えられる。一方で、本当にそれだけで可能だろうか、との疑いは、やはり拭えなかった。佐田からも、ある意味予想どおりのこたえが返る。

「半分しか点数をあげられないが、まあ、合格だ」

昔の研究室にいたころの、教授に戻ったような表情だ。

「半分ですか……もう少し、時間をください」

江波が種明かしを拒否するのも、やはり学生のころからの癖だった。

いまごろモニター室では、リード捜査官が、派手に貧乏揺すりをしていることだろう。マイクに怒鳴りつけたいのを、じっと堪《こら》えているのは、ここが正念場だと察しているからだ。

また、三十秒――。

江波の顔のまわりを漂っていた思考の霧が、ふっと消えた。

無意識に働きかけるなら、目や耳が捉《とら》える必要はない。人間の可視《かし》・可聴《かちょう》域外でも、何らかの作用は及ぼすかもしれない。紫外線や赤外線、超音波……いや、いっそ光や音に限定せず、電磁波そのものに意味を持たせることができれば——。無意識が、意味があると錯覚するだけの情報を、五感ではとらえきれない媒体《ばいたい》で発信できるなら——。

順序すら必要ない。個々の脳内に、蓄積し保管されることによって、それぞれが勝手に順序立て、意味をもたせ、物語を作り上げるからだ。ちょうど夢を見ながら、記憶を整理するように——。

「電磁波に、意味をもたせる……正確には、人間の脳内で、意味があるものに変換される、ということですが……そのような波長を、見つけたということですか？」

「そのとおりだ」

今度は深く、佐田はうなずいた。

電磁波とは、電場と磁場によって生じる波動のことだ。左右から水が寄せれば、ぶつかったところに波が起こる。わかりやすくたとえると、その波が電磁波だ。互いの水の向きや速さ、天候や風向きによって、生《しょう》じる波の大きさや長さ、速度が変わってくる。光も公共電波もレーダーもX線も、電子レンジに使われるマイクロ波も、すべての波を総称して、電磁波と呼ぶ。

研究を続けるうち佐田は、ある波長の電波にだけ、脳が独特の反応を見せることに気がついた。意識野には変化はないのに、無意識の部分が強い反応を示すのだ。反復することにより、反応は持続し、より強くなる。その電波に乗せて、無意識下にデータを送り込み、やがて意識野に上るほどの記憶として表出させる。それが佐田が取り組んだ、0号のマクロ化だった。

送られる電波自体に意味はない。ただ、それを組み合わせることで、ちょうどモールス信号のように、一種の暗号を作り出す。初めは解けなくとも、脳はしだいに慣れてきて、わかりやすい音や映像に変換しはじめる。細部は違っても、主軸は同じ記憶を構築《こうちく》させることもできるようになった。

「もっとも効率よく、脳へ働きかけてくれる受信媒体が、3D動画の端末だったんだ」

「では、プログラムを侵入させたのは、動画そのものではなく、3D端末へ動画を配信する際の電波ということですか？」

「何らかのカムフラージュを施した上で、電波を送信した。その辺りは専門外だから、私も詳《くわ》しくはわからない。工科大卒の助手に、任せきりだった」

「ある意味、電波ジャックということですよね？　世界中の電波塔に乗せるなんて、不可能にも思えますが」

「それはハッカーの、イアン・ドーリーがやってくれた。彼もまた、とても優秀な協力者だったよ」

データを脳に送り込む手段は、ひとまず把握《はあく》したものの、もうひとつ大きな疑問が残った。

構築されたデータは、いまは無意識下で眠っているということだ。それをどうやって、いっせいに発動させるか、つまり意識野に押し上げるかだ。江波の疑問に、佐田が薄く笑う。

「発動のタイミングもデータの中に組み込んであるが、発動を知らせる合図は、イアンに頼んで別に用意させた……あの耳障りな音をきけば、誰もが仕事を中断し、眠っている者もとび起きる」

「耳障りな、音……？」呟いた江波が、はっとなった。「緊急災害警報《きんきゅうさいがいけいほう》！　携帯に届く、あのアラームですか！」

地震大国たる日本が構築した、緊急地震警報がもとになっているが、いまや地震だけに留まらない。津波や噴火、あるいは気象衛星がとらえる台風や竜巻なども、かなりの精度で予測できる。これが世界中に広まって、なんらかの災害予測を感知しだい、携帯端末が不快な音で知らせる。

「二〇三〇年、八月五日を過ぎると、いわば鍵が外れ、災害警報のアラームで発動する……地球の裏側は、まだ五日だからね」

「では、やはり、日本時間の八月六日、午前八時十五分に、警報が鳴るんですね？」

「いや、違う。計画が発動するのは、その時間じゃない」

「違う……？　でも、広島に原爆が投下されたのは……」

「言ったはずだよ、私は世界中の人間に平等に、核を体感してほしいとね……」

ふいに、神経を金タワシでこすられるような、耳障りな音が鳴り響いた。江波の白衣と、森田俊のジーンズのポケットからだ。この部屋だけではない、となりのモニター室からも、かすかだが同じ音がいくつも重なる。

江波は壁に掛けられた時計を、思わず仰いだ。

時計の針は、午前五時十五分を示している。

「五時十五分……三時間前……博士、まさか！」

「太平洋上にある日付変更線は、いまこのときが、八月六日の午前八時十五分なんだ」

その瞬間、世界中の空に、白い光が炸裂《さくれつ》した。

＊＊＊

ピカ、と閃光《せんこう》がはじけ、次いで、ドン、と重い衝撃波が襲った。

何が起きたのかわからない。目を開けると、世界は一変していた。

壁や天井がなくなって、すべて瓦礫《がれき》と化している。そのでこぼこした灰色の地面が、見渡す限り、どこまでも広がって、その向こうに巨大なきのこ雲が立っていた。

「これが……世界の終わり……？」

信じられない大きさの雲を、俊は呆然《ぼうぜん》とただ見詰めていた。風に流されて、雲が斜めにひしゃげ、消えてゆく。そのころになってようやく、自分が瓦礫のあいだに挟《はさ》まっていることに気がついた。どうにか這いずり出て、からだを点検する。斜めに傾いたベッドが、地面とのあいだに三角形の隙間を作っている。おかげで手足のすり傷以外、怪我《けが》はなさそうだ。服だけはぼろぼろで、薄いパーカーの袖が破れ、両の腕が肘《ひじ》から出ている有様だった。

「他の連中は、どこにいるんだ……？」

あの建物は、何階建てだったろうか――。考えながら、ふと傍らを見た。最初は、自分の影だと思った。けれど俊が近づいても影は動かず、もとは壁らしき大きな瓦礫に、タールのようにべったりと張りついている。人形《ひとがた》の腕の部分に、溶けた銀色の金属が埋まっている。

江波が左腕に巻いていた時計だ――。気づいたとたん、叫びながらとび退《の》いていた。

熱線をまともに浴《あ》びれば、からだごと蒸発《じょうはつ》し、影だけが残る。俊もまた、広島で生まれ育ったから、そのくらいの知識はあった。怖い昔話に過ぎなかったはずが、いまは自分の目の前にある。その恐怖は、想像をはるかに超えていた。悲鳴をあげながら駆け出したが、すぐに何かにつまずいて倒れた。

「痛《い》ってえ……」

起き上がり、赤っぽい小山に気づいた。

「どうしてこんなところに、埴輪《はにわ》が……」

目と口だけを黒くぽかりと開けた赤茶けたものが、いくつも積み重なって小山を成している。それが埴輪ではなく、人だと察したとき、猛烈な吐《は》き気がこみ上げた。たぶんモニター室にいた連中だろうが、すでに誰が誰なのか判別すらつかない。逃げようにも、腰から下の力が抜けて、さっぱり前に進まない。

と、かすかな声が、耳に届いた。確かに、人のうめき声がする。

「誰か、生きてる……?」

俊の胸に、初めてかすかな希望がわいた。瓦礫に挟まった姿を見つけ、急いで駆け寄った。

「おじさん……博士のおじさんか?」

白髪交じりの髪の毛と、片腕だけが覗いている。上を覆った瓦礫は、とても俊ひとりでは動かせないが、背中と瓦礫の間には隙間《すき ま》がある。

「おじさん、しっかり。いま、引っ張り出してあげるから」

摑んだはずの腕が、ずるりとすべった。ゴム手袋のように剝《む》けた皮膚が、俊の両手にまとわりつく。慌てて引きはがし、そのとき佐田が顔を上げた。真っ赤に焼けただれ、倍くらいに腫《は》れ上がった顔には、もとの面影など微塵もない。

いったんこらえた胃液がふたたびせり上がり、俊は盛大に吐いた。吐くものがなくなると、代わりに涙がふき上げた。涙と鼻水とよだれで、顔をぐしゃぐしゃにして泣き続ける。

俊の耳に、かぼそい声が届いた。

「みず……水を、くれ……」

「……水は、飲んじゃいけないんだ。飲んだら死んじゃうって」

それでもか細い声は、水を求める。俊はゆっくりと立ち上がった。

「わかった、探してくる。だから、死ぬなよ、おじさん。おれが水をもって戻るまで、絶対死ぬなよ！」

瓦礫を踏み越えて、敷地の外に出た。けれどそこで、足が止まった。どんな地獄絵図よりすさまじい光景が広がっていた。

妙に見晴らしのよくなった景色のあちらこちらで、炎が上がっている。炭のような死体がそこかしこにころがり、真っ黒な人の群れが、同じ方角を向いて幽鬼《ゆうき》のように連なっている。人々が目指しているのは、すぐ近くを流れる川だった。すでに川は、水面が見えないほど人で埋め尽くされ、阿鼻叫喚《あびきょうかん》のるつぼと化していた。

「水……探さないと……」

その使命がなければ、頭がおかしくなりそうだ。俊は水を求めて、辺りをさまよった。けれどコンビニはおろか、自動販売機さえなかなか見つからない。

ぽつり、と顔にしずくが落ちた。妙《みょう》に粘《ねば》りを帯《お》びた雨粒はしだいに数を増し、その正体に気づくと背筋が凍《こお》った。

「黒い、雨だ……」

急いでパーカーのフードを深くかぶったが、雨は容赦なくむき出しの腕を黒く濡《ぬ》らす。雨を浴《あ》びた腕が、妙に熱く、地図のようにまだらに散った黒い模様が、ふいに一センチほども盛り上がった。

「……まさか、ケロイド……？　嘘だ……こんな早く……」

必死で否定しても、黒い染みは両腕にどんどん広がっていく。絶望と恐怖に支配され、我を忘れて叫びそうになったとき、その色が目の端《はし》に映った。鮮《あざ》やかな赤い色は見覚えがある——自動販売機だ。

前面が溶《と》けて歪《いびつ》にひしゃげてはいたが、自動販売機に間違いない。その上を塞《ふさ》いだ瓦礫のために、開けることはできなかったが、五百ミリのペットボトルを一本だけ見つけた。誰かがお金を入れて、買おうとしていたのかもしれない。蓋《ふた》は閉まっていたが、ボトルが裂《さ》けているようで、底に二センチほどしか水はない。水を見たとたん急に喉《のど》が渇《かわ》いてきて、ごくりと喉が鳴った。けれど水を待つ佐田の姿が浮かび、どうにか堪《こら》えた。

地獄絵図の中を、ふたたび潜《くぐ》り抜けられたのは、戻る場所があったからだ。

いつのまにか雨はやみ、左右の腕にあった火傷《やけど》の痕《あと》も消えていたが、それすら気づかなかった。

「おじさん、待たせたな。水、もってきたぞ！」

ようやく辿り着き声をかけたが、佐田はぴくりとも動かない。

「おい、しっかりしろよ……おじさん、おじさん！　頼むから、返事してくれよ！」

どんなに叫んでも揺さぶっても、こたえは返らない。たったひとりの身内を亡くしたような深い悲しみが、胸に突き上げた。

「……どうして待っててくれないんだよ……どうしてひとりで逝《い》っちゃうんだよ！　せっかく、水、もってきたのに……少しぐらい、待っててくれても」

声をあげて、子供のように泣いた。泣いても泣いても悲しみがこみ上げて仕方ない。瓦礫の中でからだを丸め、ただひたすら泣きじゃくった。

どのくらいそうしていたろうか、俊の肩に手が置かれた。驚いて、顔を上げる。よく見知ったふたりの姿が、そこにあった。

「俊くん、怖い思いをさせて、悪かったね」

「もう大丈夫だよ、僕らがいるからね」

佐田行雄と、もうひとりの自分、森田俊だった。

「洋介の……息子のために泣いてくれて、ありがとうな」

さっきまでそこにあった地獄絵図は消えていて、まわりには闇《やみ》しかない。ただ、三人のいる場所だけが、スポットライトのように白く浮かび上がっていて、その光とふたりのやさしい笑みが、安心感を与えた。

「頑張ったね、俊。佐田博士のために、水を探してきたんだね」

「でも、間に合わなかった……おれはやっぱり、何もできなかった……いつもいつもそうだ。おれは誰も、助けることができなかった」

「それでも俊くんは、精一杯やったろう？　おれたちはちゃんとわかっているよ……君が下沢俊として表に出てきたのも、洋介を止めたかったからだろう？」

しわだらけの顔に微笑まれ、ぷいと横を向いた。

「別におれ、そんなつもりは……」

「僕らに嘘をついても無駄だよ。同じからだの中に、いるんだからね」

森田俊は、嬉しそうににこにこする。

「お父さんが説得しても、佐田博士は計画を明かそうとしなかった。博士を挑発するために、わざわざあんなに悪ぶって、くさい芝居までしたんだろ？」

「くさくて悪かったな！」

「もう一度、礼を言うよ。本当に、ありがとうな、俊くん」

「じいさんもやめろって……結局何にもならなかったんだから……」

計画を止めることはできなかった。あんな怖い思いを、身を切るような悲しみを、いまも世界中の人々が味わっているのかもしれない。そう考えるとたまらなかった。

「あのおじさんを、あんなふうにした元凶《げんきょう》も、おれなんだ……おれがじいさんを見殺しにしたから、あんなにぐれちゃって……」

その言い方がおかしかったのか、ふっと佐田行雄が微笑む。

「それを言うなら、父親のおれに誰より責任がある。それにな、どんな理由があろうと、自分の行動には、自分で責任をもつ。それが大人というものだ。洋介がしたことは、洋介が責めを負う。他人のせいにはできないんだ」

「でも、おれのために、みんなが不幸になる。あんたの息子だけじゃない……あの子だって」

「あの子って……津旗柑那《つはたかんな》さんのことだよね？　最初の事件で亡くなった女子高生」

「どうしておまえが、その名前……」

「俊が隠してたから、ずっと気づかなかった……あの事件のずっと前から、俊は柑那さんを知っていた……というより、彼女に恋していた」

「やめろ！　言うな！」

俊以外、この世の誰も知らないことだ。警察も、ふたりの仲間も、もちろん津旗柑那自身も。当の俊ですら、気づいていたかどうか。そのくらい淡《あわ》い思いだ。

小学生のころ、週に一度市電に乗って、書道教室に通っていた。その帰りの市電で、時々見かける女の子がいた。何となく気になって、車内で姿を探したり、同じ電車になるよう一、二本見送ったりもした。でも、それだけだ。声をかけることはおろか、目を合わせたこともない。そんな勇気はなかったし、五年生のときに母親が亡くなり、書道教室もやめてしまったから、それ以来、会うこともなかった。

津旗柑那という名前も、華奢《きゃしゃ》だから少し下に見えたのに、実は一学年上だったと知ったのも、彼女がダンス教室に通っていたのも、すべて事件の後で知った。

ただ、彼女が標的にされのは、偶然ではない。あのとき——十五歳になった俊がふたりの仲間と歩いていたとき、柑那を見かけて、つい目で追ってしまった。

「なんだよ、俊、ああいうのが好みなのか?」

「悪くないな。どこかはかなげな感じでさ」

「まさか。むしろ嫌いなタイプだよ」

急いで否定したのは、照れくささだけでなく、何がしかの危うさを感じたからだ。けれど、遅かった。ふたりの仲間が、特にリーダー格の少年が、柑那に興味をもった。その結果が、あの事件だ。

柑那の方は、覚えているようすはなかったが、俊は内心で真っ青になった。当時の俊は感情を顔に出さない子供だった。動揺を悟《さと》られることはなかったが、ひとまわりもからだが大きく力の強いリーダー格に、逆らう勇気もなかった。

「おれはいいよ。タイプじゃないから」

辛《かろ》うじてそのポーズを保《たも》ち、乱暴に加担しなかったのが精一杯だった。

「だから俊は、隙を見て、彼女を逃がしてあげたんだね?　仲間にも彼女にも気づかれないよう、縛《しば》っていたロープをゆるめて」

「でも結局、おれのやったことは、彼女の命を縮めただけだった……おれの目の前で、車にはねられて……」

「ようやくわかったよ。俊はそれを、何よりも後悔して、ずっと苦しんできたんだね」

自分なんて、いなくなってしまえばいい——。やがて逮捕され、そして釈放されても、その思いにとらわれ続けた。事件から二年後、0号によって佐田行雄の人格が生じたとき、俊の願いが叶ったのだ。

「最初のうち、一生懸命呼び続けても、俊くんからは何も返ってこなかったのは、そういうわけだったんだね」

佐田行雄が、痛ましそうにため息をついた。

「でもね、俊。他の誰も知らなくても、僕らだけは知っているよ。俊が本当は優しい子で、他人にはわかり辛《づら》いかもしれないけど、そのときそのとき誰かの役に立とうって、努力していたことを」

「若いうちは、これでもかというほど間違いをしでかす。実は大人になっても、やっぱり間違いはやらかすんだがな。ただ、失敗から少しは学ぶ」

それが大人になるということだと、佐田行雄が年長者《ねんちょう》らしい励ましをくれた。

「俊の傷を癒《いや》すのに、僕らは必要だった。だけど、もう大丈夫。自分で考えて、歩いていける。だから僕らは、ここでさよならだ」

「さよならって、何だよ。どういう意味だよ？」

ぎょっとして、森田俊をふり返った。

「僕らは消えて、これからは俊の人生がはじまる。そういうことだよ」

「なに言ってんだよ。おれはまた、すぐに引っ込むよ。さっきのは芝居だって知ってるだろ？　いまの森田俊は、おまえが作り上げたんじゃないか。あんなご立派な人生、おれにはとても引き継げないよ」

「別に引き継ぐ必要なんてない。俊が判断して、最善を尽くせばいい」

「だってそれじゃ……おまえの努力が、頑張って築いてきたものが、全部無駄になる」

無駄にはならないと、もうひとりの俊は静かに告げた。

「俊はずっと、僕を見ていてくれた。それだけで充分なんだ。それが僕の、生きた証《あかし》なんだ。長いあいだ、からだを貸してくれてありがとう。僕の方こそ、お礼を言わないと」

「待ってよ！　行かないでよ！　まだ、話したいことがたくさんあるんだ！」

「忘れるなよ。おれたちはずっと、俊くんの味方だ」

ふたりの姿が、光に滲むように薄くなり、やがて消えた。

＊

「森田さん……森田さん……」

自分の名前を、呼ぶ声がする。目をあけると、白衣を着た男が上から覗き込んでいた。縦に長い姿は、温厚なクマを彷彿《ほうふつ》させる。見覚えがある気もするのに、誰なのか思い出せない。

「森田さん、大丈夫ですか？　ここがどこか、わかりますか？」

場所を問われて、枕の上で首を横に傾けた。開いたカーテンの向こう側に、仰向けに横たわり、目を閉じた姿があった。無精髭の隙間から見える顔は、ひどく青白い。とたんに皮膚色のゴム手袋の感触を思い出し、ぞくりと寒気がした。

「あのおじさん……死んじまったのか？」

え？　と男性研究員が後ろをふり返り、ああ、と笑顔になる。

「佐田博士のことかい？　大丈夫、まだ眠ったままだけど、呼吸や脈拍は正常だ。そのうち目を覚ますだろう」

「そっか……生きてたんだ」

呟いたとたん涙がこぼれ、こめかみを伝って耳へと流れた。右腕で目許を隠したが、熱いものは後から後から目からあふれてくる。穏やかな声が、上からたずねる。

「ひょっとして、君の夢には佐田博士が出てきたのかい？」

相手が見えないまま、うなずいた。

「そうか……やっぱり夢の状況は、人によってさまざまなんだな」

研究員が呟いたとき、佐田のベッドとは逆のサイドから女の声がした。

「まったく、いつまで泣いてるのよ、サル。いいかげん、仕事にかかってほしいわね」

「だって室長……僕の家族が！　ダディもマムもグランパもグランマも、リディア姉さんまで、石炭みたいに燃えてたんですよ！　ミネソタの僕の家も、跡形もなく吹き飛んじゃって」

腕で涙の跡を消しながら、頭を左に向ける。どうやら最初にいた部屋とは違うようだ。入院患者のための病室のような造りになっている。左側のカーテンは閉まっていたが、声はダダ漏れだ。ぐしぐしと洟《はな》をすすりながら懸命に訴える。

「彼の夢の舞台は、合衆国のミネソタでね。彼の……西本の実家がミネソタなんだ。情に厚い分、ずいぶんと応えたみたいでね」

邦貝というネームプレートをつけた、もうひとりの助手が、俊の血圧を測りながら説明した。吐き気や頭痛がないことを確認し、脳波計の準備をする。

核が落ちたという主題は同じでも、場所や状況、登場人物は人によってバラバラだという。

「この所内だけでも、何人やられたと思っているのよ。早急に治療が必要なんだから、さっさと湊かんで手伝ってちょうだい」

「江波、そう怒鳴り散らすな。ここにも患者がいるんだからな」

邦貝がカーテンの向こうに声をかけたが、「わかってるわよ！」と不機嫌な声が返る。

「邦貝、ここは任せるわ。サル、あんたはとっとと仕事に戻る」

「室長、僕の治療は？」

「あんたもプロでしょ、自分でやんなさいよ！」

足音が遠ざかり、腹立たし気にドアが大きな音を立てて閉められた。

「やれやれ、八つ当たりも甚だしいな」と、邦貝がため息をつく。「自分が夢を見られなかったものだから、おかんむりなんだよ」

「……あの夢を、見なかった？」

「うん。僕と江波と、あと数名はね。まだきちんと把握してないけど、たぶん半分ってところかな」

　リード捜査官をはじめとするＣＩＡのメンバーと、軍からも警護が派遣されていた。研究所内には、俊と佐田、三人の研究員を含めて二十名ほどの人間がいたが、そのうち十名ほどは悪夢を免れた。

「媒体が、３Ｄ端末だろ？　僕は子供のころから三半規管が弱くてね、３Ｄ動画を見ると酔ってしまうんだ。江波の方は、フィクションにも面白動画にもまったく興味がなくて」

　ふたりとも３Ｄ端末には縁がないと苦笑する。邦貝は幸運ととらえているようだが、いわば佐田の研究の集大成を体現《たいげん》できなかったことが、よほど悔しかったのだろう。

「江波にとっては一生の不覚でね。媒体が３Ｄだと知ってたら、無理してでも使ったのにって」

「それで僕に当たるなんて、ひどいですよね」

　左側のカーテンに隙間ができて、金色ソフトが顔を覗かせる。顔中に涙と鼻水を貼りつけ、自慢のソフトクリームもすっかりひしゃげている。

「なにせ三人の中で、唯一の体験者だからな」

　西本は不満そうに下唇を突き出したが、すぐにカウンセラーの顔になり、同情のこもった眼差しを俊に向けた。

「君は、大丈夫？　やっぱり怖かったよね」

「おれは、場所がここだったし……博士のおじさんもみんなも生きてたし」

夢の中身を、簡単に語った。

「それでも治療はしないとね。大丈夫、僕らはそのために、ずっと準備してきたんだから」

「治療って……？」

「江波は最悪の事態を……佐田博士を止められず、0号の被害を受けることも、織り込み済みだったんだ」

ベッドの脇に立つ邦貝が、真面目な顔で言った。

テロ計画を止めたいと、願っていたのは本当だ。ただ、同時に最悪の事態も想定していた。地道で着実な佐田洋介の性格を、江波は熟知していた。佐田が用意周到に編み上げた計画なら、すでに止める手立てはないかもしれない――。江波はそう読んでいた。

後に『グラウンド・ゼロ』の被害者は、世界中で八億人を超えると発表された。

それでも江波や邦貝同様、3D動画に熱心ではない者や、電波状況の良し悪《あ》し、あるいは個々人の性格や耐性によって差異《さい》が生じたのだろう。悪夢を見た者は、世界人口の十分の一に留まるが、決して少なくはない数だ。

世界中を震撼《しんかん》させ、誰もが落胆《らくたん》し、また今後を憂《うれ》えていたあの時期に、まったく動じなかった者がひとりだけいる。言うまでもなく、江波はるかだ。

「泣いてる暇《ひま》なんてないわよ。言ったでしょ、私たちの戦いはこれからなんだから」

想定し得る最悪の事態に、いかに迅速に対処するか。

佐田がイアン・ドーリーを使い、0号の応用システムを盗み出したのは、かつての教え子への警告であり挑戦だ。江波はそう考えて、邦貝や西本とともに対処法を講じていた。

「脅かすわけじゃないけど、あの夢は潜在意識に組み込まれたろう？　意識できないぶん症状の見極めが難しいんだ。いまは平気でも、ずっと後になってから後遺症が出る恐れもある。そういう人の症状を少しでも緩和するために、僕らはずっと試行錯誤してきたんだ」

西本が、俊に向かってわかりやすく説明した。

江波が考えたのは、NT夢《ナタームム》の応用だ。核が落ちた死の世界からでも、人間は立ち上がり、しぶとく生を模索《もさく》する。その過程をNT夢で見せることで回復を図る。ただしNT夢は、ひとりひとりに合わせた、いわば個人のためのオーダーメイドだ。八億の三割、二億を超える患者に施すには、あまりに時間がかかり過ぎる。

その問題だけは残っていたが、すでに邦貝は解決策のとっかかりを摑んでいた。

「さっき佐田博士の話をきいていて、思いついたんだが……博士が構築したマクロシステムを応用できないかな? 市販されている3D端末に、専用の受信機をつけてNT夢を送り込むんだ」

「それ、いいですよ、邦貝先輩。佐田博士と、たぶん米国で捕らえられているイアン・ドーリーにも協力してもらって、さっそく試作機を作りましょう!」

「あとは江波が、うんと言ってくれればだが」

「室長はこの手の話に躊躇《ちゅうちょ》しませんから、逆にとっととやれと、尻を引っぱたかれるのが落ちですよ」

「だな。佐田博士が目を覚ましたら、相談してみるか」

「博士は、まだ意識が戻らないんですか? ……ちょっと遅いですね」

一時明るさをとり戻した西本が、怪訝そうに表情を引き締める。俊の寝台をまわる形で、博士のベッドに近づいた。佐田のようすを確認し、枕元に置かれた機械の数値を覗き込む。

「脈も血圧も正常。脳波も、レム睡眠時に夢を見ているとすると、特におかしくはないだろ?」

「そう、ですね……」

邦貝に同意しながらも、気がかりなようすは消えない。

「博士のおじさん、どっかおかしいのか?」

「心配いらないよ、僕たちがついてるからね。それよりも、君とはまだ、ちゃんと挨拶してなかったね」

不安をかわすように、俊のベッドに歩み寄る。

「君は、オリジナルの森田俊くんだよね？　初めまして、これからよろしくね」

「別にあんたと友達になる気ねえし。てか、ウザい」

無邪気な笑顔とともに差し出された手は、俊の文句などものともせずに、その手をしっかりと握りしめた。

＊＊＊

「母さん、久しぶり。ずっと墓参りに来なくて、ごめんな」

母の墓前で手を合わせた。母が死んでから、どうしても来られなかった場所だ。

「ずっと可愛がってきた、あいつがいなくなって、じいちゃんもばあちゃんも本当は悲しかったと思うんだ。でも、おれにはそんな素振り見せなくて、『おかえり』って言ってくれた」

ぽつりぽつりと、近況を報告する。『グラウンド・ゼロ』から、九ヶ月が過ぎていた。

悪夢を見た八億人の中で、約三割は、何らかの治療が必要となり、特に子供や、もともと鬱病《うつびょう》や神経症を患《わずら》っていた者などには、深刻《しんこく》な症状が現れた。

それでも人々が希望を失わなかったのは、治療法が存在したからだ。

あの日、邦貝が俊に語ったとおり、江波のチームはこの災害に対処すべく準備を進めてきた。そして佐田が開発した0号のマクロシステムを応用し、核の落ちた世界を生き抜き、立ち直り、復興を遂げる過程をNT夢にして、潜在意識下に送り込んだ。

この治療は、ティエルマ社とその系列会社が、儲《もう》け度外視《どがいし》で全面的にバックアップした。

わずか三ヶ月で試作機を完成させ、半年の臨床試験を経てこのほど実用化に漕《こ》ぎつけた。五百を超える臨床データの結果は良好で、直径三センチほどのNT夢専用の受信機を、3D端末にとりつけるだけでいい。大量生産のラインが確保できれば、治療は一気に進むだろうし、いまは個々の患者のフォローをどのように行うか、各国の医療従事者と検討を進めている段階だった。

「あのおじさんたち、何か頼りなさそうに見えたからな。きっとボスのおばさんに尻引っぱたかれて頑張ったんだろうな」

「そのとおり、よくわかってるじゃないの」

いきなり後ろから返されて、ひゃっととび上がる。おそるおそるふり向くと、たったいま母に報告した話の登場人物が立っていた。

「久しぶり、元気そうね」

江波はるかだった。墓前には似つかわしくない、真っ赤な花束を手にしている。

「あら、花がかぶったわね。色が違うから、ま、いいか」

グレーの石の前に、花束を無造作に置いた。

「あんた、何でここに……てか、どうしてここがわかったんだ？」

「ここには昔、何度か通ったわ、お母さんの命日に合わせてね。あなたと話がしたかったんだけど、ガードが固くって」

毎回、祖父母に追い返され、目的は遂げられなかったと肩をすくめる。

「今日は、ひとりなのね」

「じいさんが腰痛めて、ばあさんが付き添ってる。代わりに行ってくれって頼まれた」

「意外と、祖父母孝行ね。おかげで話ができて、よかったけれど」

挨拶代わりか、ひとまず墓前で手を合わせる。その横顔をながめて気がついた。

「ああ、そういうことか……あんた、おれじゃなく、あっちの倭に会いに来たんだろ」

わざと意味深に、にやりと笑う。

「残念だったな、愛しの君に会えなくて。ひょっとしておばさん、あいつに本気で惚れてたのか？」

「惚れたなんて、そんな安い言葉で片づけてほしくないわね。私があれほど執心したのは、彼だけよ。私を0号に執着させた、最高の素材だもの」

あっけらかんと返されて、俊の方が鼻白む。

「てことは、あなたはオリジナルのまま。彼らはやっぱり、消えてしまったということね」

「すっかり消えたわけでは、ないと思う……たまに、妙な行動をとることがあって……自分じゃ説明がつかないから。いちばん意味不明なのが……」

「何？」

「いや……何でもない」

広島に着いたのは、昨日の午後だった。俊にとっては、禁忌ともいえる場所だ。一生、帰るつもりはなかったのに、少し前からその決心が揺らいでいた。

『グラウンド・ゼロが起きてから、核軍縮への機運は、明らかに高まっています！』

報道番組でそのフレーズが流れるたびに、どうしようもない焦燥に襲われた。

あの悲惨な悪夢を、現実にしてはならない――。身をもって知った被害者が世界中で声をあげ、その波はしだいに広まりつつあった。広島と長崎はそのシンボルとして、核廃絶運動が活発になっている。ニュースではそのようすがたびたび映し出され、いても立ってもいられなくなった。

墓参りに行くと言い出したのも、実は俊の方からだ。自分自身への口実が必要だったのだろうが、さらに不可解なことが起きたのは、昨日、広島駅に着いてからだった。

どこへ向かっているのか、よくわからないままに足が自然に道を辿る。着いたところは、雑居ビルの一階にある、小さな事務所だった。

『もみじの会』——。縦書きの木の看板は年季が入っていたが、スタッフの顔ぶれは若く、活気があった。そんなつもりなどさらさらなかったはずが、勧められるまま事務所の椅子に腰を下ろし、その正面に、額縁に入った古い写真が飾られていた。

写真を見たとき、一切が呑み込めた。

「じいさんの仕業かよ……。饅頭《まんじゅう》でもあるまいし、『もみじの会』なんてベタ過ぎだろ」

半世紀前、この会の創設当時の写真だと、俊と同じ年頃のスタッフが説明した。俊の記憶よりだいぶ若い姿が、十人ほどの仲間に挟まれて真ん中に映っていた。以前は被爆者支援団体だったそうだが、いまは非核のための運動が中心となり、九ヶ月前のグラウンド・ゼロ以降、活動に弾みがついたという。

また、ぜひ来てほしいと乞われ、気が向いたらとだけこたえた。

話せば興味を引くだろうが、だからこそ何も語らなかった。幸い江波は、それ以上はたずねることをせず、さばさばと言った。

「あなたは彼らを、拒絶していないということね。それならいいわ。見たところ、あの事件の後遺症も、さほど深刻ではなさそうだし。治療は必要なさそうね」

俊も被害に遭ったひとりだから、一応、予後の心配をしていたようだ。

治療ときいて、あの日の、あの病室が浮かんだ。別の心配が頭をもたげる。

「そういや、博士のおじさんは、どうなった？　おれがいたあいだは、結局目を覚まさなかったけど……」

「佐田博士なら、あのままよ。ずっと眠り続けたまま、未だに目覚めない」

「あのままって、まさか……もう九ヶ月も経ってんだぞ！」

江波は俊から視線を外し、眉間にしわを刻んだ。

「おれはてっきり、もうとっくに目を覚まして、あんたたちに協力しているんだとばかり」

「たしかに治療システムは、博士の研究の応用よ。でも情報は博士からじゃなく、博士の元助手と、米国の刑務所にいるハッカーから得たものよ」

佐田の助手をしていたギムザは、アフリカの研究所とともに爆風で吹き飛ばされたが、奇跡的に軽傷で済んだ。佐田にはその事実が、伏せられていたのだ。ギムザは協力を承知して、佐田におよばない部分はイアン・ドーリーにサポートさせた。

外の世界は動いているというのに、佐田だけがとり残されたままだった。

「博士の夢をモニターしてわかったの。博士はいまも、あそこにいるわ……一九四五年八月六日の広島にね」

「それって……」

「自身が作った夢の中に……あの地獄絵図みたいな町の中を、未だに彷徨《さまよ》い続けているの」

胸の中が、揺さぶられる。どうしようもない悲しみが突き上げてくる。これが佐田行雄の感情なのか、自分のものなのか、俊にはわからなかった。

「やっぱり、水……飲ませてあげればよかった」

「あなたが気に病むことはないわ。たぶんこれは、博士自身が望んだことだから」

「望んだ、こと?」

「これが佐田博士の贖罪なのよ」

一瞬、強く吹いた風に、江波は髪を押さえた。手向《たむ》けられた赤とピンクの花が、ゆらゆらと首をふる。江波は赤を携えてきたが、俊はやさしいピンクをえらんだ。

「もう行くわ。また気が向いたら、ようすを見にくるわ」

じゃ、と片手を上げて、背中を向けた。靴音をさせながら、石畳を遠ざかる。ふいにその姿が、肩越しにふり向いた。

「森田俊さん。あなたはこれから、どうするつもりなの？」

唇の片端で笑う。決してこたえが欲しいわけではなさそうだ。

問いだけを放り出したまま、江波はそのまま立ち去った。

「おれは……」

まだ、口にできるほど固まっていない。

墓前に供《そな》えたカーネーションが、励ますように小さくうなずいた。

解説

大矢博子（書評家）

本書の中に、死刑制度を廃止した国と続けている国の違いは何なのか、登場人物が話し合う場面がある。宗教や政情不安などの要素が挙げられたあとで、では日本はどうかという流れになったとき、ある人物がこう言う。

「日本の場合は、報復感情を是《ぜ》とする考えが、根強いのかもしれませんね。いわゆる仇討《あだう》ちです。（中略）忠臣蔵《ちゅうしんぐら》をはじめ、芝居などで語り継がれている仇討ちは、いくつもあります。いずれも仇《かたき》を討つ側が善で、討たれる側は悪とされ、仇討ちを成《な》し遂《と》げた者は、世間からやんやと喝采《かっさい》を浴びる。（中略）相応の罪を犯した者は、死をもってつぐなうべきだ——。日本人にはそういう考えが、しみついているのかもしれません」

しみついた感覚というものは遺伝子に組み込まれているに等しく、宗教以上に厄介だ——と本文は続く。ここを読んだとき、確かにそうかもしれない、と思った。

二〇一九年、「無期懲役になりたいから」という理由で人を殺した犯人が、希望通り無期懲役の判決を受けた、という出来事があった。無期懲役というのはとても重い量刑だ。だがそれが被告の希望通りであったことに、重い石を飲んだような気持ちになった。受け入れがたい、と思った。なぜ受け入れがたいのか。被害者やそのご家族が受けた悲しみや無念と、「希望が叶った」被告の状態が、釣り合わないと感じたからである。

罪と罰は釣り合っていてほしい。目には目を、歯には歯をというのは原始的に過ぎるかもしれないが、それでも、理不尽で酷い事件のニュースを聞いたとき、犯人に対してどうしてもこう思ってしまう。「被害者の身になってみろ」「自分が被害者の側になったときも同じことが言えるのか」と。

だが、ここではたと思考が止まった。そう考えた私は決して「被害者の身になって」いたわけではなく、ただ自分の報復感情に任せた思いに過ぎないと気づいたからだ。ニュースを見ただけの赤の他人である私が、被害者やそのご家族がどんな思いで何を願っているのか、安易に想像できることではない。

罰とは何か。「被害者の身になる」とはどういうことか。

そんなシビアなテーマに、ＳＦの手法で向き合ったのが本書『刑罰０号』である。キーワードは、記憶、だ。


本書は七つの短編からなる連作で、第一話の始まりは二〇一五年。そこから一話ごとに数年ずつ時が進み、この文庫の出版年である二〇二〇年を「現在」とするなら、第二話から近未来の物語となる。

物語の中心にいるのは、記憶中枢分野のスペシャリストである佐田洋介教授。彼は法務省の依頼を受け、「死刑を減らすためのまったく新しい刑罰」の実用化に取り組む。０号技術と名付けられたそれは、死者の脳から記憶を抽出し、他者にそれを追体験させるというものだった。

被害者が死に至るまでの記憶を加害者の脳内で再生することで、被害者や遺族の無念を加害者に思い知らせ、心の底から悔いてもらうのを目的とする。つまり強制的に「被害者の身にな」らせる技術である。自分の罪を被害者の身になって思い知れば、きっと心からの悔悟と贖罪が実現できるはずだと佐田教授は考える。

ところが死刑囚を使って行われた実験は失敗に終わった。被害者の断末魔に被験者が耐えられず、発狂したり、意識が戻らなかったり、その後自殺してしまったりと、まともに生還した者はひとりもいなかったのだ。

さらに一年後、佐田教授は危険を承知で三人の少年に0号を施す。そのうちのひとりは、被害者の記憶を追体験したことで本来の自我を失い、自分がその記憶の持ち主本人であると信じ込んでしまう……。

この人物が複数の短編に登場し、物語を大きく動かしていく。アイディアとしては人格転移もしくは記憶転移ものと言っていいだろう。自らの記憶を失ったAにBの記憶が植えつけられたとき、彼はAなのかBなのか。記憶の抽出や介入が可能になったとき何が起きるのか。多くのSF小説で扱われ一大ジャンルを成すこのテーマは、本書でもとても重要なモチーフになっているが、その話は後ほど。

さきほど書いたように、本書では一話ごとに数年ずつ時が進む。時の流れに従って、0号技術が進化するのが面白い。たとえば第二話では生体からの記憶抽出が可能になり、裁判の資料にと依頼される。また、第四話では改変された記憶を本人に体験させることでPTSDの治療として使われている。そこからさらに発展した0号技術が、最終的にはイスラム過激派の手に渡ってしまい……と、物語のスケールは尻上がりに大きくなる。

少年犯罪やストーカー殺人から技術そのものを巡るサイバー犯罪、そして国家レベルの犯罪と、一話ごとに手を替え品を替えの趣向に感心した。特に第一話と第二話は本格ミステリさながらのサプライズが楽しめる。

だがバラエティに富んでいるように見えて、「被害者の感情」がすべての短編の中核にあることに気づいてほしい。

広島で被爆した人物が、アメリカから来た科学者に抱いた失望。責任能力の問題で正当に裁かれないかもしれない犯人に対する、遺族の意外な「満足」。犯人に仕返しはしたものの、以前の日々は戻らないことに涙する少女。事故や災害という、責めるべき「犯人」がいない悲劇。加害者の身内であるがゆえに、家族と離れ、名を変えて暮らした人物。自らを被害者だとはまったく思わず、聖戦のために喜んで自爆テロに身を投じる少年。ここには種類の異なるさまざまな被害者がいる。

0号技術は加害者に被害者の記憶を追体験させ悔悟の念を引き出すため開発されたものだ。だがその結果はどうだったろう？　あなたがすでに本書を読み終わっているなら、各編に書かれた犯罪の犯人がどうなったか、あるいは0号技術の被験者たちがどうなったか、思い出してみていただきたい。加害者に対してさほど筆が割かれていないことに気づいて驚いたのではないだろうか。

本書で著者が注力して描いたのは、加害者ではなく被害者なのである。被害者や遺族が事件によって傷つけられた自らの心に向き合い、その無念を、その慟哭を、乗り越えようとする姿なのである。

なぜか。刑罰というものを加害者の側からではなく、被害者の心の救済という観点から描くのが本書の目的だからではないか——と私は読んだ。

本書の中にあって少々異質な印象を受けるのが、ファミレスでバイトする女子高生が主人公の第三話「ギニーピッグ」である。ここには0号技術を使った実験も登場しなければ、凶悪犯罪も出てこない。

ここから、第三話の展開や設定に一部触れることになるのをお許しいただきたい。この話では、人望厚いバイトの青年に対して先輩バイトが嫌がらせをし、青年が職場を追われるという事態になる。主人公の女子高生はそれが許せず、その先輩バイトを陥れる（ここで読者の報復感情は一旦満たされる）のだが、だからといって青年が戻ってくることはない――という話だ。

読者はおそらく、主人公の女子高生に感情移入し、職場を追われた青年に同情することだろう。この青年がとても人間のできた、穏やかな好青年だから尚更である。

だが。この青年が誰か、ということを今一度思い出していただきたい。彼は本当に同情されるに足る人物だろうか？　前述した「人格転移」というモチーフがここで生きてくる。彼が誰なのか、読者には早々に明かされる。その時点で、読者は彼の事情を知っている。にもかかわらず、おそらくは多くの読者が彼に同情したはずなのである。つまり読者は彼を許していることになる。なぜだろう？

彼の中身が彼ではない（かもしれない）から？　真面目に生き直している（ように見える）から？　ここには私たちが自らの報復感情が何によって癒されるのかのヒントがある。

では、「被害者の身になって」考えてみたらどうだろう。今の彼を見て、被害者や遺族は読者と同じように彼に同情するだろうか。それとも別の感情を抱くだろうか。こればかりは当事者にしかわからないが、彼が職場を追われるきっかけとなった先輩バイトが罰を受けたあとも、この女子高生は泣いている――ということがひとつの答えかもしれない。

この話のラストで彼女が言った一言は、この物語全体にも通じる、とても大きな示唆を含んでいる。

これに続く一編が第四話「エレクトラ」であるということにも意味がある。

これは0号技術をPTSDの治療に使う、という話だ。予期せぬ事故で両親と弟を目の前で亡くした少年が、偽の記憶の夢を繰り返し見ることで心の安定を取り戻す。もちろん現実は変えられないのだが、激しいショック状態からまずは落ち着きを取り戻すという段階において、大きな効果が認められた。ところがその夢に突然邪魔が入る。クラッキングにより現実の事故の様子が再生され、彼は二度も目の前で家族を亡くしてしまったのである。

これにどう対抗するか、というのが「エレクトラ」の主眼だ。物語の構成の巧さや終盤に仕掛けられたサプライズもさることながら、何よりこの話が内包している希望に心打たれた。そして第三話が読者にもたらした課題と、この第四話が与える希望は、形を変えて最終話でもう一度読者の前に提示されることになる。細部まで実によく練られた、巧緻にしてダイナミックなSF小説である。

他者の記憶を追体験する0号技術。

もちろん現在、そんな技術はない。だがそれに近いものはある。

読書だ。

私たちは本書を読むことで、ここに登場する多くの人の記憶を、感情を、悩みを、希望を、追体験する。女子高生に感情移入することで「彼」を許したり、佐田教授に感情移入することで現在のシステムに憤りを覚えたりする。それは私たちが彼らの人生を追体験しているのと同義だ。それは、彼らの「身になって」わがことのようにその感情を抱える、ということでもある。

本書こそが――本書を含む多くの「物語」こそが0号技術であり、記憶追体験装置なのである。

彼らの記憶を追体験した今、あなたは何を思うだろうか？

著者が読者に向けて投げかけた重いメッセージと問題提起をしっかり受け止めたい。

最後に、著者について紹介しておこう。

時代小説の印象が強い西條奈加がこのような本格SFを書いたことに、驚いている読者もいるかもしれない。だがもともと彼女のデビューは、二〇〇五年の第十七回日本ファンタジーノベル大賞を受賞した近未来小説『金春屋ゴメス』（新潮文庫）だった。

近未来の江戸（意味がわからないだろうがこう言うしかないのである）を舞台にしたこの作品とその続編を上梓した後、時代小説・歴史小説を中心に手がけるようになる。二〇一二年、『涅槃の雪』（光文社文庫）で第十八回中山義秀文学賞を、二〇一五年、『まるまるの毬』（講談社文庫）で第三十六回吉川英治文学新人賞を受賞。名実ともに、歴史・時代小説界のホープである。

その一方で、コージーな現代ミステリである「神楽坂日記」シリーズ（創元推理文庫）や、ファンタジー要素のある現代小説『秋葉原先留交番ゆうれい付き』（角川文庫）など幅広いジャンルを継続して執筆。本格ＳＦは本書一冊きりだが、構成も仕掛けもテーマも手練《てだ》れの貫禄である。ぜひ、こちらの方面でも今後の活躍を期待したい。

二〇一九年十二月

この作品は2016年8月徳間書店より刊行されました。
なお、本作品はフィクションであり実在の個人・団体などとは一切関係がありません。

徳間文庫

刑罰《けいばつ》0《ゼロ》号《ごう》

2020年2月15日 初刷

著者 西《さい》條《じょう》奈《な》加《か》

発行者 平野健一

発行所 株式会社徳間書店

〒141－8202 東京都品川区上大崎三－一－一
目黒セントラルスクエア

電話 編集〇三(五四〇三)四三四九
販売〇四九(二九三)五五二一

振替 〇〇一四〇－〇－四四三九二

印刷
製本 大日本印刷株式会社

ISBN978-4-19-894535-0 (乱丁、落丁本はお取りかえいたします)